Scrittor

Gabriele d'Annunzio

L'Innocente

Con un'introduzione all'opera, una cronologia
e una bibliografia a cura di
Maria Teresa Giannelli

Arnoldo Mondadori Editore

© 1940 Arnoldo Mondadori Editore

I edizione Oscar Mondadori settembre 1969

Questo volume è stato stampato
presso Arnoldo Mondadori Editore S.p.A.
Stabilimento Nuova Stampa Mondadori - Cles (TN)
Stampato in Italia - Printed in Italy

Ristampe:

16 17 18 19 20 21 22 23

1994 1995 1996 1997 1998 1999

La prima edizione Oscar Scrittori del Novecento
è stata pubblicata in concomitanza
con la quattordicesima ristampa
di questo volume

Sommario

7 Introduzione
L'Innocente
Genesi e fortuna de *L'Innocente*
Caratteri e ingredienti del romanzo
1892: Naturalismo e Decadentismo

22 Cronologia
27 Bibliografia
31 L'Innocente

Introduzione

L'Innocente

Tullio Hermil – ex diplomatico, ricco proprietario terriero – è da sette anni marito di Giuliana, dalla quale ha avuto due figlie. Temperamento irrequieto e sensuale (impersona il "multanime" dannunziano, eroe della "Diversità") pur misurando il dolore e l'abnegazione della moglie, non può rifiutarsi la disponibilità assoluta ai molti richiami erotici che sono il contenuto della propria disoccupata esistenza. Una grave malattia di Giuliana sembra per un attimo riavvicinarlo a lei, ma è più che altro una illusione dell'inferma. Quando infine, davvero disintossicato, Tullio torna dalla moglie, dovrà apprendere che – per aver ceduto a sua volta – Giuliana aspetta un figlio dallo scrittore Filippo Arborio. Tullio Hermil si è sottratto allo sfacelo della lussuria solo per abbandonarsi a una passione più distruttiva: l'odio per l'intruso, che impedirà per sempre il ristabilirsi dell'accordo con la moglie. Benché gli stati d'animo si alternino nel protagonista con la puntualità di una legge fisica (Tullio è, a volta a volta, abietto, candido, fiducioso, calcolatore, gelido, focoso; soprattutto, nella sua ossessiva lucidità, è "obliquo") il personaggio risulta una iperbolica figurazione di egoismo. Perfettamente consapevole, Hermil pone all'origine del proprio aberrante comportamento «... l'ipertrofia di alcuni centri cerebrali» che «rendeva impossibile la coordinazione necessaria alla vita normale dello spirito». Altrettanto ambiguo il personaggio di Giuliana, insieme sposa appassionata e adultera sottilmente maliziosa. Uno dei meglio architettati passi del romanzo rappresenta la signora Hermil che si prepara a un convegno con l'amante. Assai seducente nel suo abito "di vigogna oscuro", profumata di *Crabapple* (l'astrusa eleganza *fin de siècle* è anglofila), canticchiante l'aria dell'*Orfeo* di Gluck, in presenza di un marito peritoso e allarmato. È una scena in cui la dialettica psicologica già del *Piacere* si configura in presagi proustiani. (Giuliana appare improvvisamente al marito una donna nuova, una rivelazione desiderabile. Il suo canto fonda una intermittenza della memoria). Infine Giuliana, che conosce l'odio del marito per il nascituro, si fa silenziosa complice di un patto disumano. Venuto al mondo il bambino, Tullio, con un miserabile stratagemma, ne provoca la morte. La meccanica delle leggi naturali ha determinato il delitto, che invano hanno tentato di scongiurare le forze di bontà e di pietà familiari impersonate dagli altri Hermil e da personaggi emblematici (il contadino Giovanni di Scordio, il celebre "seminatore" dannunziano).

Alla coppia non è concesso riscatto né rimorso, ma un muto vegetare da creature inferiori. A un anno dal sinistro avvenimento esplode però in Tullio Hermil il bisogno della confessione. Non per umano pentimento, ma per un accumulo di tensione logica prodotta dal suo cervello mostruoso, dove sensualità e crudeltà trovano localizzazione fisica. («Il nervo ottico» scriverà anni dopo D'Annunzio nella *Annotazione* al *Notturno* «attingeva a tutti gli strati della mia cultura e della mia vita anteriore proiettando nella mia visione figure innumerevoli...»). L'infatuazione lombrosiana (Cesare Lombroso era forse lo scienziato più *à la page* in Italia attorno al 1890, e divideva con critici e scrittori l'ospitalità delle riviste letterarie e culturali) trasmuta nella decadentistica intuizione del Dolore come fonte dell'arte.

Scritto tra l'aprile e il luglio 1891 nel convento di Francavilla, dove D'Annunzio era ospite del pittore Francesco Paolo Michetti, *L'Innocente* esce in appendice al

«Corriere di Napoli» dal dicembre '91 al febbraio '92; quindi in volume presso l'editore Ferdinando Bideri nel febbraio '92, con un disegno di G. A. Sartorio. Ne furono tirati 29 esemplari di lusso *in folio* stile sec. XV (lire 25 la copia). Dell'edizione comune (lire quattro) vennero fatte nel 1892 quattro edizioni. Un certo numero di copie furono poi cedute al Treves che cambiò copertina e frontespizio facendole uscire nel 1895 con l'indicazione Quinta Edizione. La prima edizione Treves, con l'indicazione Sesta Edizione, uscì nel 1896 (56° migliaio al 1920).

Genesi e fortuna de L'Innocente

Nell'economia dell'opera dannunziana *L'Innocente* è un romanzo sperimentale, carico di intenzioni e di finalità. D'Annunzio intese assegnargli un ruolo innovatore, in senso morale e artistico. Afferma (lettera a George Hérelle del 14 novembre '92) che *L'Innocente* è nato sotto il segno del Dolore; che dal Dolore egli ha tratto lume e rivelazione. Nel ciclo dei Romanzi della Rosa segue *Il Piacere*, che è il romanzo della saturazione della lussuria. Entrambi intendono rappresentare il dramma di una volontà inferma (l'assunto vale anche per il terzo romanzo del ciclo, *Il Trionfo della Morte*). Sempre nella lettera a Hérelle, D'Annunzio fa i nomi di Tolstoj e di Dostoevskij quali ispiratori del suo lavoro. La pagina tolstojana portata ne *L'Innocente*, dove si depreca la sterilità dell'intelligenza non soccorsa dalla carità, dà una precisa colorazione alla tesi implicita nel romanzo: che è una proposta di abdicare agli orgogli dell'autocoscienza, per una intelligenza intimamente partecipe dell'umana fralezza.

L'autore usciva dalla famosa *saison en enfer* romana su cui egli stesso dà ampi ragguagli nella lettera autobiografica a Hérelle citata. La crisi esistenziale – la prima tra quelle che D'Annunzio consegnò alla propria leggenda – fu certo anche crisi letteraria e stilistica, dopo la sfida lanciata dal poeta con l'*Intermezzo di rime*, *L'Isotteo*, *La Chimera*.

I Romanzi della Rosa costituiscono un transito dell'attività di D'Annunzio verso un secondo ciclo narrativo, I Romanzi del Giglio, che celebreranno (ormai la conoscenza di Nietzsche è acquisita) l'eros positivo, la forza generatrice, "l'apparizione della potenza" e precorreranno le *Laudi*. Verso il 1890 l'autore de *L'Innocente* ha avuto nozione, tramite il lavoro ampiamente divulgato di una avanguardia scientifica, attiva in Italia soprattutto nel campo della neuropatologia, di metodi conoscitivi quali l'osservazione, l'analisi, la deduzione, applicati a aspetti degeneri dell'umano. Del resto l'interesse di D'Annunzio per la divulgazione scientifica risale agli anni della più intensa dissipazione mondana. Il critico della «Tribuna» era un fervido ammiratore del fisiologo fiammingo Jacopo de Moleschott, e ne frequentava l'aula, all'Università di Roma;[1] la prolusione era stata oggetto di un articolo, firmato da D'Annunzio il 4 novembre 1887.

Lo scrittore lascia al lavoro poetico (nel 1892 sono in via di ultimazione le *Elegie Romane*, il *Poema Paradisiaco*) di spingere una morbosità diffusa e languida fino alla soglia dell'ineffabile. E sperimenta l'evidenza, lo studio delle fonti, la consequenzialità logica nel genere letterario più appropriato: il romanzo.

Nella dedica di *Giovanni Episcopo* a Matilde Serao (1891) l'autore indicava in quel racconto «... i primi elementi di una rinnovazione proseguita poi nell'*Inno-*

---

[1] Per una esauriente informazione sulla cultura scientifica di D'Annunzio, in particolare riguardo a *L'Innocente*, si veda Mario Giannantoni, *La medicina nell'opera di G. d'A.*, Bandettini, Firenze 1929.

cente con più rigore di metodo, esattezza di analisi, semplicità di stile». (Quella «simplicité un peu rigoureuse» dello stile di cui gli darà atto il primo recensore francese de *L'Innocente*, Remy de Gourmont.) La novità consiste nell'abbandono del naturalismo dilettantesco o – come lo stesso D'Annunzio scriveva a Hérelle ricorrendo alla lingua dell'altro – *maniéré* delle novelle, per un nuovo stile fondato sull'osservazione della vita e sull'analogia col metodo scientifico. È probabile che l'aver assistito a Francavilla alla morte di un bambino per *croup* abbia dato a D'Annunzio la prima idea del romanzo. Sempre dalla corrispondenza con Hérelle si apprende che lo scrittore si era documentato scrupolosamente con ricerche di medicina per affrontare la descrizione della malattia e della morte del piccolo Raimondo; che risultano difatti ineccepibili dal punto di vista scientifico. Lo studio dell'anima moderna, alla prova delle teorie in quegli anni in evidenza (generazione, ereditarietà, progresso) è la nuova piattaforma metodologica per le conquiste integrali, del regno visibile e invisibile, del Demiurgo.

Le reazioni del pubblico e della critica furono discordi. L'impressione della maggioranza fu che D'Annunzio aveva passato il segno con la morbosità della vicenda e con la crudezza delle descrizioni. Pare che il romanzo trovasse fortuna soprattutto presso il pubblico femminile: almeno così affermava l'autore, con ingenuo compiacimento. Il 15 maggio il Corriere letterario de «L'Illustrazione Italiana» annunciava, con tono beffardo, che nella stessa settimana erano usciti *L'Innocente* di D'Annunzio, *La ragazza negra* di Luigi Mannucci, *Dottori in medicina* di Carlo del Balzo. In tutti e tre i romanzi era portata sulla pagina una partoriente con i relativi ostetrici: «Così la letteratura comincia a diventare un istituto di maternità...». Più amichevole, ma

11

non meno severo, Luigi Capuana aveva firmato per «La Tavola Rotonda» del 24 aprile una recensione fremente di sentenze desanctisiane («L'opera d'arte è forma vivente»; «Dirlo non vale; occorreva farlo sentire») che inchiodava il giovane romanziere a una croce per lui del tutto inopinata: la mancanza di "sincerità".

Il «Fanfulla della Domenica», per la firma di Carlo Segré, proclama *L'Innocente* «il miglior romanzo in quest'ultimi tempi comparso in Italia». Sullo stesso giornale qualche settimana dopo Eugenio Checchi (divenuto poi bersaglio di ogni dileggio per i dannunziani) definiva il romanzo «l'amabile aberrazione di un ingegno più acuto che profondo». *L'Innocente* fu preso molto sul serio dalla letteratura scientifica e citato su riviste specializzate. Enrico Ferri giudicò Tullio Hermil un delinquente nato. Scipio Sighele, autore della *Folla delinquente*, affermò («Nuova Rassegna», 1 ottobre '93) che Giovanni Episcopo e Tullio Hermil rispondevano perfettamente ai risultati delle più ardite ricerche nel campo della psicologia e della psichiatria.

Fin dalla pubblicazione *en feuilleton* il romanzo aveva suscitato l'interesse dei francesi che già conoscevano (per gli articoli di Vittorio Pica sulla «Revue Indépendante») la poesia dannunziana. Da Cherbourg un professore di filosofia, George Hérelle, scrive a D'Annunzio sollecitando il permesso di tradurre in francese *L'Innocente*. D'Annunzio, deluso per il comportamento della critica italiana, che a suo dire aveva accolto il romanzo con un'ondata di stupidità e di malafede, risponde con slancio, esprimendo la speranza di essere meglio compreso da gente così "intellettuale" come i francesi. Ricorda anche le amabili parole di Paul Bourget, che aveva letto *L'Innocente*.

La fortuna di D'Annunzio in Francia è tema complesso, ampiamente trattato da parte francese e italiana.

Per quanto riguarda *L'Innocente*, oltre alla preziosa corrispondenza con il traduttore George Hérelle, si può vedere il numero speciale che «La Tavola Rotonda» (rivista di scuderia, poiché ne era proprietario l'editore Bideri) ha dedicato a D'Annunzio il 17 dicembre 1893. In questo numero si fa un consuntivo dell'accoglienza critica tributata a *L'Innocente* nei primi due anni, in Italia e all'estero. Sono riportate una dozzina delle più importanti recensioni apparse in Francia su riviste letterarie (quasi in tutti gli articoli è messa in rilievo la suggestione musicale del romanzo). Si apprende tra l'altro che l'austera «Revue de deux Mondes» aveva formalmente impegnato D'Annunzio per le *Nouveaux memoires de Tullio Hermil* o per qualunque altro romanzo da pubblicarsi entro il 1894. Che «Le Figaro» aveva messo *L'Innocente* in testa ai libri consigliati per la villeggiatura. Che la «Saturday Review» l'aveva giudicato "a masterpiece". Quanto alla Germania, oltre a citare l'articolo di V. Matthes su «Die Gegenwart» di Berlino, «La Tavola Rotonda» riporta la traduzione di un bel saggio di Hugo von Hofmannsthal apparso sulla «Frankfurter Zeitung». Nell'articolo di fondo Ugo Cafiero coordina i giudizi della stampa internazionale e deplora l'ottusità, l'impreparazione della critica letteraria italiana. «Terminando queste note» egli scrive «esprimiamo la speranza che sorga finalmente il critico degno dell'artista...»

Nel complesso *L'Innocente* ottenne nei primi due anni oltre settanta recensioni ("alcune eccellenti" riconobbe D'Annunzio); e benché l'autore finisse per ritenerlo un romanzo per "happy few", non si può negare che abbia costituito un successo letterario e mondano.

Dopo la traduzione francese pubblicata col titolo *L'Intrus* da Calman Lévy (1893), preceduta dalla pubblicazione a puntate su «Temps», negli anni che seguirono apparvero la traduzione ungherese (Budapest, Athenaeum, 1895); tedesca (Berlino, Fischer, 1896); portoghese (Lisbona, Pereira, 1896); polacca (Varsavia, Przeglad Tygodniowy, 1897); nord-americana (Boston, G.H. Richmond, col titolo *The Intruder*, 1898); inglese (Londra, W. Heinemann, col titolo *The victim*, 1899); danese (Copenhagen, A. Christiansen, 1900); cecoslovacca (Praga, J. Otto, 1900); svedese (Stoccolma, Bonniers, 1901); spagnola (Barcellona, Maucci, 1906); russa (Mosca, Sablin, 1909); bulgara (Sofia, Knigoizdatelstwo "Cvĕt", 1919).

Caratteri e ingredienti del romanzo

Gli anni '90 registrano, fervido e costante, il successo teatrale di *Cavalleria Rusticana*. *L'Innocente* è, con *Il Piacere*, un romanzo della cavalleria borghese. Come nella novella verghiana, gli ingredienti di base sono il delitto, la gelosia, l'onore. L'onore è per Tullio Hermil, come per Compare Alfio, un fatto privato, relativo a un codice puramente difensivo; le sue questioni sono da dirimere con un duello in luogo appartato. La società, con le sue leggi e i suoi soccorsi, non interviene.

La mitologia letteraria fa registrare in questo scorcio del secolo in Italia un moto di ripiegamento e di autopunizione anche dove sembrano squillare le fanfare dell'estetismo, della vita come arte e come lusso. *Il Piacere* è già il romanzo dell'uomo senza società: lusingato dai riti febbrili e vuoti di classi che hanno compiuto la loro funzione storica e ora debbono difendere le rendite. Il borghese Andrea Sperelli – per vivere – deve proiettarsi in un esiziale impero d'oltremare: il sovramondo dell'immaginazione.

Attuata l'unità risorgimentale, l'Italia prefettizia e neoindustriale si è dissociata negli interessi e nei fini. In alto si promuove una società di consumi e si cercano colonie; in basso si organizzano le rivendicazioni contadine e operaie. La letteratura si schiera con l'uno o con l'altro ordine di problemi e di ceti. I narratori veristi affrontano una realtà geografica e sociale da riscattare, inventano una lingua poetica di stampo umile. I narratori borghesi, metropolitani, emblematizzano nostalgicamente nelle loro opere le classi dominanti, con i relativi segni del potere: la cultura, purché sia riflesso della passata milizia; la coscienza, purché aristocraticamente rispecchi se stessa; l'arte, purché sia arte per pochi. Moderno è ora tutto ciò che, per essere bello, rifugge dall'utile. La parola, come in ogni epoca di crisi e di decadenza, comincia a fare aggio sulla realtà.

La tentazione storica del simbolismo si innesta, in D'Annunzio, alla effettiva povertà di una situazione di fatto. Assai suggestivamente Piero Bigongiari ha scritto che D'Annunzio «aiutò il formarsi di "una grande immagine vuota"». Quella italiana degli anni '90 è una società incapace di enucleare dai propri problemi storici una organica sovrastruttura di idee. «In tutti» scrisse Walter Binni «più o meno, c'è la volontà di novità e l'insofferenza della tradizione, ma si tratta più che altro, appunto, di velleità, non di consapevole superamento».[1]

La coscienza letteraria borghese oscilla tra la nostalgia e l'utopia («Le parole e le frasi dannunziane» il giudizio è di Luigi Capuana «somigliano a un felice popolo utopistico...»). Si rinnova il sogno romantico della fuga dalla società, inzavorrato dall'ingordigia decadente per gli interni sontuosi, gli arredi rari, le donne decorative, il linguaggio come orchestra personale.

---

[1] *La Poetica del Decadentismo*, Sansoni, Firenze 1936, pag. 29.

Gli ambienti de *L'Innocente* sono: una casa gentilizia nel centro di Roma; una villa in provincia, con *dépendance* per gli amori segreti dei signori; una sala d'armi; una libreria. I personaggi: una famiglia di ricchi proprietari terrieri, più sensibile ai problemi della coltivazione intensiva che a quelli dell'organizzazione agricola nazionale, e dei contadini in agitazione in quegli anni. Uno scrittore celebre. Una istitutrice inglese. Una mangiamariti di alto bordo. Un contadino di stampo tolstojano, più vicino al cielo che alla terra. Il solito medico di famiglia. Una balia molto decorativa. Gli assenti hanno, nell'economia del romanzo, una importanza di personaggi centrali: la sorella degli Hermil, Costanza, morta a nove anni, la cui angelicata memoria turba con speciose sublimazioni l'affetto coniugale di Tullio e Giuliana. Teresa Raffo, la "biondissima", compagna di dissolutezze, più volte chiamata "l'Assente". Il rivale di Hermil, stroncato da una terribile malattia. Il padre, «discendente di quel Raimondo Hermil de Pinedo che alla Goletta operò prodigi di valore e di ferocia sotto gli occhi di Carlo Quinto».

Fuga dai connotati e dai problemi attuali della società; poetica dell'assenza; immaterialità linguistica. Sul piano grammaticale la lingua de *L'Innocente* è un impasto di termini astratti del vocabolario della psicologia morale; di aggettivi, di avverbi, di interiezioni, librato a mezz'aria senza forza di gravità. La prosa dannunziana è renitente al sostantivo concreto. Se si fa l'inventario degli oggetti nelle prime trenta-quaranta pagine de *L'Innocente*, ecco i nomi che si incontrano, collocati con intenzione espressiva e quasi mai funzionale:
un ramoscello d'olivo a capo del letto / una acquasantiera d'argento / in una coppa le rose / lettere malinconiche e tenere / un armario / Tende che si gonfiavano / una candela / su un tavolo / contro uno specchio.

Poi l'intermezzo di crudi particolari ostetrici e d'alcova che fecero scandalo:
cloroformio / ferri chirurgici / cucchiaio tagliente / garza / cotone / ghiaccio / laudano / qualche libro di poesia / camicia / lenzuoli / guanciali.
Quindi ripresa del materiale illustre:
la scatola delle confetture / un ramo di salice vicino alla peschiera / vino di Chablis / un lume / un telegramma / una lacrima / una tunica ampia e fluida / una poltrona / cuscini di piume / una calza di colore gridellino...
La proporzione grammaticale resta la medesima nel corso del romanzo. *L'Innocente* – altrimenti asfissiato dall'astratta cerebralità – respira nella invenzione del monologo, che sviluppa un modulo paratattico elastico e variato (quando non si spiega nell'"andante" della evocazione lirica, come nella celebre pagina "L'usignolo cantava"); realizzando in questo modo, parzialmente, quello scrivere senza alcuna "transposizione" che D'Annunzio nel 1891 si era prefisso come traguardo immediato.

1892: Naturalismo e Decadentismo

In un articolo del «Mattino» di Napoli, uscito (31 agosto) pochi mesi dopo l'edizione bideriana de *L'Innocente*, D'Annunzio, divulgando i canoni del romanzo futuro, illustrava al tempo stesso la propria recente opera narrativa. Il romanziere avrebbe dovuto «fondere in un vasto e lucido cerchio gli sforzi compiuti dai predecessori» e portare nell'opera «tutte le varietà della conoscenza e tutte le varietà del mistero». Con *Giovanni Episcopo* e con *L'Innocente* il dilettante di psicologia si era trasformato in scienziato. Ma il deflusso realistico degli anni '90 lo vede protagonista altrimenti consapevole.

L'Italia del tempo era, in parte, austeramente desanctisiana e verghiana (dal 1893 Croce avrebbe cominciato ad anticipare, con gli articoli su «La Tavola Rotonda», la sua estetica); ma, palesemente stanca della inerte analitica e delle intimazioni sociali di Zola e seguaci, ritrovava il tranquillo approdo cristiano-borghese del romanticismo manzoniano nei sondaggi mistici di Fogazzaro (che il 2 maggio tiene all'Ateneo di Venezia il molto echeggiato discorso *Per la bellezza di un'idea*). E nelle *Myricae* pascoliane – alquanto frainte se – la ragione poetica più accettabile in quel momento. In primavera l'ultimo romanzo di Paul Bourget, *Terre promise*, era stato accolto con sufficienza; più interessante del romanzo era parsa al recensore de «L'Illustrazione Italiana» la prefazione, nella quale Bourget poneva la fonte dell'analisi psicologica in letteratura non nell'analogia con la scienza ma in Baudelaire, nelle *Confessioni* di sant'Agostino e di Rousseau, nei *Ricordi* di Renan. Da parte sua D'Annunzio, quando deve commentare la prima poesia del Pascoli, che è il fatto nuovo del momento, lascia trapelare interesse e delusione. Pascoli, secondo D'Annunzio, si limita a rappresentare l'evidenza plastica della realtà, non ne coglie il riflesso arcano, l'indefinito. «Il fantasma poetico» egli afferma «non sorge dalla melodia e non ne riceve quasi mai significazioni notevoli... Dirò alla fine, sperando d'esser meglio inteso, che in questa poesia manca il mistero».

Il richiamo al soggetto artefice, il mezzo della musica, il mistero. Le proposte nuove che raccoglievano attorno alle riviste d'avanguardia i giovani poeti europei si esprimono in D'Annunzio al di qua di una rigorosa poetica musicale come di una acquisizione ortodossa dei procedimenti simbolisti. In un'altra lettera a George Hérelle (23 marzo '92) D'Annunzio fa osservare al suo traduttore come ricorrano, ne *L'Innocente*, temi individuati paragonabili al *Leitmotiv* wagneriano, raccomandandogli estremo rispetto nella resa di quei passi. In verità la tecnica del *Leitmotiv* trova ne *L'Innocente* una applicazione meccanica. Si riduce alla ripresa di descrizioni fisiche, per lo più delle sembianze di Giuliana ammalata, e delle tonalità del colore bianco (la corrispondenza tra questa figura di donna preraffaellita e le artificiose creature dell'illustratore Gabriel Max è stata messa in rilievo da Hugo von Hofmannsthal nel saggio citato). È da Svevo e da Pirandello che partirà l'istanza strutturale verso la psicologia del profondo che Wagner aveva preannunziato in Europa. È vero che D'Annunzio aveva colto e riferito come meglio non si potrebbe la virtù catalizzante della musica wagneriana («Ciascuno di noi, come Tristano nell'udire l'antica melodia modulata dal pastore, deve alla virtù misteriosa della grande musica la rivelazione diretta di un'angoscia nella quale ha creduto di sorprendere l'essenza vera della sua propria anima e il segreto terribile del Destino»). Ma ne *L'Innocente* non esiste ricerca di cadenze profonde, e assai rudimentale è la fisiologia della reminiscenza.

Il wagnerismo dannunziano, più che esplorazione del mistero, è – ne *L'Innocente* come nel *Trionfo della morte* – suggestione di una complessità orchestrale imitata dall'esterno in un ritmo sintattico multiforme e cangiante. L'affinità tra gli ingegni dannunziano e wagneriano rientra piuttosto – come fatto organico-caratteriologico – nell'ambito di quel concetto di energia che parecchi critici dannunziani hanno analizzato, sulla scorta della figurazione poetica fattane da D'Annunzio nelle *Laudi* (Energèia, la Decima Musa). Per una prospettiva storica del concetto di energia in D'Annunzio è ancora valido e attraente il saggio di Vincenzo Morello,[1] che

---

[1] *L'energia letteraria*, Roux e Viarengo, Torino 1905.

fa intravvedere un D'Annunzio erede italiano di Stendhal (si pensi al motivo napoleonico esplicitamente intessuto alla vita di D'Annunzio) e della tradizione energetica francese dell'ottocento, che il Morello fa cominciare da Balzac.

Wagner e D'Annunzio possedevano una identica inesauribile disponibilità immaginativa, un pneuma ansioso di forma rinascente da ogni catastrofe teatrale come da ogni cristallizzazione dell'impostura letteraria. L'energia poetica dannunziana non ha il nome di *libido* perché quando D'Annunzio scrive *L'Innocente* Freud e Breuer non hanno ancora redatto le prime note degli studi sull'isteria, che sono del 1895. Conviene quindi definire tale energia in termini di psicologia sperimentale classica. «Egli rimane legato» dice assai bene Adele Noferi «alla "violenza imperiosa" dell'attimo in cui la realtà dà l'avvio al movimento dell'attenzione, al trasalimento impreveduto del cuore e del sangue che resta alla radice di qualsiasi possibilità di espressione».[1]

Il curioso sapore de *L'Innocente* consiste nell'essere il romanzo una prima esplosione del bozzolo nietzschiano che D'Annunzio portava in sé fin dal tempo di *Canto Novo*; mentre l'autore dichiara la propria conversione alla disciplina del metodo scientifico e tenta – con la proposta dell'ideale evangelico – un inserimento nella storia. Come ogni vero romanzo – ameno o letterario che sia – *L'Innocente* prevarica i piani sistematizzanti dell'autore e attinge, con l'istintiva razionalità della forma naturale, a tutte le risorse organizzatrici in quel momento disponibili. Scienza e immaginazione, natura e mistero; il monologo, il dialogo, il ritratto; il refer-

[1] *Per una storia dello stile dannunziano – da "Canto Novo" ad "Alcyone"*, «Quaderni Dannunziani», VIII-IX, 1958, pag. 27.

to clinico, il protocollo psicopatico, la prosa d'arte, la mimesi musicale, le *correspondances* dei simbolisti; il neologismo e l'arcaismo: tutto confluisce, con imprudenza e sciatteria mirabili, nell'*exploit* agonistico di un romanzo di quasi quattrocento pagine, scritto in tre mesi perché uscisse in appendice a un giornale napoletano.

L'Innocente rappresenta tuttavia anche il massimo sforzo della contestazione strutturale di D'Annunzio alla libertà del romanzo-poema. Per solidità di impianto, per incidenza di verità, per fiducia nella trama e nei personaggi è un *unicum* tra le opere in prosa dell'autore. L'illusione demiurgica (in parte coincidente con la poetica verista) del romanzo come organismo perfetto, vivente in ogni singola parte e per virtù autonoma, non è stata del tutto frustrata; benché l'equivoco della scienza e della storia contrastasse con l'allora insorgente (e di lì a pochi anni del tutto assecondato) mito dannunziano del superuomo.

Come luogo di scontro di intuizioni, di proposte, di equivoci *L'Innocente* è ancora oggi un ghiotto campione letterario. Nell'opera di D'Annunzio si incontrano cose altrimenti perfette e suggestive. Ma su questo romanzo – trascurato dalla critica a vantaggio degli altri, assai più letti e citati – si dovrà lasciare la parola a Giuseppe Antonio Borgese: «È l'unico caso» scrive nel suo *Gabriele D'Annunzio* «nel quale un libro di prosa, nell'opera dannunziana, emerga di valore sulla produzione lirica gemella... nel suo complesso *L'Innocente* non è soltanto un magnifico romanzo; esso è, malgrado lo splendore dei particolari che tutti ammiriamo nel *Trionfo della Morte*, l'unico vero romanzo di Gabriele D'Annunzio...».

Cronologia

1863-1881 Nasce a Pescara il 12 marzo da Francesco Paolo e Luisa De Benedictis. A undici anni è iscritto al Collegio Cicognini di Prato. Alla infatuazione napoleonica coltivata nelle sere di collegio insieme col «compagno dagli occhi senza cigli» subentra, per influsso delle *Odi barbare* carducciane, l'interesse per la poesia. Nel 1879 pubblica *Primo Vere*. L'anno dopo esce la seconda edizione «corretta con penna e con fuoco». Giuseppe Chiarini sul «Fanfulla della Domenica» annuncia che l'Italia ha il suo nuovo poeta. Lasciato il Collegio (1881) si iscrive alla Facoltà di Lettere dell'Università di Roma.

1881-1891 Il soggiorno romano è contrassegnato da una intensa attività giornalistica. Scrive sul «Fanfulla della Domenica», sulla «Cronaca Bizantina» (nella cui redazione incontra nel 1882 Giosuè Carducci); sul «Capitan Fracassa», sulla «Tribuna»; poi sul «Convito» di De Bosis. Dopo il 1882 ha inizio la vita mondana e galante di D'A. che, appena ventenne, sposa la duchessina Maria Hardouin di Gallese. Nel 1883 pubblica *Canto Novo* e le novelle di *Terra vergine. Intermezzo di rime* (1884), *L'Isotteo* (1886), *La chimera* (1890) nascono dagli anni di "splendida miseria" nella Roma del febbrile e fittizio rilancio economico. Seguono le *Elegie romane* (1887-1892) e *Il Piacere* (1889). Convalescente di malaria scrive *Giovanni Episcopo* (1891) e nell'estate del '92 a Francavilla *L'Innocente*. La fine del '91 lo vede trasferito a Napoli, collaboratore del «Mattino», il giornale di Scarfoglio e della Serao. Dalla relazione con la principessa Maria Gravina Cruyllas (trascorsi i cinque anni di passione per Barbarella Leoni) nascono Renata (la sirenetta del *Notturno*) e Gabriele.

1892-1897   Cinque delle dieci *Odi Navali* stampate a Napoli nel 1892 sono dedicate alla morte dell'Ammiraglio Saint-Bon (già commemorato in otto articoli su «La Tribuna»). Il mare non è più, come nel *Canto Novo*, ingenuo simbolo sensuale, ma tema di esaltata oratoria civile. Con l'eloquenza patriottica, il poeta esprime al massimo l'altra tendenza decadentistica e voluttuosa, nel *Poema Paradisiaco* (1893). Lasciata Napoli dopo la morte del padre (1893) si ritira a Francavilla, dove scrive il terzo dei Romanzi della Rosa. *Il Trionfo della Morte* (1894) e *Le Vergini delle Rocce* (1896). Nell'estate del '95 fa una crociera in Grecia: ne trae spunto per *La città morta* (1898) e per la *Laus Vitae* (1903). A Venezia incontra (1896) Eleonora Duse.

1898-1910   Nell'estate '97 viene eletto deputato dal collegio di Ortona a Mare. Siede all'estrema destra, ma nel marzo '99, durante una battaglia parlamentare contro il governo Pelloux, che proponeva disegni di legge illiberali, passa agli scanni dell'estrema sinistra. Scrive *La Gloria* (1899) e *La Gioconda* (1898). Sciolta la Camera nel maggio '900 si ripresenta candidato socialista a un collegio di Firenze, ma non viene eletto. Dal marzo '98 prende residenza nella villa di Settignano, La Capponcina. Pubblica *Il Fuoco* (1900), la raccolta definitiva de *Le Novelle della Pescara* (1902), *Francesca da Rimini* (1902) e i primi tre libri delle *Laudi* (1900-1903). Scrive inoltre: *La Figlia di Iorio* (1904), *La fiaccola sotto il moggio* (1905), *Vita di Cola* (1905), *Più che l'amore* (1906), *Solus ad Solam* (1908), diario di disperazione amorosa; *La Nave* (1908) (tragedia che contiene l'espressione "amarissimo Adriatico", per cui si ebbero reazioni da Vienna), *Fedra* (1909). Nel 1909 a Brescia compie il primo volo. Scrive in quell'anno il romanzo dell'aviatore, *Forse che sì forse che no*. La vita sfarzosa e la "pindarica amministrazione" del poeta provocano la vendita all'asta degli arredi della Capponcina (1910).

1910-1915 Perduto ogni avere, con i soli "strumenti del suo lavoro", si trasferisce in Francia. Conosce, tra gli altri, Anatole France, Maurice Barrès, Claude Debussy. Per la danzatrice Ida Rubinstein scrive in francese *Le martyre de Saint Sébastien*, musicato da Debussy (1910). Per cinque anni vive in uno chalet a cinque miglia da Arcachon, dove scrive *Contemplazione della Morte* (1912), *Parisina, La Pisanelle* (1913), *Le Chèvrefeuille* (nella redazione italiana dell'autore, *Il Ferro*, 1914) e il romanzo *La Leda senza cigno* (pubbl. 1916). Nel 1911 i romanzi e i drammi dannunziani sono posti all'Indice. Scoppiata la guerra italo-turca compone le dieci *Canzoni della gesta d'oltremare* (1912) che costituiscono il IV libro delle *Laudi*. Rifiuta (1912) per "amore della libertà" la cattedra di letteratura italiana che era stata di Carducci e di Pascoli.
Sono anni in cui D'A. "simile a una crisalide silenziosa" sente maturare un avvenire diverso. Le prime giornate di guerra (1914) sono registrate in un diario di guerra che diviene poi la *Licenza* della *Leda senza cigno*. Nella cattedrale di Reims bombardata medita il ritorno in Italia, che avviene il 3 maggio 1915.

1915-1921 Il 5 maggio tiene a Quarto l'Orazione per la Sagra dei Mille. Parte per il fronte adriatico come tenente dei Lancieri di Novara. Partecipa ad azioni di guerra, con mezzi terrestri, navali, aerei. Dopo un volo su Trieste, costretto a un atterraggio di fortuna, è ferito a un occhio. Ottiene la prima delle 5 medaglie d'argento. Dal febbraio al marzo sosta a Venezia nella

Casa Rossa sul Canal Grande. Con gli occhi bendati e giacendo immobile scrive il *Notturno* (1916, in edizione definitiva nel 1921). Nella notte tra il 10 e l'11 febbraio '18 compie la Beffa di Buccari. Il 9 agosto sorvola Vienna lanciando un proclama. Il 4 novembre scrive al comandante Giulio Valli «Non dobbiamo disarmare la vittoria». Il re gli conferisce la medaglia d'oro; l'Università di Roma la laurea in Lettere *honoris causa*.

Dopo la conferenza della pace prosegue l'azione in favore della annessione della Dalmazia all'Italia (*Lettera ai Dalmati* e *Aveux de l'ingrat*). Dal settembre '19 al dicembre '20 presidia Fiume, dopo aver fatto sgombrare le truppe alleate che la occupavano. L'8 settembre è promulgato lo *Statuto della Reggenza Italiana del Carnaro*, che si ispira ai sistemi corporativi medievali. Nei discorsi tenuti in quei sedici mesi (raccolti in *Per la più grande Italia*, 1915-1924) divampa la polemica contro Nitti e contro Giolitti. Il governo decide il blocco contro Fiume. Dal 24 al 28 dicembre "Natale di sangue". D'A. è leggermente ferito al capo. Il 31 dicembre è firmata la capitolazione. Alcuni giorni dopo D'A. lascia la città.

1921-1938 Dopo un breve soggiorno a Venezia si trasferisce a villa Cargnacco, sul lago di Garda, che trasforma, come le altre sue abitazioni, in "un luogo di mistero e di prodigi". Frutto degli anni di guerra i *Canti della guerra latina*, che vengono a costituire il V libro delle *Laudi*, e la raccolta di scritti e discorsi *La penultima ventura* (1919). Riordina le prose autobiografiche de *Le faville del maglio* (1924, 1928) e le *Cento e cento pagine del libro segreto...* (1935). Tale produzione memorialistica è importante per il biografo e per il critico che vi trova, per sincerità, freschezza, arguzia, quasi un nuovo D'A. La guerra d'Etiopia è celebrata nel libro in versi e prosa *Teneo te Africa* (1936). Dal 1926 si era creato un Istituto Nazionale per la Edizione di tutte le opere di G. D'A. Lo scrittore aveva redatto e stampato un Disegno dell'Edizione che prevedeva 82 opere ("et ultra?"). Uscirono 48 volumi. Nel 1930 D'A. dona all'Italia il Vittoriale. Nel 1937 è nominato Presidente dell'Accademia d'Italia. Riconoscimenti ufficiali, isolamento e stoica tristezza segnano gli ultimi anni del poeta, che aspetta la morte, "ma non fra le lenzuola". Muore improvvisamente, martedì 1 marzo, in piedi, mentre l'amico architetto Gian Carlo Moroni lo accompagnava nella sua stanza.

Bibliografia

EDIZIONI DELLE OPERE DI D'ANNUNZIO:

Opere complete, in 48 volumi, più uno di indici, Milano 1927-1936 (Edizione Nazionale).

Tutte le opere, a cura di Egidio Bianchetti, in 11 volumi, collezione I Classici Contemporanei Latini, Mondadori, Milano 1939-1976. Gli ultimi due volumi sono: *Taccuini* (1965), a cura di Enrica Bianchetti e Roberto Forcella; e *Altri taccuini* (1976), a cura di Enrica Bianchetti.

Poesie, Teatro, Prose, a cura di M. Praz e F. Gerra, pagg. XLVIII, 1238, Ricciardi, Milano-Napoli 1966.

ANTOLOGIE:

Prose scelte, a cura dello stesso A., Treves, Milano 1906.

Pagine disperse (Cronache mondane, di letteratura e di arte), Lux, Roma 1913.

Il fiore delle Laudi, a cura di F. Flora, Mondadori, Milano 1934; 4 ed., 1940.

Prose scelte, a cura di D. Pastorino, Mondadori, Milano 1937.

Poesie, a cura di F. Roncoroni, Garzanti, Milano 1978.

Favole mondane, a cura di F. Roncoroni, Garzanti, Milano 1982.

PER LA BIBLIOGRAFIA:

F. Forcella, *Bibliografia di G. d'A. dal 1863 al 1885*, 2 voll. Edizioni Leonardo, Roma 1926-1928.

G. De Medici, *Bibliografia di G. d'A.*, Edizioni del Centauro, Roma 1928.

M. Parenti, *Bibliografia dannunziana essenziale*, Sansoni, Firenze 1940.

E. Falqui, *Bibliografia dannunziana*, Le Monnier, Firenze 1941, 2 ed.

M. Vecchioni, *Bibliografia di G. d'A.*, Arte della Stampa, Pescara 1954.

PER LA BIOGRAFIA:

E. Scarfoglio, *Il libro di Don Chisciotte*, Mondadori, Milano 1925.

T. Antongini, *Vita segreta di G. d'A.*, Mondadori, Milano 1938.

G. Gatti, *Vita di G. d'A.*, Sansoni, Firenze 1956.

E. Mariano, *Sentimento del vivere, ovvero Gabriele d'Annunzio*, Mondadori, Milano 1962.

P. Chiara, *Vita di G. d'A.*, Mondadori, Milano 1978.

PER LE OPERE:

B. Croce, *Letteratura della Nuova Italia*, vol. IV, Laterza, Bari 1929, 3 ed. *D'A. e Carducci in Pagine sulla guerra*, Laterza, Bari 1928. *L'ultimo D'A.* in «La Critica», 20 maggio 1935.

G.A. Borgese, *Gabriele d'Annunzio*, Ricciardi, Napoli 1909; Bompiani, Milano 1932; Mondadori, Milano 1953.

V. Morello, *Gabriele d'Annunzio*, Società Libraria Editrice Nazionale, Roma 1910.

A. Gargiulo, *Gabriele d'Annunzio*, Perrella, Napoli 1912.

E. Cecchi, *Studi critici*, Puccini, Ancona 1912.

E. Thovez, *Il pastore, il gregge e la zampogna*, Ricciardi, Napoli 1920, 3 ed.

E. Romagnoli, *Notturno*, E.I.I., Milano 1921.

G. Donati-Petten, *D'Annunzio e Wagner*, Le Monnier, Firenze 1923.

F. Flora, *D'Annunzio*, Ricciardi, Napoli 1926; Mondadori, Milano 1935.

L. Russo, *Gabriele d'Annunzio*, Sansoni, Firenze 1938.

P. Pancrazi, *Studi sul D'A.*, Einaudi, Torino 1939.

G. De Robertis, *Scrittori del Novecento*, II ed. 1943, Le Monnier, Firenze.

P.P. Trompeo, *Carducci e D'Annunzio*, Tuminelli, Roma 1943.

E. Falqui, *D'Annunzio e noi*, Liriana, Padova 1949 (rist. con nuovi saggi su D'A. in *Novecento letterario*, Serie II, Vallecchi, Firenze 1960).

G. Debenedetti, *Nascita di D'Annunzio*, in *Saggi critici*, Mondadori, Milano 1955.

C. Salinari, *Miti e coscienza del decadentismo italiano*, Feltrinelli, Milano 1960.

E. De Michelis, *Tutto D'Annunzio*, Feltrinelli, Milano 1960.

F. Tropeano, *Saggio sulla prosa dannunziana*, Le Monnier, Firenze 1962.

A. Schiaffini, *Arte e linguaggio di G. d'A.*, Lincei, Roma 1964 (Quad. n. 56).

G. Contini, *Letteratura dell'Italia unita* (1861-1968), «bilancio-campionario» ecc. Sansoni, Firenze 1968.

S. Battaglia, *Mitografia del personaggio*, Rizzoli, Milano 1968.

E. Scarano Lugnani, *D'Annunzio*, Laterza, Bari 1978.

N. Merola, *D'Annunzio e la poesia di massa. Guida storica e critica*, Laterza, Bari 1979.

A.M. Mutterle, *Gabriele d'Annunzio*, Le Monnier, Firenze 1980.

E. Raimondi, *Il silenzio della Gorgone*, Zanichelli, Bologna 1980.

S. Gentili, *Trionfo e crisi del modello dannunziano*, Nuovedizioni Vallecchi, Firenze 1981.

G. Barbèri Squarotti, *Invito alla lettura di D'Annunzio*, Mursia, Milano 1982.

C. Gentile, *L'altro D'A.*, Bastogi, Foggia 1982.

A Spinosa, *D'A. Il poeta armato*, Mondadori, Milano 1987.

L'Innocente
[1892]

Andare davanti al giudice, dirgli: « Ho commesso un delitto. Quella povera creatura non sarebbe morta se io non l'avessi uccisa. Io Tullio Hermil, io stesso l'ho uccisa. Ho premeditato l'assassinio, nella mia casa. L'ho compiuto con una perfetta lucidità di conscienza, esattamente, nella massima sicurezza. Poi ho seguitato a vivere col mio segreto nella mia casa, un anno intero, fino ad oggi. Oggi è l'anniversario. Eccomi nelle vostre mani. Ascoltatemi. Giudicatemi. » Posso andare davanti al giudice, posso parlargli così?

Non posso né voglio. La giustizia degli uomini non mi tocca. Nessun tribunale della terra saprebbe giudicarmi.

Eppure bisogna che io mi accusi, che io mi confessi. Bisogna che io riveli il mio segreto a qualcuno.

A CHI?

Il primo ricordo è questo.

Era di aprile. Eravamo in provincia, da alcuni giorni, io e Giuliana e le nostre due bambine Maria e Natalia, per le feste di Pasqua, in casa di mia madre, in una grande e vecchia casa di campagna, detta La Badiola. Correva il settimo anno dal matrimonio.

Ed erano già corsi tre anni da un'altra Pasqua che veramente m'era parsa una festa di perdono, di pace e d'amore, in quella villa bianca e solinga come un monasterio, profumata di violacciocche; quando Natalia, la seconda delle mie figliuole, tentava i primi passi, uscita allora allora dalle fasce come un fiore dall'invoglio, e Giuliana si mostrava per me piena d'indulgenza, sebbene con un sorriso un po' malinconico. Io era tornato a lei, pentito e sommesso, dopo la prima grave infedeltà. Mia madre, inconsapevole, con le sue care mani aveva posto un ramoscello d'olivo a capo del nostro letto e aveva riempita la piccola acquasantiera d'argento che. pendeva dalla parete.

Ma ora, in tre anni, quante cose mutate! Tra me e Giuliana era avvenuto un distacco definitivo, irreparabile. I miei torti verso di lei s'erano andati accumulando. Io l'aveva offesa nei modi più crudeli, senza riguardo, senza ritegno, trascinato dalla mia avidità di piacere, dalla rapidità delle mie passioni, dalla curiosità del mio spirito

corrotto. Ero stato l'amante di due tra le sue a-
miche intime. Avevo passato alcune settimane a
Firenze con Teresa Raffo, imprudentemente. A-
vevo avuto col falso conte Raffo un duello in cui
il mio disgraziato avversario s'era coperto di ridicolo, per talune circostanze bizzarre. E nessuna di queste cose era rimasta ignota a Giuliana.
Ed ella aveva sofferto, ma con molta fierezza,
quasi in silenzio.

C'erano stati pochissimi dialoghi tra noi, e
brevi, in proposito; nei quali io non avevo mai
mentito, credendo con la mia sincerità diminuire la mia colpa agli occhi di quella dolce e nobile donna che io sapevo intellettuale.

Anche sapevo che ella riconosceva la superiorità della mia intelligenza e che scusava in parte
i disordini della mia vita con le teorie speciose
da me esposte più d'una volta in presenza di lei
a danno delle dottrine morali professate appa-
rentemente dalla maggioranza degli uomini. La
certezza di non essere giudicato da lei come un
uomo comune alleggeriva nella mia conscienza il
peso dei miei errori. « Anch'ella dunque – io pensavo – comprende che, essendo io diverso dagli
altri ed avendo un diverso concetto della vita,
posso giustamente sottrarmi ai doveri che gli altri vorrebbero impormi, posso giustamente di-
sprezzare l'opinione altrui e vivere nella assoluta
sincerità della mia natura eletta. »

Io era convinto di essere non pure uno spirito
eletto ma uno spirito *raro*; e credevo che la *rarità* delle mie sensazioni e dei miei sentimenti
nobilitasse, *distinguesse* qualunque mio atto. Or-

goglioso e curioso di questa mia rarità, io non sapevo concepire un sacrificio, un'abnegazione di me stesso, come non sapevo rinunciare a un'espressione, a una manifestazione del mio desiderio. Ma in fondo a tutte queste mie sottigliezze non c'era se non un terribile egoismo; poiché, trascurando gli obblighi, io accettavo i benefizi del mio stato.

A poco a poco, infatti, di abuso in abuso, io era giunto a riconquistare la mia primitiva libertà col consenso di Giuliana, senza ipocrisie, senza sotterfugi, senza menzogne degradanti. Io mettevo il mio studio nell'esser leale, a qualunque costo, come altri nel fingere. Cercavo di confermare in tutte le occasioni, tra me e Giuliana, il nuovo patto di fraternità, di amicizia pura. Ella doveva essere la mia sorella, la mia migliore amica.

Una mia sorella, l'unica, Costanza, era morta a nove anni lasciandomi in cuore un rimpianto senza fine. Io pensavo spesso, con una profonda malinconia, a quella piccola anima che non aveva potuto offrirmi il tesoro della sua tenerezza, un tesoro da me sognato inesauribile. Fra tutti gli affetti umani, fra tutti gli amori della terra, quello *sororale* m'era sempre parso il più alto e il più consolante. Io pensavo spesso alla grande consolazione perduta, con un dolore che la irrevocabilità della morte rendeva quasi mistico. Dove trovare, su la terra, un'altra sorella?

Spontaneamente, questa aspirazione sentimentale si volse verso Giuliana.

Sdegnosa di mescolanze, ella aveva già rinunziato ad ogni carezza, a qualunque abbandono. Io già da tempo non provavo più né pur l'ombra d'un turbamento sensuale, standole accanto; sentendo il suo alito, aspirando il suo profumo, guardando il piccolo segno bruno ch'ella aveva sul collo, io rimanevo nella più pura frigidità. Non mi pareva possibile che quella fosse la donna medesima che un giorno io aveva veduto impallidire e mancare sotto la violenza del mio ardore.

Io le offersi dunque la mia fraternità; ed ella accettò, semplicemente. Se ella era triste, io era più triste ancóra, pensando che noi avevamo sepolto il nostro amore per sempre, senza speranza di resurrezione; pensando che le nostre labbra non si sarebbero forse unite mai più, mai più. E, nella cecità del mio egoismo, mi parve che ella dovesse in cuor suo essermi grata di quella mia tristezza che io già sentivo immedicabile, e mi parve che ella dovesse anche esserne paga e consolarsene come d'un riflesso del lontano amore.

Ambedue un tempo avevamo sognato non pur l'amore ma la passione fino alla morte, *usque ad mortem*. Ambedue avevamo creduto al nostro sogno e avevamo proferito più d'una volta, nell'ebrezza, le due grandi parole illusorie: *Sempre! Mai!* Avevamo perfino creduto all'affinità della nostra carne, a quell'affinità rarissima e misteriosa che lega due creature umane col tremendo legame del desiderio insaziabile; ci avevamo creduto perché l'acutezza delle nostre sensazioni non era diminuita neppure dopo che, avendo noi procreato un nuovo essere, l'oscuro Genio

38

della specie aveva raggiunto per mezzo di noi il suo unico intento.

L'illusione era caduta; ogni fiamma era spenta. La mia anima (lo giuro) aveva pianto sinceramente su la ruina. Ma come opporsi a un fenomeno necessario? Come evitare l'inevitabile?

Era dunque gran ventura che, morto l'amore per le necessità fatali dei fenomeni e quindi senza colpa di alcuno, noi potessimo ancóra vivere nella stessa casa tenuti da un sentimento nuovo, forse non meno profondo dell'antico, certo più elevato e più singolare. Era gran ventura che una nuova illusione potesse succedere all'antica e stabilire tra le nostre anime uno scambio di affetti puri, di commozioni delicate, di squisite tristezze.

Ma, in realtà, questa specie di retorica platonica a qual fine tendeva? Ad ottenere che una vittima si lasciasse sacrificare sorridendo.

In realtà, la nuova vita, non più coniugale ma fraterna, si basava tutta su un presupposto: su l'assoluta abnegazione della *sorella*. Io riconquistavo la mia libertà, potevo andare in cerca delle sensazioni acute di cui avevano bisogno i miei nervi, potevo appassionarmi per un'altra donna, vivere fuori della mia casa e trovare *la sorella* ad aspettarmi, trovare nelle mie stanze la traccia visibile delle sue cure, trovare sul mio tavolo in una coppa le rose disposte dalle sue mani, trovare da per tutto l'ordine e l'eleganza e il nitore come in un luogo abitato da una Grazia. Questa mia condizione non era invidiabile? E non era straordinariamente preziosa la donna che consentiva a sacrificarmi la sua giovinezza, paga soltanto di essere baciata con gratitudine e quasi con religione su la fronte altera e dolce?

La mia gratitudine talvolta diveniva così calda che si espandeva in una infinità di delicatezze, di premure affettuose. Io sapevo essere il migliore dei fratelli. Quando ero assente, scrivevo a Giuliana lunghe lettere malinconiche e tènere che spesso partivano insieme con quelle dirette alla mia amante; e la mia amante non avrebbe potuto esserne gelosa, allo stesso modo che non poteva esser gelosa della mia adorazione per la memoria di Costanza.

Ma, sebbene assorto nell'intensità della mia vita particolare, io non sfuggivo alle interrogazioni che di tratto in tratto mi sorgevano dentro. Perché Giuliana persistesse in quella meravigliosa forza di sacrificio, bisognava ch'ella mi amasse d'un sovrano amore; e, amandomi e non potendo essere se non la mia *sorella*, doveva portar chiusa in sé una disperazione mortale. - Non era dunque un forsennato l'uomo che immolava, senza rimorso, ad altri amori torbidi e vani quella creatura così dolorosamente sorridente, così semplice, così coraggiosa? - Mi ricordo (e la perversione mia di quel tempo mi stupisce), mi ricordo che tra le ragioni che io dissi a me stesso per acquietarmi, questa fu la più forte: «La grandezza morale risultando dalla violenza dei dolori superati, perché ella avesse occasione d'essere eroica era necessario ch'ella soffrisse quel ch'io le ho fatto soffrire.»

Ma un giorno io m'avvidi ch'ella soffriva anche

nella sua salute; m'avvidi che il suo pallore diveniva più cupo e talvolta si empiva come di ombre livide. Più d'una volta sorpresi nella sua faccia le contrazioni d'uno spasimo represso; più d'una volta ella fu assalita, in mia presenza, da un tremito infrenabile che la scoteva tutta e le faceva battere i denti come nel ribrezzo di una febbre subitanea. Una sera, da una stanza lontana mi giunse un grido di lei, lacerante; e io corsi, e la trovai in piedi, addossata a un armario, convulsa, che si torceva come se avesse inghiottito un veleno. Mi afferrò una mano e me la tenne stretta come in una morsa.

— Tullio, Tullio, che cosa orribile! Ah, che cosa orribile!

Ella mi guardava, da presso; teneva fissi nei miei occhi i suoi occhi dilatati, che mi parvero nella penombra straordinariamente larghi. E io vedevo in quei larghi occhi passare, come a onde, la sofferenza sconosciuta; e quello sguardo continuo, intollerabile, mi suscitò d'un tratto un terrore folle. Era di sera, era il crepuscolo, e la finestra era spalancata, e le tende si gonfiavano sbattendo, e una candela ardeva su un tavolo, contro uno specchio; e, non so perché, lo sbattito delle tende, l'agitazione disperata di quella fiammella, che lo specchio pallido rifletteva, presero nel mio spirito un significato sinistro, aumentarono il mio terrore. Il pensiero del veleno mi balenò; e in quell'attimo ella non poté frenare un altro grido; e, fuori di sé per lo spasimo, si gittò sul mio petto perdutamente.

— Oh Tullio, Tullio, aiutami! aiutami!

Agghiacciato dal terrore io rimasi un minuto senza poter proferire una parola, senza poter muovere le braccia.

— Che hai fatto? Che hai fatto? Giuliana! Parla, parla... Che hai fatto?

Sorpresa dalla profonda alterazione della mia voce, ella si ritrasse un poco e mi guardò. Io dovevo avere la faccia più bianca e più sconvolta della sua; perché ella mi disse rapidamente, smarritamente:

— Nulla, nulla. Tullio, non ti spaventare. Non è nulla, vedi... Sono i miei soliti dolori... Sai, è una delle solite crisi... che passano. Càlmati.

Ma io, invasato dal terribile sospetto, dubitai delle sue parole. Mi pareva che tutte le cose intorno a me rivelassero l'avvenimento tragico e che una voce interna mi accertasse: « *Per te, per te ha voluto morire. Tu, tu l'hai spinta a morire.* » E io le presi le mani e sentii che erano fredde, e vidi scendere dalla sua fronte una goccia di sudore...

— No, no, tu m'inganni, — proruppi — tu m'inganni. Per pietà, Giuliana, anima mia, parla, parla! Dimmi: che hai... Dimmi, per pietà: che hai... *bevuto?*

E i miei occhi esterrefatti cercarono intorno, su i mobili, sul tappeto, dovunque, un indizio.

Allora ella comprese. Si lasciò cadere di nuovo sul mio petto e disse, rabbrividendo e facendomi rabbrividire, disse con la bocca contro la mia spalla (mai, mai dimenticherò l'accento indefinibile), disse:

— No, no, no, Tullio; no.

Ah, che cosa nell'universo può uguagliare l'accelerazione vertiginosa della nostra vita interiore? Noi rimanemmo in quell'atto, nel mezzo della stanza, muti; e un mondo inconcepibilmente vasto di sentimenti e di pensieri si agitò dentro di me, in un sol punto, con una lucidità spaventevole. « *E se fosse stato vero?* » chiedeva la voce. « *Se fosse stato vero?* »

Un sussulto incessante scoteva Giuliana, contro il mio petto; ed ella ancóra teneva celata la faccia; ed io sapeva che ella, pur soffrendo ancóra nella sua povera carne, non ad altro pensava che alla *possibilità* del fatto da me sospettato, non ad altro pensava che al mio folle terrore.

Una domanda mi salì alle labbra: « Hai tu mai avuta *la tentazione?* » E poi un'altra: « Potrebbe essere che tu cedessi *alla tentazione?* » Né l'una né l'altra proferii; eppure mi parve ch'ella intendesse. Ambedue oramai eravamo dominati da quel pensiero di morte, da quell'imagine di morte; ambedue eravamo entrati in una specie di esaltazione tragica, dimenticando l'equivoco che l'aveva generata, smarrendo la conscienza della realtà. Ed ella a un tratto si mise a singhiozzare; e il suo pianto chiamò il mio pianto; e mescolammo le nostre lacrime, ahimè!, che erano così calde e che non potevano mutare il nostro destino.

Seppi, dopo, che già da alcuni mesi la travagliavano malattie complicate della matrice e dell'ovaia, quelle terribili malattie nascoste che turbano in una donna tutte le funzioni della vita.

Il dottore, col quale volli avere un colloquio, mi fece intendere che per un lungo periodo io doveva rinunziare a qualunque contatto con la malata, anche alla più lieve delle carezze; e mi dichiarò che un nuovo parto avrebbe potuto esserle fatale.

Queste cose, pure affliggendomi, mi alleggerirono di due inquietudini: mi persuasero che io non avevo colpa nello sfiorire di Giuliana e mi diedero un modo semplice di poter giustificare davanti a mia madre la separazione di letto e gli altri mutamenti avvenuti nella mia vita domestica. Mia madre appunto era per arrivare a Roma dalla provincia, dove ella, dopo la morte di mio padre, passava la maggior parte dell'anno con mio fratello Federico.

Mia madre amava molto la giovine nuora. Giuliana era veramente per lei la sposa ideale, la compagna *sognata* pel suo figliuolo. Ella non riconosceva al mondo una donna più bella, più dolce, più nobile di Giuliana. Ella non concepiva che io potessi desiderare altre donne, abbandonarmi in altre braccia, dormire su altri cuori. Essendo stata amata per venti anni da un uomo, sempre con la stessa devozione, con la stessa fede, *sino alla morte*, ella ignorava la stanchezza, il disgusto, il tradimento, tutte le miserie e tutte le ignominie che si covano nel talamo. Ella ignorava lo strazio che io avevo fatto e facevo di quella cara anima immeritevole. Ingannata dalla dissimulazione generosa di Giuliana, credeva ancóra nella nostra felicità. Guai s'ella avesse saputo!

Io era ancóra in quell'epoca sotto il dominio di Teresa Raffo, della violenta avvelenatrice che mi dava imagine dell'amasia di Menippo. Ricordate le parole di Apollonio a Menippo nel poema inebriante? « *O beau jeune homme, tu caresses un serpent; un serpent te caresse!* »

Il caso mi favorì. Per la morte d'una zia, Teresa fu costretta ad allontanarsi da Roma e a rimanere assente qualche tempo. Io potei con una insolita assiduità presso mia moglie riempire il gran vuoto che la « Biondissima » partendo lasciava nelle mie giornate. E non era ancóra svanito in me il turbamento di quella sera; e qualche cosa di nuovo, indefinibile, da qualche sera ondeggiava tra me e Giuliana.

Poiché le sofferenze fisiche di lei aumentavano, io e mia madre potemmo con molta fatica ottenere che ella si sottoponesse all'operazione richiesta dal suo stato. L'operazione portava per séguito trenta o quaranta giorni di assoluto riposo nel letto e una convalescenza prudente. Già la povera malata aveva i nervi estremamente indeboliti ed irritabili. I preparativi lunghi e fastidiosi la estenuarono e la esasperarono al punto che ella più d'una volta tentò di gittarsi giù dal letto, di ribellarsi, di sottrarsi a quel supplizio brutale che la violava, che l'umiliava, che l'avviliva...

— Di', — mi chiese un giorno, con la bocca amara — se tu ci pensi, non hai ribrezzo di me? Ah, che brutta cosa!

E fece un atto di disgusto su sé medesima; e s'accigliò, e si ammutolì.

Un altro giorno, mentre io entravo nella sua

stanza, ella si accorse che un odore mi aveva ferito. Gridò, fuori di sé, pallida come la sua camicia:

— Vattene, vattene, Tullio. Ti prego! Parti. Ritornerai quando sarò guarita. Se tu rimarrai qui, mi prenderai in odio. Sono odiosa così; sono odiosa... Non mi guardare.

E i singhiozzi la soffocarono. Poi, in quello stesso giorno, dopo qualche ora, mentre io tacevo credendo ch'ella fosse per assopirsi, uscì in queste parole oscure, con l'accento strano di chi parla in sogno:

— *Ah, se davvero l'avessi fatto! Era un buon suggerimento...*

— Che dici, Giuliana?

Ella non rispose.

— A che pensi, Giuliana?

Non rispose se non con un atto della bocca, che voleva essere un sorriso e non poté.

Mi parve di comprendere. E un'onda tumultuosa di rammarico, di tenerezza e di pietà mi assalse. E tutto avrei dato perché ella avesse potuto leggermi l'anima, in quel momento, perché ella avesse potuto raccogliere intera la mia commozione irrivelabile, inesprimibile e quindi vana. «Perdonami, perdonami. Dimmi quello che io debbo fare perché tu mi perdoni, perché tu dimentichi tutte le cattive cose... Io tornerò a te, non sarò d'altri che di te, per sempre. Te sola veramente io ho amata, nella vita; amo te sola. Sempre la mia anima si volge a te, e ti cerca, e ti rimpiange. Te lo giuro: lontano da te, non ho provato mai nessuna gioia sincera, non ho avuto mai un attimo di pieno oblio; mai, mai: te lo giuro. Tu sola, al mondo, hai la bontà e la dolcezza. Tu sei la più buona e la più dolce creatura che io abbia mai sognata: sei l'Unica. E ho potuto offenderti, ho potuto farti soffrire, ho potuto farti pensare alla morte come a una cosa desiderabile! Ah, tu mi perdonerai, ma io non potrò mai perdonarmi; tu dimenticherai, ma io non dimenticherò. Sempre mi parrà d'essere indegno; neppure con la devozione di tutta la mia vita mi parrà di averti compensata. Da ora innanzi, come un tempo, tu sarai la mia amante, la mia amica, la mia sorella; come un tempo, tu sarai la mia custode, la mia consigliera. Io ti dirò tutto, ti svelerò tutto. Sarai la mia anima. E guarirai. Io, io ti guarirò. Tu vedrai di quali tenerezze io sarò capace di medicarti... Ah, tu le conosci. Ricòrdati! Ricòrdati! Anche allora tu fosti malata e me solo volesti per medicarti; e io non mi mossi mai dal tuo capezzale, né di giorno, né di notte. E tu dicevi: — Sempre Giuliana *se ne ricorderà*, sempre. — E tu avevi le lacrime negli occhi, e io te le bevevo tremando. — Santa! Santa! — Ricòrdati. E quando ti leverai, quando sarai convalescente, andremo laggiù, torneremo a Villalilla. Tu sarai ancóra un poco debole, ma ti sentirai tanto bene. E io ritroverò la mia gaiezza d'una volta, e ti farò sorridere, ti farò ridere. Tu ritroverai quelle tue belle risa che mi rinfrescavano il cuore; tu ritroverai quelle tue arie di fanciulla deliziose, e porterai ancóra la treccia giù per le spalle come mi piaceva. Siamo giovani. Riconquisteremo la felicità, se tu vorrai.

Vivremo, vivremo... » Così, dentro di me, le parlavo; e le parole non uscivano dalle mie labbra. Pur essendo commosso e avendo gli occhi umidi, io sapevo che la commozione era passeggera e che quelle promesse erano fallaci. E anche sapevo che Giuliana non si sarebbe illusa e che mi avrebbe risposto con quel suo tenue sorriso sfiduciato, già altre volte comparsole su le labbra. Quel sorriso significava: « Sì, io so che tu sei buono e che vorresti non farmi soffrire; ma tu non sei padrone di te, non puoi resistere alle fatalità che ti trascinano. Perché vuoi tu che io m'illuda? »

Tacqui, in quel giorno; e nei giorni che seguirono, pur ricadendo più volte nella stessa confusa agitazione di ravvedimenti e di propositi e di sogni vaghi, non osai parlare: « Per tornare a lei, tu devi abbandonare le cose in cui ti compiaci, la donna che ti corrompe. Ne avrai la forza? » Io rispondevo a me stesso: « Chi sa! » E aspettavo di giorno in giorno questa forza che non veniva; aspettavo di giorno in giorno un evento (non sapevo quale) che provocasse la mia risoluzione, che me la rendesse inevitabile. E m'indugiavo a imaginare, a sognare la nostra vita nuova, la lenta rifioritura del nostro amore legittimo, il sapore strano di certe sensazioni rinnovate. « Noi andremmo dunque laggiù, a Villalilla, nella casa che conserva le nostre più belle memorie; e saremmo noi due soltanto, perché lasceremmo Maria e Natalia con mia madre alla Badiola. E la stagione sarebbe mite; e la convalescente si appoggerebbe sempre al mio braccio, pei sentieri conosciuti, dove ogni nostro passo risveglierebbe una memoria. Ed io vedrei di tratto in tratto sul suo pallore diffondersi qualche lieve fiamma subitanea; ed ambedue saremmo, l'uno verso l'altra, un poco timidi; sembreremmo qualche volta pensierosi; eviteremmo qualche volta di guardarci negli occhi. Perché? E un giorno, sentendo più forte la suggestione dei luoghi, io ardirei parlarle delle nostre più folli ebrezze di quei primi tempi. — Ti ricordi? Ti ricordi? Ti ricordi? — E a poco a poco ambedue sentiremmo in noi il turbamento crescere, divenire insostenibile; e ambedue, nel tempo medesimo, perdutamente, ci stringeremmo, ci baceremmo in bocca, crederemmo venir meno. Ella, ella sì verrebbe meno; e io la sosterrei nelle mie braccia chiamandola con nomi suggeriti da una tenerezza suprema. Ella riaprirebbe gli occhi, leverebbe tutto il velo del suo sguardo, fisserebbe un istante su me la sua stessa anima; mi parrebbe trasfigurata. E così saremmo ripresi dall'antico ardore, rientreremmo nella grande illusione. Ambedue saremmo tenuti da un pensiero unico, assiduo; saremmo agitati da un'ansietà inconfessabile. Io le chiederei tremando: — *Sei guarita?* — Ed ella dal suono della mia voce comprenderebbe la domanda celata in quella domanda. E risponderebbe, senza potermi nascondere il brivido: — *Non ancóra!* — E la sera, dividendoci, rientrando nelle nostre stanze separate, ci sentiremmo morire d'angoscia. Ma una mattina, con uno sguardo impreveduto, i suoi occhi mi direbbero: — *Oggi, oggi...* — Ed ella, paventando quel divino e terribile momento, con qualche pretesto puerile mi sfuggirebbe, protrarrebbe la nostra tortura. Direbbe ella: — Usciamo; usciamo... — Usciremmo: in un pomeriggio velato, tutto bianco, un poco snervante, un poco soffocante. Cammineremmo a fatica. Comincerebbero a cadere, su le nostre mani, sul nostro viso, gocce di pioggia tiepide come lacrime. Io direi, con la voce alterata: — Rientriamo. — E, presso la soglia, all'improvviso, la prenderei su le mie braccia, la sentirei abbandonarsi come esanime, la porterei su per le scale senza avvertire alcun peso. — Dopo tanto! Dopo tanto! — La violenza del desiderio sarebbe in me attenuata dalla paura di farle male, di strapparle un grido di dolore. — Dopo tanto! — E i nostri esseri, all'urto di una sensazione divina e terribile, non provata né imaginata mai, si struggerebbero. Ed ella, dopo, mi parrebbe quasi morente, con la faccia tutta molle di pianto, pallida come il suo guanciale. »

Ah, così mi parve, morente mi parve, quella mattina, quando i dottori l'addormentavano col cloroformio ed ella, sentendosi sprofondare nell'insensibilità della morte, due o tre volte tentò di alzare le braccia verso di me, tentò di chiamarmi. Io uscii dalla stanza, sconvolto; e intravidi i ferri chirurgici, una specie di cucchiaio tagliente, e la garza e il cotone e il ghiaccio e le altre cose preparate su un tavolo. Due lunghe ore, interminabili ore, aspettai, esacerbando la mia sofferenza con l'eccesso delle imaginazioni. E una disperata pietà strinse le mie viscere d'uomo, per quella creatura che i ferri del chirurgo violavano non soltanto nella carne miserabile ma nell'intimo dell'anima, nel sentimento più delicato che una donna possa custodire: — una pietà per quella e per le altre, agitate da aspirazioni indefinite verso le idealità dell'amore, illuse dal sogno capzioso di cui il desiderio maschile le avvolge, smanianti d'inalzarsi, e così deboli, così malsane, così imperfette, uguagliate alle femmine brute dalle leggi inabolibili della Natura; che impone a loro il diritto della specie, sforza le loro matrici, le travaglia di morbi orrendi, le lascia esposte a tutte le degenerazioni. E in quella e nelle altre, rabbrividendo per ogni fibra, io vidi allora, con una lucidità spaventevole, vidi la piaga originale, la turpe ferita sempre aperta « che sanguina e che pute »...

Quando rientrai nella stanza di Giuliana, ella era ancóra sotto l'azione dell'anestetico, senza conoscenza, senza parola: ancóra simile a una morente. Mia madre era ancóra pallidissima e convulsa. Ma pareva che l'operazione fosse riuscita bene; i dottori parevano soddisfatti. L'odore del jodoformio impregnava l'aria. In un canto, la monaca inglese empiva di ghiaccio una vescica; l'assistente ravvolgeva una fascia. Le cose tornavano nell'ordine e nella calma, a poco a poco.

L'inferma rimase a lungo in quel sopore; la febbre comparve leggerissima. Nella notte però ella fu presa da spasimi allo stomaco e da un vomito infrenabile. Il laudano non la calmava. E io, fuori di me, allo spettacolo di quello strazio inumano, credendo ch'ella dovesse morire, non so più che dissi, non so più che feci. Agonizzai con lei.

Nel giorno seguente, lo stato dell'inferma migliorò; e poi, di giorno in giorno, andò ancóra migliorando. Le forze lentissimamente tornavano.

Io fui assiduo al capezzale. Mettevo una certa ostentazione nel ricordare a lei, con i miei atti, l'infermiere d'una volta; ma il sentimento era diverso, era sempre *fraterno*. Spesso io avevo lo spirito preoccupato da qualche frase d'una lettera della amante lontana, mentre leggevo a lei qualche pagina d'un libro preferito. L'Assente era indimenticabile. Talora però, quando nel rispondere a una lettera mi sentivo un po' svogliato e quasi tediato, in certe strane pause che nella lontananza ha anche una passione forte, io credevo questo un indizio di disamore; e ripetevo a me stesso: « Chi sa! »

Un giorno, mia madre disse a Giuliana, in mia presenza:

— Quando ti leverai, quando ti potrai muovere, andremo tutti insieme alla Badiola. Non è vero, Tullio?

Giuliana mi guardò.

— Sì, mamma — risposi, senza esitare, senza riflettere. — Anzi, io e Giuliana andremo a Villalilla.

Ed ella di nuovo mi guardò; e sorrise, d'un sorriso impreveduto, indescrivibile, che aveva una espressione di credulità quasi infantile, che somigliava un poco a quello d'un bambino malato a cui sia fatta una grande insperata promes-

52

sa. Ed abbassò le palpebre; e continuò a sorridere, con gli occhi socchiusi che vedevano qualche cosa lontana, molto lontana. E il sorriso s'attenuava, s'attenuava, senza estinguersi.

Quanto mi piacque! Come l'adorai, in quel momento! Come sentii che nulla al mondo vale la semplice commozione della bontà!

Una bontà infinita emanava da quella creatura e mi penetrava tutto l'essere, mi colmava il cuore. Ella stava nel letto supina, rialzata da due o tre guanciali; e la sua faccia dall'abbondanza dei capelli castagni un poco rilasciati acquistava una finezza estrema, una specie d'immaterialità apparente. Aveva una camicia chiusa intorno al collo, chiusa intorno ai polsi; e le sue mani posavano sul lenzuolo, prone, così pallide che soltanto le vene azzurre le distinguevano dal lino.

Presi una di quelle mani (mia madre era già uscita dalla stanza); e dissi sottovoce:

— Torneremo dunque... a Villalilla.

La convalescente disse:

— Sì.

E tacemmo, per prolungare la nostra commozione, per conservare la nostra illusione. Sapevamo ambedue il significato profondo che nascondevano quelle poche parole scambiate sottovoce. Un acuto istinto ci avvertiva di non insistere, di non definire, di non andare oltre. Se avessimo parlato ancóra, ci saremmo trovati davanti alle realtà inconciliabili con l'illusione in cui le nostre anime respiravano e a poco a poco s'intorpidivano deliziosamente.

Quel torpore favoriva i sogni, favoriva gli oblii. Passammo un intero pomeriggio quasi sempre soli, leggendo a intervalli, chinandoci insieme su la stessa pagina, seguendo con gli occhi la stessa riga. Avevamo là qualche libro di poesia; e noi davamo ai versi una intensità di significato, che non avevano. Muti, ci parlavamo per la bocca di quel poeta affabile. Io segnavo con l'unghia le strofe che parevano rispondere al mio sentimento non rivelato.

Je veux, guidé par vous, beaux yeux aux flam-
mes douces,
Par toi conduit, ô mai où tremblera ma
main,
Marcher droit, que ce soit par des sentiers
de mousses,
Ou que rocs et cailloux encombrent le che-
min,

Oui, je veux marcher droit et calme dans la
Vie...

Ed ella, dopo aver letto, si riabbandonava per un poco su i guanciali, chiudendo gli occhi, con un sorriso quasi impercettibile.

Toi la bonté, toi le sourire,
N'es tu pas le conseil aussi,
Le bon conseil loyal et brave...

Ma io vedevo sul suo petto la camicia secondare il ritmo del respiro con una mollezza che incominciava a turbarmi come il fievole profumo di ireos esalato dai lenzuoli e dai guanciali. Desiderai ed aspettai che ella, sorpresa da un subitaneo languore, mi cingesse il collo con un braccio e congiungesse la sua guancia alla mia così ch'io sentissi sfiorarmi dall'angolo della sua bocca. Ella pose l'indice affilato su la pagina e segnò con l'unghia il margine, guidando la mia lettura commossa.

> *La voix vous fut connue (et chère?)*
> *Mais à présent elle est voilée*
> *Comme une veuve désolée...*

> *Elle dit, la voix reconnue,*
> *Que la bonté c'est notre vie...*

> *Elle parle aussi de la gloire*
> *D'être simple sans plus attendre,*
> *Et de noces d'or et du tendre*
> *Bonheur d'une paix sans victoire.*

> *Accueillez la voix qui persiste*
> *Dans son naïf épithalame.*
> *Allez, rien n'est meilleur à l'âme*
> *Que de faire une âme moins triste!*

Io le presi il polso; e chinando il capo lentamente, fino a porre le labbra nel cavo della sua mano, mormorai:

— Tu... potresti dimenticare?

Ella mi chiuse la bocca, e pronunziò la sua gran parola:

— Silenzio.

Entrò mia madre annunziando la visita della signora Tàlice, in quel punto. Io lessi nel volto di Giuliana il fastidio, e anch'io fui preso da un'irritazione sorda contro l'importuna. Giuliana sospirò:

— Oh mio Dio!

— Dille che Giuliana riposa — io suggerii a mia madre con un accento quasi supplichevole.

Ella mi accennò che la visitatrice aspettava nella stanza contigua. Bisognò riceverla.

Questa signora Tàlice era d'una loquacità maligna e stucchevole. Mi guardava di tratto in tratto con un'aria curiosa. Come mia madre per caso, nel corso della conversazione, disse ch'io tenevo compagnia alla convalescente dalla mattina alla sera quasi di continuo, la signora Tàlice esclamò con un tono d'ironia manifesta, guardandomi:

— Che marito perfetto!

La mia irritazione crebbe così che mi risolsi, con un pretesto qualunque, ad andarmene.

Uscii di casa. Incontrai per le scale Maria e Natalia che tornavano accompagnate dalla governante. Mi assalirono secondo il solito, con un'infinità di moine; e Maria, la maggiore, mi diede alcune lettere che aveva prese dal portiere. Tra queste riconobbi sùbito la lettera dell'Assente. E allora mi sottrassi alle moine, quasi con impazienza. Giunto su la strada, mi soffermai per leggere.

Era una lettera breve ma appassionata, con due o tre frasi d'una eccessiva acutezza, quali sapeva trovare Teresa per agitarmi. Ella mi faceva sapere che sarebbe stata a Firenze tra il 20 e il 25 del mese e che avrebbe voluto incontrarmi là « come l'altra volta ». Mi prometteva notizie più esatte pel convegno.

Tutti i fantasmi delle illusioni e delle commozioni recenti abbandonarono a un tratto il mio spirito, come i fiori d'un albero scosso da una folata gagliarda. E come i fiori caduti sono per l'albero irrecuperabili, così furono per me quelle cose dell'anima: mi divennero estranee. Feci uno sforzo, tentai di raccogliermi; non riuscii a nulla. Mi misi a girare per le strade, senza scopo; entrai da un pasticciere, entrai da un libraio; comprai dolci e libri macchinalmente. Scendeva il crepuscolo; s'accendevano i fanali; i marciapiedi erano affollati; due o tre signore dalle loro carrozze risposero al mio saluto; passò un amico a fianco della sua amante che portava tra le mani un mazzo di rose, camminando presto e parlando e ridendo. Il soffio malefico della vita cittadina m'investì; risuscitò le mie curiosità, le mie cupidigie, le mie invidie. Arricchito in quelle settimane di continenza, il mio sangue ebbe come un'accensione subitanea. Alcune imagini mi balenarono lucidissime dentro. L'Assente mi riafferrò con le parole della sua lettera. E tutto il mio desiderio andò verso di lei, senza freno.

Ma quando il primo tumulto si fu placato, mentre risalivo le scale della mia casa, compresi tutta la gravità di quel che era accaduto, di quel che avevo fatto; compresi che veramente, poche ore prima, avevo riallacciato un legame, avevo obbligata la mia fede, avevo data una promessa, una promessa tacita ma solenne a una creatura ancóra debole e inferma; compresi che non avrei potuto senza infamia ritrarmi. E allora io mi rammaricai di non aver diffidato di quella commozione ingannevole, mi rammaricai di essermi troppo indugiato in quel languore sentimentale! Esaminai minutamente i miei atti e i miei detti di quel giorno, con la fredda sottigliezza d'un mercante subdolo il quale cerchi un appiglio per sottrarsi alla stipulazione di un contratto già concordato. Ah, le mie ultime parole erano state troppo gravi. Quel « Tu... potresti dimenticare? » pronunziato con quell'accento, dopo la lettura di quei versi, aveva avuto il valore di una conferma definitiva. E quel « Silenzio » di Giuliana era stato come un suggello.

« Ma » io pensai « questa volta ha ella proprio creduto al mio ravvedimento? Non è ella stata sempre un poco scettica a riguardo dei miei buoni moti? » E rividi quel suo tenue sorriso sfiduciato, già altre volte comparsole su le labbra. « Se ella dentro di sé non avesse creduto, se anche la sua illusione fosse caduta subitamente, allora forse la mia ritirata non avrebbe molta gravità, non la ferirebbe né la sdegnerebbe troppo; e l'episodio rimarrebbe senza conseguenza, e io rimarrei libero come prima. Villalilla rimarrebbe nel suo sogno. » E rividi l'altro sorriso, il sorriso nuovo, impreveduto, credulo, che le era comparso su le labbra al nome di Villalilla. « Che fare? Che risolvere? Come contenermi? » La lettera di Teresa Raffo mi bruciava forte.

Quando rientrai nella stanza di Giuliana,

m'accorsi al primo sguardo che ella *mi aspettava*. Mi parve lieta, con gli occhi lucidi, con un pallore più animato, più fresco.

— Tullio, dove sei stato? — mi domandò ridendo.

Io risposi:

— Mi ha messo in fuga la signora Tàlice.

Ella seguitò a ridere, d'un limpido riso giovenile che la trasfigurava. Io le porsi i libri e la scatola delle confetture.

— Per me? — esclamò, tutta contenta, come una bambina golosa; e si affrettò ad aprire la scatola, con piccoli gesti di grazia, che risollevavano nel mio spirito lembi di ricordi lontani. — Per me?

Prese un *bonbon,* fece l'atto di portarlo alla bocca, esitò un poco, lo lasciò ricadere, allontanò la scatola; e disse:

— Poi, poi...

— Sai, Tullio, — m'avvertì mia madre — non ha ancóra mangiato nulla. Ha voluto aspettarti.

— Ah, non t'ho ancóra detto... — proruppe Giuliana, divenuta rosea — non t'ho ancóra detto che c'è stato il dottore, mentre eri fuori. Mi ha trovata molto meglio. Potrò alzarmi giovedì. Capisci, Tullio? Potrò alzarmi giovedì...

Soggiunse:

— Fra dieci, fra quindici giorni al più, potrò anche mettermi in treno.

Soggiunse, dopo una pausa pensosa, con un tono minore:

— Villalilla!

Ella non aveva dunque pensato ad altro, non aveva sognato altro. Ella *aveva creduto; credeva.* Io duravo fatica a dissimulare la mia angoscia. Mi occupavo, con soverchia premura, forse, dei preparativi pel suo piccolo pranzo. Io medesimo le misi su le ginocchia la tavoletta.

Ella seguiva tutti i miei movimenti con uno sguardo carezzevole che mi faceva male. « Ah, se ella potesse indovinare! » D'un tratto, mia madre esclamò, candidamente:

— Come sei bella stasera, Giuliana!

Infatti, un'animazione straordinaria le avvivava le linee del volto, le accendeva gli occhi, la ringiovaniva tutta quanta. All'esclamazione di mia madre, ella arrossì; e un'ombra di quel rossore le rimase per tutta la sera su le gote.

— Giovedì mi alzerò — ripeteva. — Giovedì, fra tre giorni! Non saprò più camminare...

Insisteva col discorso su la sua guarigione, su la nostra partenza prossima. Chiese a mia madre alcune notizie su lo stato attuale della villa, sul giardino.

— Io piantai un ramo di salice vicino alla peschiera, l'ultima volta che ci fummo. Ti ricordi, Tullio? Chi sa se ce lo ritroverò...

— Sì sì, — interruppe mia madre, raggiante — ce lo ritroverai; è cresciuto; è un albero. Domandalo a Federico.

— Davvero? Davvero? Dimmi dunque, mamma...

Pareva che quella piccola particolarità in quel momento avesse per lei un'importanza incalcolabile. Ella divenne loquace. Io mi meravigliavo ch'ella fosse così a dentro nell'illusione, mi meravigliavo ch'ella fosse così trasfigurata dal suo sogno. « Perché, perché questa volta ella *ha creduto*? Come mai si lascia così trasportare? Chi le dà questa insolita fede? » E il pensiero della mia infamia prossima, forse inevitabile, mi agghiacciava. « Perché inevitabile? Non saprò dunque mai liberarmi? Io *debbo,* io *debbo* mantenere la mia promessa. Mia madre è testimone della mia promessa. A qualunque costo, la manterrò. » E con uno sforzo interiore, quasi direi con una scossa della conscienza, io uscii dal tumulto delle incertezze; e mi rivolsi a Giuliana, per un moto dell'anima quasi violento.

Ella mi piacque ancóra, eccitata com'era, vivace, giovine. Mi rammentava la Giuliana d'un tempo, che tante volte in mezzo alla tranquillità della vita familiare io aveva sollevata d'improvviso su le mie braccia, come preso da una follia repentina, e portata di corsa nell'alcova.

— No, no, mamma; non mi far più bere — ella pregò, trattenendo mia madre che le versava il vino. — Già ho bevuto troppo, senza accorgermene. Ah questo Chablis! Ti ricordi, Tullio?

E rise, guardandomi dentro le pupille, nell'evocare il ricordo d'amore su cui ondeggiava il fumo di quel delicato vino amaretto e biondo ch'ella prediligeva.

— Mi ricordo — io risposi.

Ella socchiuse le palpebre, con un leggero tremolio dei cigli. Disse poi:

— Fa caldo qui. È vero? Ho gli orecchi che mi scottano.

E si strinse la testa fra le palme, per sentire il bruciore. Il lume, che ardeva a lato del letto, rischiarava intensamente la lunga linea del viso; faceva rilucere tra il folto de' capelli castagni alcuni fili d'oro chiaro, ove l'orecchio piccolo e fine, acceso alla sommità, traspariva.

A un punto, mentre io aiutavo a sparecchiare (mia madre era uscita, e la cameriera anche, per un momento, e stavano nella stanza attigua), ella chiamò sottovoce:

— Tullio!

E, con un gesto furtivo attirandomi, mi baciò su una gota.

Ora, non doveva ella con quel bacio riprendermi interamente, anima e corpo, per sempre? Quell'atto, in lei così sdegnosa e così fiera, non significava che ella voleva tutto obliare, che aveva già tutto obliato per rivivere con me una vita nuova? Avrebbe potuto ella riabbandonarsi al mio amore con più grazia, con maggior confidenza? La sorella ridiventava l'amante a un tratto. La sorella impeccabile aveva conservato nel sangue, nelle più segrete vene, la memoria delle mie carezze, quella memoria organica delle sensazioni, così viva nella donna e così tenace. Ripensando, quando mi ritrovai solo, ebbi interrottamente alcune visioni di giorni lontani, di sere lontane. « Un crepuscolo di giugno, caldo, tutto roseo, navigato da misteriosi profumi, terribile ai solitarii, a coloro che rimpiangono o che desiderano. Io entro nella stanza. Ella è seduta presso alla finestra, con un libro su le ginocchia, tutta languida, pallidissima, nell'attitudine di chi sia per venir meno. — Giuliana! — Ella si scuote, si risolleva. — Che fai? — Risponde: — Nulla. — E un'alterazione indefinibile, come una violenza di cose soffocate, passa nei suoi occhi troppo neri. » Quante volte, dal giorno della triste rinunzia, ella aveva patito nella sua povera carne quelle torture? Il mio pensiero s'indugiò intorno alle imagini suscitate dal piccolo fatto recente. La singolare eccitazione mostrata da Giuliana mi rammentò certi esempi della sua sensibilità fisica straordinariamente acuta. La malattia, forse, aveva aumentata, esasperata quella sensibilità. Ed io pensai, curioso e perverso, che avrei veduto la debole vita della convalescente ardere e struggersi sotto la mia carezza; e pensai che la voluttà avrebbe avuto quasi un sapore di incesto. « Se ella ne morisse? » pensai. Certe parole del chirurgo mi tornavano alla memoria, sinistre. E, per quella crudeltà che è in fondo a tutti gli uomini sensuali, il pericolo non mi spaventò ma mi attrasse. Io m'indugiai ad esaminare il mio sentimento con quella specie di amara compiacenza, mista di disgusto, che portavo nell'analisi di tutte le manifestazioni interiori le quali mi paressero fornire una prova della malvagità fondamentale umana. « Perché l'uomo ha nella sua natura questa orribile facoltà di godere con maggiore acutezza quando è consapevole di nuocere alla creatura da cui prende il godimento? Perché un germe della tanto esecrata perversione sàdica è in ciascun uomo che ama e che desidera? »

Questi pensieri, più che il primitivo spontaneo sentimento di bontà e di pietà, questi pensieri obliqui mi condussero in quella notte a raffermare il mio proposito in favore della illusa. L'Assente mi avvelenava anche di lontano. Per vincere la resistenza del mio egoismo, ebbi bisogno di contrapporre all'imagine della deliziosa depravazione di quella donna l'imagine di una nuova rarissima depravazione che io mi promettevo di coltivar con lentezza nella onesta securità della mia casa. Allora, con quell'arte quasi direi alchimistica che io aveva nel combinare i varii *prodotti* del mio spirito, analizzai la serie degli « stati d'animo » speciali in me determinati da Giuliana nelle diverse epoche della nostra vita comune, e ne trassi alcuni elementi i quali mi servirono a construrre un nuovo stato, fittizio, singolarmente adatto ad accrescere l'intensità di quelle sensazioni che io voleva esperimentare. Così, per esempio, allo scopo di rendere più acre quel « sapore d'incesto » che m'attraeva eccitando la mia fantasia scellerata, io cercai di rappresentarmi i momenti in cui più profondo era stato in me il « sentimento fraterno » e più schietta mi era parsa l'attitudine di sorella in Giuliana.

E chi s'indugiava in queste miserabili sottigliezze di maniaco era l'uomo medesimo che poche ore innanzi aveva sentito il suo cuore tremare nella semplice commozione della bontà, al lume di un sorriso impreveduto! Di tali crisi contradittorie si componeva la sua vita: illogica, frammentaria, incoerente. Erano in lui tendenze d'ogni specie, tutti i possibili contrarii, e tra questi contrarii tutte le gradazioni intermedie e tra quelle tendenze tutte le combinazioni. Secondo il tempo e il luogo, secondo il vario urto delle circostanze, d'un piccolo fatto, d'una parola, secondo influenze interne assai più oscure, il fondo stabile del suo essere si rivestiva di aspetti mutevolissimi, fuggevolissimi, strani. Un suo speciale stato organico rinforzava una sua speciale tendenza; e questa tendenza diveniva un centro di attrazione verso il quale convergevano gli stati e le tendenze direttamente associati; e a poco a poco le associazioni si propagavano. Il suo centro di gravità allora si trovava spostato e la sua personalità diventava un'altra. Silenziose onde di sangue e d'idee facevano fiorire sul fondo stabile del suo essere, a gradi o ad un tratto, anime nuove. Egli era *multanime.*

Insisto su l'episodio perché veramente segna il punto decisivo.

La mattina dopo, al risveglio, non conservavo se non una nozione confusa di quanto era accaduto. La viltà e l'angoscia mi ripresero appena ebbi sotto gli occhi un'altra lettera di Teresa Raffo, con cui ella mi confermava il convegno a Firenze pel 21, dandomi istruzioni precise. Il 21 era sabato, e giovedì 19 Giuliana si levava per la prima volta. Io discussi a lungo, con me stesso, tutte le possibilità. Discutendo, incominciai a transigere. « Sì, non c'è dubbio: è necessaria una rottura, è inevitabile. Ma in che modo io romperò? con quale pretesto? Posso io annunziare il mio proposito a Teresa con una semplice lettera? La mia ultima risposta era ancóra calda di passione, smaniosa di desiderio. Come giustificare questo mutamento subitaneo? Merita la povera amica un colpo tanto inaspettato e brutale? Ella mi ha molto amato, mi ama; ha sfidato per me, un tempo, qualche pericolo. Io l'ho amata... l'amo. La nostra grande e strana passione è conosciuta; invidiata anche; insidiata anche... Quanti uomini ambiscono a succedermi! Innumerevoli. » Numerai rapidamente i rivali più temibili, i successori più probabili, considerandone le figure imaginate. « C'è forse a Roma una donna più bionda, più affascinante, più desiderabile di lei? » La stessa accensione repentina, avvenuta la sera innanzi nel mio sangue, mi percorse tutte le vene. E il pensiero della rinunzia volontaria mi parve assurdo, inammissibile. « No, no, non avrò mai la forza; non vorrò, non potrò mai. »

Sedata la turbolenza, proseguii il vano dibattito, pur avendo in fondo a me la certezza che, giunta l'ora, non avrei potuto non partire. Ebbi però il coraggio, uscendo dalla stanza della convalescente, essendo ancóra tutto vibrante di commozione, ebbi il supremo coraggio di scrivere a quella che mi chiamava: « Non verrò. » Inventai un pretesto; e, mi ricordo bene, quasi per istinto lo scelsi tale che a lei non sembrasse troppo grave. — Speri dunque che ella non curi il pretesto e t'imponga di partire? — chiese qualcuno dentro di me. Non sfuggii a quel sarcasmo; e un'irritazione e un'ansietà atroci s'impadronirono di me, non mi diedero tregua. Facevo sforzi inauditi per dissimulare, al conspetto di Giuliana e di mia madre. Evitavo studiosamente di trovarmi solo con la povera illusa; e ad ogni tratto mi pareva di leggere nei suoi miti umidi occhi il principio di un dubbio, mi pareva di veder passare qualche ombra su la sua fronte pura.

Il giorno di mercoledì ebbi un telegramma imperioso e minaccioso (non era quasi aspettato?): « O tu verrai o non mi vedrai più. » E io risposi: « Verrò. »

Sùbito dopo quell'atto, commesso con quella specie di sovreccitazione inconsciente che accompagna tutti gli atti decisivi della vita, io provai un particolare sollievo, vedendo gli avvenimenti determinarsi. Il senso della mia irresponsabilità, il senso della necessità di ciò che accadeva ed era per accadere divennero in me profondissimi. « Se, pur conoscendo il male che io faccio e pur condannandomi in me medesimo, io non posso fare altrimenti, segno è che obbedisco a una forza superiore ignota. Io sono la vittima di un Destino crudele, ironico ed invincibile. »

Nondimeno, appena misi il piede su la soglia della stanza di Giuliana, sentii piombarmi sul cuore un peso enorme; e mi soffermai, vacillante, fra le portiere che mi nascondevano. « Basterà ch'ella mi guardi per indovinar tutto », pensai smarrito. E fui sul punto di tornare indietro. Ma ella disse, con una voce che non m'era mai parsa tanto dolce:

— Tullio, sei tu?

Allora feci un passo. Ella gridò, vedendomi:

— Tullio, che hai? Ti senti male?

— Una vertigine... M'è passata già — risposi; e mi rassicurai pensando: « Ella non ha indovinato. »

Ella, infatti, era inconsapevole; e a me pareva

strano che così fosse. Dovevo io prepararla al colpo brutale? Dovevo parlare sinceramente o architettare qualche menzogna pietosa? Oppure dovevo partire all'improvviso, senza avvertirla, lasciandole in una lettera la mia confessione? Qual era il modo preferibile per rendere meno grave a me lo sforzo e meno cruda in lei la sorpresa?

Ahimè, nel dibattito difficile, per un tristo istinto io mi preoccupavo d'alleggerir me più che lei. E certo avrei scelto il modo della partenza improvvisa e della lettera, se non mi avesse trattenuto il riguardo per mia madre. Era necessario risparmiare mia madre, sempre, ad ogni patto. Anche questa volta non sfuggii al sarcasmo interiore. « Ah, ad *ogni* patto? Che cuore generoso! Ma pure, via, è così comodo per te il vecchio patto, ed anche sicuro... Anche questa volta, se tu vorrai, la vittima si sforzerà di sorridere sentendosi morire. Confida in lei, dunque, e non ti curare d'altro, cuore generoso. »

L'uomo trova nel sincero e supremo disprezzo di sé medesimo qualche volta, veramente, una particolare gioia.

— A che pensi, Tullio? — mi domandò Giuliana, con un gesto ingenuo appuntandomi l'indice tra l'uno e l'altro sopracciglio come per fermare il pensiero.

Io le presi quella mano, senza rispondere. E il silenzio stesso, che parve grave, bastò a modificare di nuovo l'attitudine del mio spirito; la dolcezza che era nella voce e nel gesto della inconsapevole mi ammollì, mi suscitò quel sentimento snervante da cui hanno origine le lacrime; che si chiama *pietà di sé*. Provai un acuto bisogno d'essere compassionato. Nel tempo medesimo qualcuno mi suggeriva dentro: «Approfitta di questa disposizione d'animo, senza fare per ora alcuna rivelazione. Esagerandola, tu puoi facilmente giungere fino al pianto. Tu sai bene che straordinario effetto abbia su una donna il pianto dell'uomo amato. Giuliana ne sarà sconvolta; e tu sembrerai essere travagliato da un dolore terribile. Domani poi, quando tu le dirai la verità, il ricordo delle lacrime ti rialzerà nell'animo di lei. Ella potrà pensare: — Ah, dunque per questo ieri piangeva così dirottamente. Povero amico! — E tu non sarai giudicato un egoista odioso; ma sembrerai aver combattuto con tutte le tue forze invano contro chi sa qual potere funesto; sembrerai essere tenuto chi sa da quale morbo immedicabile e portare nel tuo petto un cuore lacerato. Approfitta, dunque, approfitta.»

— Hai qualche cosa *sul cuore?* — mi domandò Giuliana, con una voce sommessa, carezzevole, piena di confidenza.

Io tenevo il capo chino; ed ero, certo, commosso. Ma la preparazione di quel pianto *utile* distrasse il mio sentimento, ne arrestò la spontaneità e ritardò quindi il fenomeno fisiologico delle lacrime. «Se io non potessi piangere? Se non *mi venissero* le lacrime?» pensai con uno sgomento ridicolo e puerile, come se tutto dipendesse da quel piccolo fatto materiale che la mia volontà non bastava a produrre. E intanto qualcuno, sempre il medesimo, soffiava: «Che peccato! Che peccato! L'ora non potrebbe essere più favorevole. Nella stanza ci si vede appena. Che effetto, un singhiozzo nell'ombra! »

— Tullio, non mi rispondi? — soggiunse Giuliana, dopo un intervallo, passandomi la mano su la fronte e su i capelli perché io alzassi la faccia. — A me tu puoi dire tutto. Lo sai.

Ah, veramente, dopo d'allora io non ho mai più udita una voce umana di quella dolcezza. Neppure mia madre ha mai saputo parlarmi così.

Gli occhi mi si inumidirono, e io sentii tra i cigli il tepore del pianto. « Questo, questo è il momento di prorompere. » Ma non fu se non una lacrima; e io (umiliante cosa ma pur vera; e in simili meschinità mimiche si rimpicciolisce la maggior parte delle commozioni umane nel manifestarsi) io alzai il viso perché Giuliana la scorgesse e provai per qualche attimo un'ansietà smaniosa temendo che nell'ombra ella non la scorgesse luccicare. Quasi per avvertirla, ritirai il fiato in dentro, forte, come si fa quando si vuol contenere un singhiozzo. Ed ella avvicinando il suo volto al mio per guardarmi da presso, poiché rimanevo muto, ripeté:

— Non rispondi?

E intravide; e, per accertarsi, mi afferrò la testa e me l'arrovesciò, con un gesto quasi brusco.

— Piangi?

La sua voce era mutata.

E io mi liberai all'improvviso, mi levai per fuggire, come uno che non possa più reggere la piena dell'affanno.

— Addio, addio. Lasciami andare, Giuliana. Addio.

E uscii dalla stanza, a precipizio.

Quando fui solo, ebbi disgusto di me.

Era la vigilia d'una solennità per la convalescente. Qualche ora dopo, come mi ripresentai a lei per assistere al piccolo pranzo consueto, la ritrovai in compagnia di mia madre. Appena mi vide, mia madre esclamò:

— Dunque domani, Tullio, giorno di festa.

Io e Giuliana ci guardammo, ambedue ansiosi. Poi parlammo del domani, dell'ora in cui ella avrebbe potuto alzarsi, di tante minute particolarità, con un certo sforzo, un poco distratti. E io m'auguravo, dentro di me, che mia madre non si assentasse.

Ebbi fortuna, perché una sola volta mia madre uscì e rientrò quasi sùbito. Nel frattempo, Giuliana rapidamente mi chiese:

— Che avevi, dianzi? Non me lo vuoi dire?

— Nulla, nulla.

— Vedi, così tu mi guasti la festa.

— No, no. Ti dirò... ti dirò... poi. Non ci pensare, ora; ti prego.

— Sii buono!

Mia madre rientrava con Maria e Natalia. Ma l'accento con cui Giuliana aveva proferito quelle poche parole bastò per convincermi che ella non sospettava la verità. Pensava ella forse che quella tristezza mi venisse da un'ombra del mio passato incancellabile e inespiabile? Pensava che io fossi torturato dal rammarico di averle fatto tanto male e dal timore di non meritare tutto il suo perdono?

Fu ancóra una commozione viva, la mattina dopo (per compiacere il desiderio di lei aspettavo nella stanza prossima), quando mi sentii chiamare dalla sua voce squillante.

— Tullio, vieni.

Ed entrai; e la vidi in piedi, che sembrava più alta, più snella, quasi fragile. Vestita d'una specie di tunica ampia e fluida, a lunghe pieghe diritte, ella sorrideva, esitando, reggendosi appena, tenendo le braccia discoste dai fianchi come per cercare l'equilibrio, volgendosi ora a me ora a mia madre.

Mia madre la guardava con una indescrivibile espressione di tenerezza, pronta a sorreggerla. Io stesso tendevo le mani, pronto a sorreggerla.

— No, no, — ella pregò — lasciatemi, lasciatemi. Non cado. Voglio andare da me fino alla poltrona.

Ella avanzò il piede, fece un passo, pianamente. Aveva nel viso il candore d'una gioia infantile.

— Bada, Giuliana!

Fece ancóra due o tre passi; poi, assalita da uno sbigottimento repentino, dal timor pànico di cadere, esitò un attimo tra me e mia madre, e si gittò nelle mie braccia, sul mio petto, abbandonandosi con tutto il suo peso, sussultando come se singhiozzasse. Ella rideva, invece, un poco soffocata dall'ansia; e, come ella non portava busto, le mie mani la sentirono tutta esile e pieghevole a traverso la stoffa, il mio petto la sentì tutta palpitante e morbida, le mie nari aspirarono il profumo dei suoi capelli, i miei occhi rividero sul suo collo il piccolo segno bruno.

— Ho avuto paura, — ella diceva interrottamente, ridendo e ansando — ho avuto paura di cadere.

E, come ella arrovesciava la testa verso mia madre per guardarla, senza staccarsi da me, io scorsi un poco della sua gengiva esangue e il bianco degli occhi e qualche cosa di convulso in tutto il viso. E conobbi che tenevo fra le braccia una povera creatura inferma, profondamente alterata dall'infermità, con i nervi indeboliti, con le vene impoverite, forse insanabile. Ma ripensai la sua trasfigurazione in quella sera del bacio inaspettato; e l'opera di carità e d'amore e d'ammenda, a cui rinunziavo, ancóra una volta m'apparve bellissima.

— Conducimi tu alla poltrona, Tullio — ella diceva.

Sostenendola col mio braccio alle reni, io la condussi piano piano; l'aiutai ad adagiarsi; disposi su la spalliera i cuscini di piume, e mi ricordo che scelsi quello di tono più squisito perché ella vi appoggiasse la testa. Anche, per metterle un cuscino sotto i piedi, m'inginocchiai; e vidi la sua calza di colore gridellino, la sua pianella esigua che nascondeva poco più del pollice. Come in *quella sera,* ella seguiva tutti i miei movimenti con uno sguardo carezzevole. E io m'indugiavo. Accostai un piccolo tavolo da tè, sopra ci posai un vaso di fiori freschi, qualche libro, una stecca d'avorio. Senza volere, mettevo in quelle mie premure un po' di ostentazione.

L'ironia ricominciò. « Molto abile! Molto abile! È utilissimo quel che fai, sotto gli occhi di tua madre. Come potrà ella sospettare, dopo avere assistito a queste tue tenerezze? Quel po' di ostentazione, anche, non guasta. Ella non ha la vista troppo acuta. Séguita, séguita. Tutto va a meraviglia. Coraggio! »

— Oh come si sta bene qui! — esclamò Giuliana con un sospiro di sollievo, socchiudendo i cigli. — Grazie, Tullio.

Qualche minuto dopo, quando mia madre uscì, quando rimanemmo soli, ella ripeté, con un sentimento più profondo:

— Grazie.

E alzò una mano verso di me, perché io la prendessi nelle mie. Essendo ampia la manica, nel gesto il braccio si scoperse fin quasi al gomito. E quella mano bianca e fedele, che portava l'amore, l'indulgenza, la pace, il sogno, l'oblio, tutte le cose belle e tutte le cose buone, tremò un istante nell'aria verso di me come per l'offerta suprema.

Credo che nell'ora della morte, nell'attimo stesso in cui cesserò di soffrire, io rivedrò quel gesto solo; fra tutte le imagini della vita passata innumerabili, rivedrò unicamente quel gesto.

Quando ripenso, non riesco a ricostruire con esattezza la condizione nella quale mi trovai. Posso affermare che anche allora io comprendevo l'estrema gravità del momento e lo straordinario valore degli atti che si compivano ed erano per compiersi. La mia perspicacia era, o mi pareva, perfetta. Due processi di conscienza si svolgevano dentro di me, senza confondersi, bene distinti, paralleli. In uno predominava, insieme con la pietà verso la creatura che io stava per colpire, un sentimento di acuto rammarico verso l'offerta ch'io stava per respingere. Nell'altro predominava, insieme con la cupa bramosia verso l'amante lontana, un sentimento egoistico esercitato nel freddo esame delle circostanze che potevano favorire la mia impunità. Questo parallelismo portava la mia vita interna ad una intensità e ad una accelerazione incredibili.

Il momento decisivo era venuto. Dovendo partire al dimani, non potevo temporeggiare più oltre. Perché la cosa non sembrasse oscura e troppo subitanea, era necessario in quella mattina stessa, a colazione, annunziare la partenza a mia madre e addurre il pretesto plausibile. Era necessario anche, prima che a mia madre, dare l'annunzio a Giuliana perché non accadessero contrattempi pericolosi. « E se Giuliana prorompesse, alfine? Se, nell'impeto del dolore e dello sdegno, ella rivelasse a mia madre la verità? Come ottenere da lei una promessa di silenzio, un nuovo atto di abnegazione? » Fino all'ultimo io discussi, dentro di me. « Comprenderà sùbito, alla prima parola? E se non comprendesse? Se ingenuamente mi chiedesse la ragione del mio viaggio? Come risponderei? Ma ella comprenderà. È impossibile che ella non abbia già saputo da qualcuna delle sue amiche, da quella signora Tàlice, per esempio, che Teresa Raffo non è a Roma. »

Le mie forze cominciavano già a cedere. Non

avrei potuto più a lungo sostenere l'orgasmo che cresceva di minuto in minuto. Mi risolsi, con una tensione di tutti i miei nervi; e, poiché ella parlava, desiderai che ella medesima mi offrisse l'opportunità di scoccare la freccia.

Ella parlava di molte cose specialmente future, con una volubilità insolita. Quel non so che di convulso in lei, già da me notato prima, mi pareva più palese. Io stavo ancóra in piedi, dietro la poltrona. Fino a quel momento avevo evitato il suo sguardo movendomi ad arte per la stanza, sempre dietro la poltrona, ora occupato a fermare le tende della finestra, ora a riordinare i libri nella piccola scansia, ora a raccogliere di sul tappeto le foglie cadute da un mazzo di rose disfatto. Stando in piedi, guardavo la riga dei suoi capelli, i suoi cigli lunghi e ricurvi, la lieve palpitazione del suo petto, e le sue mani, le sue belle mani che posavano su i bracciuoli, prone come in quel giorno, pallide come in quel giorno quando « soltanto le vene azzurre le distinguevano dal lino ».

Quel giorno! Non era trascorsa neppure una settimana. Perché pareva dunque tanto remoto?

Stando in piedi dietro di lei, in quella tensione estrema, come in agguato, io pensai che forse ella sentiva per istinto sul suo capo la minaccia; e credetti indovinare in lei una specie di vago malessere. Ancóra una volta mi si strinse il cuore, intollerabilmente.

A un punto, infine, ella disse:

— *Domani*, se starò meglio, tu mi porterai su la terrazza, all'aria...

Io interruppi:

— *Domani* non sarò qui.

Ella si scosse al suono strano della mia voce. Io soggiunsi, senza attendere:

— Partirò...

Soggiunsi ancóra, con uno sforzo per snodare la lingua, raccapricciato come uno che debba iterare il colpo per finire la vittima:

— Partirò per Firenze.

— Ah!

Ella aveva compreso a un tratto. Si volse con un moto rapido, si torse tutta su i cuscini per guardarmi; e io rividi, per quella torsione violenta, il bianco de' suoi occhi, la sua gengiva esangue.

— Giuliana! — balbettai, senza sapere che altro dirle, chinandomi verso di lei, temendo ch'ella venisse meno.

Ma ella abbassò le palpebre, si ricompose, si ritrasse, si restrinse in sé stessa, come presa da un gran freddo. Rimase così qualche minuto, con gli occhi chiusi, con la bocca serrata, immobile. Soltanto la pulsazione visibile della carotide nel collo e qualche contrazione convulsiva nelle mani davano indizio della vita.

Non fu un delitto? Fu il *primo* dei miei delitti; e non il minore, forse.

Partii, in condizioni terribili. La mia assenza durò più di una settimana. Quando tornai e nei giorni che seguirono il mio ritorno, io stesso mi meravigliavo della mia sfrontatezza quasi cinica. Ero posseduto da una specie di malefizio che aboliva in me ogni senso morale e mi rendeva capace delle peggiori ingiustizie, delle peggiori crudeltà. Giuliana anche questa volta mostrava una forza prodigiosa; anche questa volta aveva saputo tacere. E m'appariva chiusa nel suo silenzio come in un'armatura adamantina, impenetrabile.

Andò con le figlie e con mia madre alla Badiola. Le accompagnava mio fratello. Io rimasi a Roma.

Da quel tempo incominciò per me un periodo tristissimo, oscurissimo, il cui ricordo ancóra mi riempie di nausea e d'umiliazione. Tenuto da quel sentimento che meglio di ogni altro rimescola il fango essenziale nell'uomo, io patii tutto lo strazio che una donna può fare di un'anima fiacca, appassionata e sempre vigile. Accesa da un sospetto, una terribile gelosia sensuale divampò in me disseccando tutte le buone fonti interiori, alimentandosi di tutto il fecciume che posava nell'infimo della mia sostanza bruta.

Teresa Raffo non m'era parsa mai desiderabile come ora che non potevo disgiungerla da una imagine fallica, da una sozzura. Ed ella si valeva del mio stesso disprezzo per inacerbire la mia brama. Agonie atroci, gioie abiette, sottomissioni disonoranti, patti vili proposti ed accettati senza rossore, lacrime più acri di qualunque tossico, frenesie improvvise che mi spingevano sul confine della demenza, cadute nell'abisso della lussuria così violente che mi lasciavano per lunghi giorni istupidito, tutte le miserie e tutte le ignominie della passione carnale esasperata dalla gelosia, tutte io le conobbi. La mia casa mi divenne estranea; la presenza di Giuliana mi divenne incresciosa. Intere settimane passavano, talvolta, senza che io le rivolgessi una parola. Assorto nel mio supplizio interiore, io non la vedevo, non la udivo. In certi momenti, levando gli occhi su lei, mi meravigliavo del suo pallore, della sua espressione, di certe particolarità del suo volto, come di cose nuove, inaspettate, strane; e non giungevo a riconquistare intera la nozione della realtà. Tutti gli atti della sua esistenza m'erano ignoti. Io non provavo alcun bisogno d'interrogarla, di sapere; non provavo per lei alcuna inquietudine, alcuna sollecitudine, alcun timore. Una durezza inesplicabile mi fasciava l'anima contro di lei. Anche, talvolta, io avevo contro di lei una specie di vago rancore, inesplicabile. Un giorno la sentii ridere; e il suo riso m'irritò, mi fece quasi ira.

Un altro giorno palpitai forte, udendola cantare da una stanza lontana. Cantava *l'aria* di Orfeo:

Che farò senza Euridice?...

Era la prima volta, dopo lungo tempo, che ella cantava così, movendosi per la casa; era la prima volta che io la riudiva, dopo lunghissimo tempo. — Perché cantava? Era dunque lieta? A quale affetto del suo animo rispondeva quell'effusione insolita? — Un turbamento inesplicabile mi vinse. Andai verso di lei senza riflettere, chiamandola per nome.

Vedendomi entrare nella sua stanza, ella si

stupì; rimase per un poco attonita, in una sospensione manifesta.

— Canti? — io dissi, per dire qualche cosa, impacciato, meravigliato io stesso del mio atto straordinario.

Ella sorrise d'un sorriso incerto, non sapendo che rispondere, non sapendo quale contegno assumere davanti a me. E mi parve di leggere nei suoi occhi una curiosità penosa, già altre volte da me notata fuggevolmente: quella curiosità compassionevole con cui si guarda una persona sospettata di follia, un ossesso. Infatti, nello specchio di contro io scorsi la mia imagine; rividi il mio volto scarno, le mie occhiaie profonde, la mia bocca tumida, quell'aspetto di febricitante che avevo già da qualche mese.

— Ti vestivi per uscire? — le domandai, ancóra impacciato, quasi peritoso, non sapendo che altro dimandare, volendo evitare il silenzio.

— Sì.

Era di mattina; era di novembre. Ella stava in piedi, presso a un tavolo ornato di merletti su cui rilucevano sparse le innumerevoli minuterie moderne destinate alla cura della bellezza muliebre. Portava un abito di vigogna oscuro; e teneva ancóra in mano un pettine di tartaruga bionda con la costola d'argento. L'abito, di foggia semplicissima, secondava la svelta eleganza della persona. Un gran mazzo di crisantemi bianchi le saliva di sul tavolo all'altezza della spalla. Il sole dell'estate di San Martino scendeva per la finestra; e nella luce vagava un profumo di cipria o d'essenza che io non seppi riconoscere.

— Qual è, ora, il tuo profumo? — le domandai.

Ella rispose:

— *Crab-apple*.

Io soggiunsi:

— Mi piace.

Ella prese di sul tavolo una fiala e me la porse. E io la fiutai a lungo per fare qualche cosa, per avere il tempo di preparare un'altra qualunque frase. Non riuscivo a dissipare la mia confusione, a riconquistare la mia franchezza. Sentivo che ogni intimità fra noi due era caduta. Ella mi pareva *un'altra donna*. E intanto *l'aria* di Orfeo mi ondeggiava ancóra su l'anima, m'inquietava ancóra.

Che farò senza Euridice?...

In quella luce dorata e tepida, in quel profumo così molle, in mezzo a tutti quegli oggetti improntati di grazia feminile, il fantasma della melodia antica pareva svegliare il palpito d'una vita segreta, spandere l'ombra d'un non so che mistero.

— Com'è bella l'aria che tu cantavi dianzi! — io dissi, obbedendo all'impulso che mi veniva dalla strana inquietudine.

— Tanto bella! — ella esclamò.

E una domanda mi saliva alle labbra: « Ma perché cantavi? » La trattenni; e ricercai dentro di me la ragione di quella curiosità che mi pungeva.

Successe un intervallo di silenzio. Ella scorreva con l'unghia del pollice su i denti del pettine, producendo un leggero stridore. (Quello stridore è una particolarità chiarissima nel mio ricordo).

— Tu ti vestivi per uscire. Séguita dunque — io dissi.

— Non ho da mettermi che la giacca e il cappello. Che ora è?

— Manca un quarto alle undici.

— Ah, già così tardi?

Ella prese il cappello e il velo; e si mise a sedere davanti allo specchio. Io la guardavo. Un'altra domanda mi salì alle labbra: « Dove vai? » Ma trattenni anche questa, benché potesse sembrare naturale. E seguitai a guardarla attento.

Ella mi riapparve quale era in realtà: una giovine signora elegantissima, una dolce e nobile figura, piena di finezze fisiche, e illuminata da intense espressioni spirituali; una signora adorabile, insomma, che avrebbe potuto essere un'amante deliziosa per la carne e per lo spirito. « S'ella fosse veramente l'amante di qualcuno? » allora pensai. « Certo è impossibile ch'ella non sia stata molte volte insidiata e da molti. Troppo è noto l'abbandono in cui la lascio; troppo son noti i miei torti. S'ella avesse ceduto a qualcuno? O se anche stesse per cedere? S'ella giudicasse alfine inutile e ingiusto il sacrificio della sua giovinezza? S'ella fosse alfine stanca della lunga abnegazione? S'ella conoscesse un uomo a me superiore, un seduttore delicato e profondo che le insegnasse la curiosità del nuovo e le facesse dimenticare l'infedele? Se io avessi già perduto interamente il suo cuore, troppe volte calpestato senza pietà e senza rimorso?» Uno sgomento subitaneo m'invase; e la stretta dell'angoscia fu così forte che io pensai: «Ecco, ora le confesso il mio dubbio. La guarderò in fondo alle pupille dicendole: — Sei ancóra *pura?* — E saprò la verità. Ella non è capace di mentire.» «Non è capace di mentire? Ah, ah, ah! Una donna!... Che ne sai tu? Una donna è capace di tutto. Ricordatene. Qualche volta un gran manto eroico è servito a nascondere una mezza dozzina di amanti. Sacrificio! Abnegazione! Apparenze, parole. Chi potrà mai conoscere il vero? Giura, se puoi, su la fedeltà di tua moglie: non dico su quella d'oggi ma soltanto su quella anteriore all'episodio della malattia. Giura in perfetta fede, se puoi.» E la voce maligna (ah, Teresa Raffo, come operava il vostro veleno!), la voce perfida mi agghiacciò.

— Abbi pazienza, Tullio — mi disse, quasi timidamente, Giuliana. — Mettimi questo spillo qui, nel velo.

Ella teneva le braccia alzate e arcuate verso la sommità della testa, per fermare il velo; e le sue dita bianche cercavano invano d'appuntarlo. La sua attitudine era piena di grazia. Le sue dita bianche mi fecero pensare: «Quanto tempo è che noi non ci stringiamo la mano! Oh le forti e calde strette di mano che ella mi dava un tempo, come per assicurarmi che non mi serbava rancore di nessuna offesa! Ora forse la sua mano è impura? » E, mentre le appuntavo il velo, provai una repulsione istantanea al pensiero della possibile impurità.

Ella si levò, e io l'aiutai anche a indossare la giacca. Due o tre volte i nostri occhi s'incontrarono fugacemente; ma ancóra una volta io lessi nei suoi una specie di curiosità inquieta. Ella forse domandava a sé stessa: « Perché è entrato qui? Perché si trattiene? Che significa quella sua aria smarrita? Che vuole da me? Che gli accade? »

— Permetti... un momento — disse, e uscì dalla stanza.

L'udii che chiamava Miss Edith, la governante. Come fui solo, involontariamente i miei occhi andarono alla piccola scrivania ingombra di lettere, di biglietti, di libri. M'avvicinai; e i miei occhi vagarono per un poco su le carte, come tentati di scoprire... « che cosa? forse *la prova?* » Ma scossi da me la tentazione bassa e sciocca. Guardai un libro che aveva una coperta di stoffa antica e tra le pagine una daghetta. Era il libro in lettura, sfogliato a metà. Era il romanzo recentissimo di Filippo Arborio, *Il Segreto*. Lessi sul frontespizio una dedica, di pugno dell'autore: — *A voi, Giuliana Hermil*, Tvrris Ebvrnea, *indegnamente offro. F. Arborio. Ognissanti '85*.

Giuliana dunque conosceva il romanziere? Quale attitudine aveva lo spirito di Giuliana verso colui? Ed evocai la figura fine e seducente dello scrittore, quale io l'aveva veduta in luoghi publici qualche volta. Certo, egli poteva piacere a Giuliana. Secondo alcune voci che erano corse, egli piaceva alle donne. I suoi romanzi, pieni d'una psicologia complicata, talora acutissima, spesso falsa, turbavano le anime sentimentali, accendevano le fantasie inquiete, insegnavano con suprema eleganza il disdegno della vita comune. *Un'agonia*, *La Cattolicissima*, *Angelica Doni*, *Giorgio Aliora*, *Il Segreto* davano della vita una visione intensa come d'una vasta combustione dalle figure di bragia innumerevoli. Ciascuno dei suoi personaggi combatteva per la sua Chimera, in un duello disperato con la realtà.

« Non aveva questo straordinario artista, che i suoi libri mostravano quasi direi sublimato in essenza spirituale pura, non aveva egli esercitato il suo fascino anche su me? Non avevo io chiamato quel suo *Giorgio Aliora* un libro "fraterno"? Non avevo io ritrovato in qualcuna delle sue creature letterarie certe strane rassomiglianze col mio essere intimo? E se appunto questa nostra affinità strana gli agevolasse l'opera di seduzione forse intrapresa? Se Giuliana gli si abbandonasse, avendogli appunto riconosciuta qualcuna di quelle attrazioni medesime per cui io mi feci un tempo da lei adorare? » pensai, con un nuovo sgomento.

Ella rientrò nella stanza. Vedendo quel libro tra le mie mani, disse con un sorriso confuso, con un po' di rossore:

— Che guardi?

— Conosci Filippo Arborio? — io le domandai sùbito, ma senza alcuna alterazione di voce, con il tono più calmo e più ingenuo ch'io seppi.

— Sì — ella rispose, franca. — Mi fu presentato in casa Monterisi. È venuto anche qualche volta qui, ma non ha avuto occasione d'incontrarti.

Una domanda mi salì alle labbra. « E perché tu non me ne hai parlato? » Ma la trattenni. Come avrebbe ella potuto parlarmene, se da molto tempo io col mio contegno aveva interrotto tra noi ogni scambio di notizie e di confidenze amichevoli?

— È assai più semplice dei suoi libri — ella soggiunse, disinvolta, mettendosi i guanti con lentezza. — Hai letto *Il Segreto*?

— Sì, l'ho già letto.

— T'è piaciuto?

Senza riflettere, per un bisogno istintivo di rilevare davanti a Giuliana la mia superiorità, io risposi:

— No. È mediocre.

Ed ella disse alfine:

— Io vado.

E si mosse per uscire. Io la seguii fino all'anticamera, camminando nel solco del profumo ch'ella lasciava dietro di sé fievolissimo, appena appena sensibile. Davanti al domestico, ella disse soltanto:

— A rivederci.

E con un passo leggero varcò la soglia.

Io tornai alle mie stanze. Apersi la finestra, mi affacciai per veder lei nella strada.

Ella andava, col suo passo leggero, sul marciapiede dalla parte del sole: diritta, senza mai volgere il capo da nessuna banda. L'estate di San Martino diffondeva una doratura tenuissima sul cristallo del cielo; e un tepore quieto addolciva l'aria, evocava il profumo assente delle violette. Una tristezza enorme mi piombò sopra, mi tenne abbattuto contro il davanzale; a poco a poco divenne intollerabile. Rare volte nella vita avevo sofferto come per quel dubbio che faceva crollare d'un tratto la mia fede in Giuliana, una fede durata per tanti anni; rare volte la mia anima aveva gridato così forte dietro un'illusione fuggente. Ma dunque era proprio, senza riparo, fuggita? Io non potevo, non volevo persuadermene. Tutta la mia vita d'errore era stata accompagnata dalla grande illusione, che rispondeva non pure alle esigenze del mio egoismo, ma a un mio sogno estetico di grandezza morale. « La grandezza morale risultando dalla violenza dei dolori superati, perché ella avesse occasione d'essere eroica era necessario ch'ella soffrisse quel ch'io le ho fatto soffrire. » Questo assioma con cui molte volte ero riuscito a placare i miei rimorsi, s'era profondamente radicato nel mio spirito, generandovi un fantasma ideale dalla parte migliore di me assunto in una specie di culto platonico. Io dissoluto obliquo e fiacco mi compiacevo di riconoscere nel cerchio della mia esistenza un'anima severa diritta e forte, un'anima incorruttibile; e mi compiacevo d'esserne l'oggetto amato, per sempre amato. Tutto il mio vizio, tutta la mia miseria e tutta la mia debolezza si appoggiavano a questa illusione. Io credevo che per me potesse tradursi in realtà il sogno di tutti gli uomini intellettuali: — essere costantemente infedele a una donna costantemente fedele.

« Che cerchi? Tutte le ebrezze della vita? Esci, va, inèbriati. Nella tua casa, come un'imagine velata in un santuario, la creatura taciturna e memore aspetta. La lampada, dove tu non versi mai una stilla d'olio, rimane sempre accesa. » Non è questo il sogno di tutti gli uomini intellettuali?

Anche: « In qualunque ora, dopo qualunque fortuna, ritornando, tu la ritroverai. Ella era sicura del tuo ritorno ma non ti racconterà la sua attesa. Tu poserai il capo su le sue ginocchia; ed ella ti passerà lungo le tempie l'estremità delle sue dita, per magnetizzare il tuo dolore. »

Ben un tal ritorno era nel mio presentimento: il ritorno finale, dopo una di quelle catastrofi interne che trasformano un uomo. E tutte le mie disperazioni venivano temperate da un'intima confidenza nell'indefettibile rifugio; e in fondo a tutte le mie abiezioni scendeva un qualche lume dalla donna che per amore di me e *per opera mia* aveva raggiunto il sommo dell'altezza corrispondendo perfettamente a una forma delle mie idealità.

Bastava un dubbio a distruggere ogni cosa in un attimo?

Io riandai tutta la scena passata tra me e Giuliana, dal momento del mio ingresso nella stanza al momento della sua uscita.

Pur attribuendo gran parte dei miei moti intimi a uno speciale stato nervoso transitorio, non potei dissipare la strana impressione esattamente espressa dalle parole: « Ella mi pareva *un'altra donna.* » Certo, una qualche novità era in lei. Ma quale? La dedica di Filippo Arborio non aveva piuttosto un significato rassicurante? Non riaffermava appunto l'impenetrabilità della Tvrris Ebvrnea? L'appellativo glorioso era stato suggerito a colui o semplicemente dalla fama di purezza che avvolgeva il nome di Giuliana Hermil o anche da un tentativo d'assalto fallito e forse da una rinunzia all'assedio intrapreso. La Torre d'avorio doveva essere dunque ancóra intatta.

Ragionando così per medicare il morso del sospetto, io provavo in fondo a me una vaga ansietà, quasi temessi l'insorgere improvviso d'una qualche obbiezione ironica. « Tu sai: la pelle di Giuliana è straordinariamente bianca. Ella è proprio *pallida come la sua camicia.* L'appellativo sacro potrebbe anche nascondere un significato profano... » Ma quell'*indegnamente*? « Eh, eh, quanti cavilli! »

Un impeto iroso d'insofferenza interruppe quel dibattito umiliante e vano. Mi ritrassi dalla finestra, scossi le spalle, feci due o tre giri per la stanza, apersi un libro macchinalmente, lo respinsi. Ma l'ambascia non diminuiva. « Insomma, » pensai fermandomi come per affrontare un avversario invisibile « tutto questo a che conduce? O ella è già caduta, e la perdita è irreparabile; o ella è in pericolo, e io nel mio stato presente non posso intervenire per salvarla; o ella è pura con la forza di serbarsi pura, e allora nulla è mutato. In ogni caso, io non ho alcuna *azione* da compiere. Ciò che è, è necessario; ciò che sarà, sarà necessario. Questa crisi di sofferenza passerà. Bisogna aspettare. I crisantemi bianchi sul tavolo di Giuliana, dianzi, com'erano belli! Uscirò per comprarne di simili in gran quantità. Il convegno con Teresa è oggi alle due. Mancano quasi tre ore... Non mi disse ella, l'ultima volta, che voleva trovare il caminetto acceso? Sarà il *primo fuoco* d'inverno, in una giornata così tiepida. Ella è in una settimana di bontà, mi pare. Se durasse! Ma io alla prima occasione provocherò Eugenio Egano.» Il mio pensiero seguì il nuovo corso, con qualche arresto repentino, con deviamenti improvvisi. Tra le stesse imagini della voluttà prossima mi balenò un'altra imagine impura, quella temuta, quella a cui volevo sfuggire. Alcune pagine ardite e ardenti della *Cattolicissima* mi tornarono alla memoria. E dall'uno spasimo sorgeva l'altro. E io confondevo, sebbene con una diversa sofferenza, nella medesima contaminazione le due donne e nel medesimo odio Filippo Arborio ed Eugenio Egano.

La crisi passò, lasciandomi nell'animo una specie di vaga disistima mista di rancore verso la *sorella*. Io mi allontanai sempre più, mi feci sempre più duro, più incurante, più chiuso. La mia trista passione per Teresa Raffo divenne sempre più esclusiva, occupò tutte le mie facoltà, non mi diede un'ora di tregua. Io era veramente un ossesso, un uomo invaso da una diabolica follia, corroso da un morbo ignoto e spaventevole. I ricordi di quell'inverno sono confusi nel mio spirito, incoerenti, interrotti da strane oscurità, rari.

In quell'inverno non incontrai mai a casa mia Filippo Arborio; poche volte lo vidi in luoghi publici. Ma una sera lo trovai in una sala d'armi; e là ci conoscemmo, fummo presentati l'uno all'altro dal maestro, scambiammo qualche parola. La luce del gas, il rimbombo del tavolato, il tintinno e il luccichio delle lame, le varie pose incomposte o eleganti degli schermitori, lo scatto rapido di tutte quelle gambe inarcate, l'esalazione calda e acre di tutti quei corpi, i gridi gutturali, le interiezioni veementi, gli scoppi di risa ricompongono con una singolare evidenza nel mio ricordo la scena che si svolgeva intorno a noi mentre eravamo l'uno al conspetto dell'altro e il maestro pronunziava i nostri nomi. Rivedo il gesto con cui Filippo Arborio si levò la maschera mostrando il viso acceso, tutto rigato di sudore. Tenendo da una mano la maschera e dall'altra il fioretto, s'inchinò. Ansava troppo, affaticato e un po' convulso, come chi non ha la consuetudine dell'esercizio muscolare. Istintivamente, pensai ch'egli non era un uomo temibile sul terreno. Affettai anche una certa alterigia; a studio non gli rivolsi neppure una parola che si riferisse alla sua celebrità, alla mia ammirazione; mi contenni come mi sarei contenuto verso un qualunque ignoto.

— Dunque, — mi chiese il maestro sorridendo — per domani?

— Sì, alle dieci.

— Vi battete? — fece l'Arborio con una curiosità manifesta.

— Sì.

Egli esitò un poco; quindi soggiunse:

— Con chi?, se non sono indiscreto.

— Con Eugenio Egano.

M'accorsi ch'egli desiderava di sapere qualche cosa di più, ma che lo tratteneva il mio contegno freddo e in apparenza disattento.

— Maestro, un assalto di cinque minuti — io dissi, e mi volsi per andare nello spogliatoio. Giunto su la soglia, mi soffermai a guardare indietro e scorsi l'Arborio che aveva ripreso a schermire. Un'occhiata mi bastò per conoscere ch'egli era mediocrissimo in quel giuoco.

Quando incominciai l'assalto col maestro, sotto gli occhi di tutti i presenti, s'impadronì di me una particolare eccitazione nervosa che raddoppiò la mia energia. E sentivo su la mia persona lo sguardo fisso di Filippo Arborio.

Dopo, nello spogliatoio, ci ritrovammo. La stanza troppo bassa era già piena di fumo e d'un odore umano acutissimo, nauseante. Tutti là dentro, nudi, nelle larghe cappe bianche, si strofinavano il petto, le braccia, le spalle, con lentezza, fumando, motteggiando ad alta voce, dando sfogo nel turpiloquio alla loro bestialità. Gli scrosci della doccia si alternavano con le grasse risa. E due o tre volte, con un indefinibile senso di repulsione, con un sussulto simile a quello che mi avrebbe dato un violento urto fisico, io intravidi il corpo smilzo dell'Arborio, a cui i miei occhi andavano involontariamente. E di nuovo l'imagine odiosa si formò.

Non ebbi, dopo d'allora, altra occasione d'avvicinare colui e neppure d'incontrarlo. Né me ne curai. Né in séguito fui colpito da alcuna apparenza sospetta nella condotta di Giuliana. Di là dal cerchio sempre più angusto in cui mi agitavo, nulla era per me chiaramente sensibile, intelligibile. Tutte le impressioni estranee passavano sul mio spirito come gocciole d'acqua su una lastra arroventata, o rimbalzando o dissolvendosi.

Gli eventi precipitarono. Su lo scorcio di febbraio, dopo un'ultima e vergognosa prova, avvenne tra me e Teresa Raffo la rottura definitiva. Io partii per Venezia, solo.

Rimasi là circa un mese, in uno stato di malessere incomprensibile; in una specie di stupefazione che le caligini e i silenzii della laguna addensavano. Non altro conservavo in me che il sentimento della mia esistenza isolata, tra i fantasimi inerti di tutte le cose. Per lunghe ore non altro sentivo che la fissità grave, schiacciante, della vita e il piccolo battito di un'arteria nella mia testa. Per lunghe ore mi teneva quel fascino strano che esercita su l'anima come su i sensi il passaggio continuo e monotono di qualche cosa indistinta. Piovigginava. Le nebbie su l'acqua prendevano talvolta forme lugubri, camminando come spettri con un passo lento e solenne. Spesso nella gondola, come in una bara, io trovavo una specie di morte imaginaria. Quando il rematore mi chiedeva in che luogo dovesse condurmi, io facevo quasi sempre un gesto vago; e comprendevo dentro di me la disperata sincerità delle parole: « *Dovunque, fuori del mondo!* »

Tornai a Roma negli ultimi giorni di marzo. Avevo della realtà un senso nuovo, come dopo una lunga eclisse della conscienza. Una timidezza, uno smarrimento, una paura senza ragione mi prendevano talvolta all'improvviso; e mi sentivo debole come un fanciullo. Guardavo intorno a me di continuo, con un'attenzione insolita, per riafferrare il significato vero delle cose, per coglierne i giusti rapporti, per rendermi conto di ciò che era mutato, di ciò che era scomparso. E, come a poco a poco rientravo nell'esistenza comune, si ristabiliva nel mio spirito l'equilibrio, si ridestava qualche speranza, risorgeva la cura dell'avvenire.

Trovai Giuliana molto abbattuta di forze, alterata nella salute, triste come non mai. Poco parlammo e senza guardarci dentro alle pupille, senza aprire i nostri cuori. Ambedue cercavamo la compagnia delle due bambine; e Maria e Natalia in una felice inconsapevolezza riempivano i silenzii con le loro fresche voci. Un giorno Maria domandò:

— Mamma, andremo quest'anno, per Pasqua, alla Badiola?

Io risposi, invece della madre, senza esitare:

— Sì, andremo.

Allora Maria si mise a saltare per la stanza,

in segno di gioia, trascinando la sorella. Io guardai Giuliana.

— Vuoi che andiamo? — le chiesi, timido, quasi con umiltà.

Ella consentì col capo.

— Vedo che tu non stai bene — soggiunsi. — Anche io non sto bene. Forse la campagna... la primavera...

Ella era distesa in una poltrona, tenendo le mani bianche posate lungo i bracciuoli; e la sua attitudine mi ricordò un'altra attitudine: quella della convalescente nel mattino della levata ma dopo l'annunzio.

Fu decisa la partenza. Ci preparammo. Una speranza luceva nel profondo della mia anima, e io non osavo mirarla.

I

Il primo ricordo è questo.

Intendevo, quando ho incominciato il racconto, intendevo: questo è il primo ricordo che si riferisce alla cosa tremenda.

Era di aprile, dunque. Eravamo da alcuni giorni alla Badiola.

— Ah, figliuoli miei, — aveva detto mia madre, con la sua grande ingenuità — come siete sciupati! Ah, quella Roma, quella Roma! Bisogna che restiate qui con me, in campagna, molto tempo, per rimettervi... molto tempo...

— Sì, — aveva detto Giuliana, sorridendo — sì, mamma, resteremo quanto vorrai.

Quel sorriso ridivenne frequente su le labbra di Giuliana, in presenza di mia madre; e, sebbene la malinconia degli occhi rimanesse inalterabile, era così dolce quel sorriso, era così profondamente buono che io stesso mi lasciai illudere. Ed osai mirare la mia speranza.

Nei primi giorni, mia madre non si distaccava mai dalle care ospiti; pareva che volesse saziarle di tenerezza. Due o tre volte io la vidi, palpitando d'una commozione indefinibile, io la vidi accarezzare con la sua mano benedetta i capelli di Giuliana. Una volta la udii che chiedeva:

— Ti vuol sempre lo stesso bene?

— Povero Tullio! Sì — rispose l'altra voce.

— Dunque, non è vero...

— Che?

— Quello che mi hanno riferito.

— Che ti hanno riferito?

— Nulla, nulla... Credevo che Tullio ti avesse dato qualche dispiacere.

Parlavano nel vano di una finestra, dietro le cortine ondeggianti, mentre di fuori stormivano gli olmi. Io mi feci innanzi, prima che s'accorgessero di me; sollevai una cortina, mostrandomi.

— Ah, Tullio! — esclamò mia madre.

E si scambiarono uno sguardo, un po' confuse.

— Parlavamo di te — soggiunse mia madre.

— Di me! Male? — chiesi con un'aria gaia.

— No, bene — disse Giuliana, sùbito; e io colsi nella sua voce l'intenzione, ch'ella certo ebbe, di *rassicurarmi*.

Il sole d'aprile batteva sul davanzale, riluceva nei capelli grigi di mia madre, svegliava qualche tenue bagliore su le tempie di Giuliana. Le cortine candidissime ondeggiavano, si riflettevano nei vetri luminose. I grandi olmi dello spiazzo, coperti di piccole foglie nuove, producevano un susurro, ora leggero ora forte, alla cui misura le ombre or meno or più si agitavano. Dal muro stesso della casa, ammantato di violacciocche innumerevoli, saliva un profumo pasquale, quasi un vapore invisibile di mirra.

— Com'è acuto quest'odore! — mormorò Giuliana, passandosi le dita su i sopraccigli e socchiudendo le palpebre. — Stordisce.

Io stavo tra lei e mia madre, un poco indietro. Una voglia mi venne, di chinarmi sul davanzale cingendo l'una e l'altra con le mie braccia. Avrei voluto mettere in quella semplice familiarità tutta la tenerezza che mi gonfiava il cuore e far intendere a Giuliana una moltitudine di cose inesprimibili e riconquistarla intera con quell'unico atto. Ma ancóra mi tratteneva un senso di temenza quasi puerile.

— Guarda, Giuliana, — disse mia madre, indicando un punto del colle — la tua Villalilla. La scorgi?

— Sì, sì.

Ella, schermendosi dal sole con la mano aperta, aguzzava la vista; e io, che la osservavo, notai un piccolo tremito nel suo labbro inferiore.

— Distingui il cipresso? — le chiesi, volendo aumentare con la domanda suggestiva il suo turbamento.

E io rivedevo nella mia imaginazione il vecchio cipresso venerabile che aveva al suo piede un cespo di rose e un coro di passeri alla sua cima.

— Sì, sì, lo distinguo... appena.

Villalilla biancheggiava a mezzo dell'altura, molto lontana, in un pianoro. La catena dei colli si svolgeva d'innanzi a noi con un lineamento nobile e pacato, per ove gli oliveti avevano un'apparenza di straordinaria leggerezza somigliando a un vapore verdegrigio cumulato in forme costanti. Gli alberi in fiore, bianchi e rosei trionfi, interrompevano l'uguaglianza. Il cielo pareva di continuo impallidire, come se nella sua liquidità un latte di continuo si diffondesse e si dileguasse.

— Andremo a Villalilla dopo Pasqua. Sarà tutta fiorita — io dissi, tentando di rimettere in quell'anima il sogno che le avevo strappato brutalmente.

E osai accostarmi, cingere con le mie braccia Giuliana e mia madre, chinarmi sul davanzale tenendo la mia testa tra l'una e l'altra testa; in modo che i capelli dell'una e dell'altra mi sfioravano. La primavera, quella bontà dell'aria, quella nobiltà dei luoghi, quella placida trasfigurazione di tutte le creature per una virtù materna, e quel cielo divino pel suo pallore, più divino come più si faceva pallido, mi davano un senso di vita così nuovo che io pensai tremando dentro di me: « Ma è possibile? Ma è possibile? Ma dunque, dopo tutto quel che è accaduto, dopo tutto quel che ho sofferto, dopo tante colpe, dopo tante vergogne, io posso ancóra trovare nella vita questo sapore! Io posso ancóra *sperare*, posso ancóra avere il presentimento di una felicità! Chi dunque mi ha benedetto? » Pareva che tutto il mio essere si alleggerisse, espandendosi, dilatandosi oltre i confini, con una vibrazione sottile, rapida e incessante. Nulla può dare un'idea di ciò che diveniva in me la sensazione minima prodotta da un capello che mi sfiorava la guancia.

Rimanemmo alcuni minuti in quell'attitudine, senza parlare. Gli olmi stormivano. Il tremolio innumerevole dei fiori gialli e violacei, che ammantavano il muro sotto la finestra, incantava le mie pupille. Un profumo denso e caldo saliva nel sole, col ritmo di un alito.

A un tratto, Giuliana si sollevò, si ritirò, smorta, con qualche cosa di torbido negli occhi, con la bocca sforzata come da una nausea, dicendo:
— Quest'odore è terribile. Dà il capogiro. Mamma, non fa male anche a te?

E si volse per andarsene; diede qualche passo incerto, vacillante; poi si affrettò, uscì dalla stanza, seguita da mia madre.

Io le guardai allontanarsi per la fuga delle porte, ancóra tenuto da un resto della sensazione primitiva, trasognato.

II

La mia confidenza nell'avvenire aumentava di giorno in giorno. Non mi ricordavo quasi più di nulla. La mia anima troppo affaticata si dimenticava di soffrire. In certe ore di completo abbandono tutto si dileguava, si distendeva, si fondeva, si immergeva nella fluidità originale, diveniva irriconoscibile. Poi, dopo questi strani dissolvimenti interiori, mi pareva che un altro principio di vita entrasse in me, che un'altra forza mi possedesse.

Una moltitudine di sensazioni involontarie, spontanee, inconscienti, istintive componeva la mia esistenza reale. Tra l'esterno e l'interno si stabiliva un giuoco di minime azioni e di minime reazioni istantanee che fremevano in infinite ripercussioni; e ciascuna di queste ripercussioni incalcolabili si convertiva in un fenomeno psichico stupendo. Tutto il mio essere veniva alterato da ciò che passava nell'aria, da un soffio, da un'ombra, da un bagliore.

Le grandi malattie dell'anima come quelle del corpo rinnovellano l'uomo; e le convalescenze spirituali non sono meno soavi e meno miracolose di quelle fisiche. Davanti a un arbusto fiorito, davanti a un ramo coperto di minute gemme, davanti a un rampollo nato su un vecchio tronco quasi estinto, davanti alla più umile fra le grazie della terra, alla più modesta fra le trasfigurazioni della primavera, io mi soffermavo, semplice, candido, attonito!

Uscivo spesso con mio fratello, al mattino. In quell'ora tutto era fresco, facile, libero. La compagnia di Federico mi purificava e mi fortificava come la buona brezza selvaggia. Aveva allora ventisette anni Federico; aveva vissuto quasi sempre nella campagna, d'una vita sobria e laboriosa; pareva portare in sé raccolta la mite sincerità terrestre. Egli possedeva la Regola. Leone Tolstoi, baciandolo su la bella fronte serena, lo avrebbe chiamato suo figliuolo.

Andavamo per i campi senza mèta, di rado ragionando. Egli lodava la fertilità dei nostri dominii, mi spiegava le innovazioni introdotte nelle culture, mi mostrava i miglioramenti. Le case dei nostri contadini erano larghe, ariose, linde. Le nostre stalle erano piene di un bestiame sano e ben pasciuto. Le nostre cascine erano in un ordine perfetto. Spesso, nel cammino, egli s'arrestava per osservare una pianta. Le sue mani virili erano di una delicatezza estrema quando toccavano le piccole foglie verdi in cima ai rametti novelli. Talvolta passavamo attraverso un frutteto. I peschi, i peri, i meli, i ciliegi, i prugni, gli albicocchi portavano su le loro braccia milioni di fiori; giù per la trasparenza dei petali rosei ed argentei, la luce si cangiava quasi direi in una umidità divina, in una cosa indescrivibilmente vaga e benigna; tra i minimi intervalli delle ghirlande leggere, il cielo aveva la vivente dolcezza di uno sguardo.

Egli diceva, imaginando il pensile tesoro futuro, mentre io lodavo i fiori:

— Vedrai, vedrai i frutti.

« Io li vedrò » ripetevo dentro di me. « Vedrò cadere i fiori, nascere le foglie, crescere i frutti, colorirsi, maturarsi, distaccarsi. » Questa assicurazione, già passata per la bocca di mio fratello, aveva per me un'importanza grave, come se si riferisse a non so quale felicità promessa e attesa, la quale appunto dovesse svolgersi in quel periodo del parto arboreo, nel tempo che corre tra il fiore e il frutto. « Prima che io abbia manifestato il mio proposito, a mio fratello par già naturale che io rimanga omai qui, nella campagna, con lui, con nostra madre; poiché egli dice che io vedrò i frutti dei suoi alberi. Egli è *sicuro* che io li vedrò! Dunque è proprio vero che è ricominciata una vita nuova per me, e che questo sentimento ch'io ho dentro di me non m'inganna. Infatti, tutto ora si compie con una facilità strana, insolita, con un'abbondanza d'amore. Come amo Federico! Non l'ho mai amato così. » Tali erano i miei soliloquii interiori, un po' slegati, incoerenti, qualche volta puerili per una singolare disposizione d'animo che mi portava a vedere in qualunque fatto insignificante un segno favorevole, un pronostico benigno.

Il gaudio mio più intenso era nel sapermi lontano dalle cose passate, lontano da certi luoghi, da certe persone, inaccessibile. Assaporavo talvolta la pace della campagna primaverile raffigurandomi lo spazio che mi divideva dal mondo oscuro dove io avevo tanto sofferto e di dolori tanto cattivi. Una paura indefinita mi stringeva ancóra, talvolta, e mi faceva cercare con sollecitudine intorno a me le prove della sicurtà presente, mi spingeva a mettere il braccio sotto il braccio di mio fratello, a leggere negli occhi di lui l'affetto indubitabile e tutelare.

Io confidavo in Federico, ciecamente. Avrei voluto essere da lui non soltanto amato ma dominato; avrei voluto cedere la primogenitura a lui più degno e star sommesso al suo consiglio, riguardarlo come la mia guida, obedirgli. Al suo fianco non avrei più corso il pericolo di smarrirmi, poiché egli conosceva la via diritta e camminava per quella con un passo infallibile; ed egli anche aveva il braccio possente e mi avrebbe difeso. Era l'uomo esemplare: buono, forte, sagace. Nulla per me uguagliava in nobiltà lo spettacolo di quella giovinezza devota alla religione del « conscientemente bene operare », dedicata all'amore della Terra. Parevano i suoi occhi aver assunto un limpido color vegetale dalla contemplazione assidua delle cose verdi.

— Gesù della Gleba — io lo chiamai un giorno, sorridendo.

Era un mattino pieno d'innocenza, uno di quei mattini che dànno imagine delle albe primordiali nell'infanzia della Terra. Sul limite di un campo, mio fratello parlava a un gruppo di agricoltori. Parlava in piedi, avanzando di tutto il capo gli astanti; e il suo gesto calmo dimostrava la semplicità delle sue parole. Uomini vecchi incanutiti nella saggezza, uomini maturi già prossimi al limitare della vecchiaia ascoltavano quel giovine. Tutti portavano su i loro corpi nodosi la traccia della grande comune opera. Poiché nessun albero era da presso, poiché il frumento era umile nei solchi, le loro attitudini apparivano integre nella santità della luce.

Come mi vide muovere verso di lui, mio fratello licenziò i suoi uomini per venirmi incontro. Allora spontanea mi uscì dalle labbra la salutazione:

— Gesù della Gleba, osanna!

Egli aveva per tutti gli esseri vegetali una diligenza infinita. Nulla sfuggiva alle sue pupille acute, quasi onniveggenti. Nelle nostre corse mattutine, si soffermava ad ogni tratto per liberare da una chiocciola, da un bruco, da una formica una piccola foglia. Un giorno, senza badarci, camminando, battevo le erbe con la punta del bastone; e le tenere cime verdi recise ad ogni colpo s'involavano. Egli ne soffriva perché mi tolse di mano il bastone ma con un gentile atto; ed arrossì, pensando forse che quella sua misericordia mi sarebbe parsa una esagerata morbidezza sentimentale. Oh quel rossore su quel volto così maschio!

Un altro giorno, mentre spezzavo a un melo qualche ramo fiorito, sorpresi negli occhi di Federico un'ombra di rammarico. Subito tralasciai, ritrassi le mani, dicendo:

— Se ti dispiace...

Egli si mise a ridere forte.

— Ma no, ma no... Spoglia pure tutto l'albero.

Intanto il ramo già rotto, ritenuto da alcune delle sue vive fibre, penzolava lungo il fusto; e, proprio, quella frattura umida di linfa aveva un aspetto di cosa dolente; e quei fiori esili, un po' carnicini, un po' bianchi, simili a ciocche di rose scempie, che portavano un germe omai condannato, avevano all'aria un tremolio incessante.

Io dissi allora, come ad attenuare la crudezza di quella manomessione:

— È per Giuliana.

E, strappando le ultime fibrille vive, distaccai il ramo già rotto.

III

Non quel ramo solo portai a Giuliana, ma molti altri. Tornavo alla Badiola sempre carico di doni floreali. Una mattina, avendo su le braccia un fascio di spine albe, incontrai nel vestibolo mia madre. Ero un poco ansante, accaldato, agitato da una leggera ebrezza. Domandai:

— Dov'è Giuliana?

— Su, nelle sue stanze — ella rispose, ridendo.

Io feci di corsa le scale, attraversai il corridoio, entrai franco nell'appartamento, chiamai:

— Giuliana, Giuliana! Dove sei?

Maria e Natalia mi uscirono incontro con grandi feste, rallegrate alla vista dei fiori, irrequiete, folli.

— Vieni, vieni, — mi gridarono — la mamma è qui, nella camera da letto. Vieni.

E io varcai quella soglia palpitando più forte; mi trovai alla presenza di Giuliana sorridente e confusa: le gittai il fascio ai piedi.

— Guarda!

— Oh, che cosa bella! — esclamò, chinandosi sul fresco tesoro odorante.

Portava una delle sue ampie tuniche preferite, d'un verde eguale al verde d'una foglia d'aloe. Non ancóra pettinati, i suoi capelli erano mal trattenuti dalle forcine; le coprivano la nuca, le nascondevano gli orecchi, in dense matasse. L'effluvio della spina, un odor misto di timo e di mandorla amara, la investiva tutta, si diffondeva per la camera.

— Bada di non pungerti — io le dissi. — Guarda le mie mani.

E le mostrai le scalfitture ancóra sanguinanti, come per rendere più meritoria l'offerta. « Oh se ella ora mi prendesse le mani » pensai. E mi passò su lo spirito, vago, il ricordo di un giorno lontanissimo in cui ella mi aveva baciate le mani scalfite dalle spine e aveva voluto suggere le stille di sangue che spuntavano l'una dopo l'altra. « Se ella ora mi prendesse le mani e in questo solo atto mettesse tutto il suo perdono e tutto il suo abbandono! »

Io avevo di continuo, in quei giorni, l'aspettazione di un momento simile. Non sapevo veramente da che mi venisse una tal fiducia; ma ero sicuro che Giuliana si sarebbe ridonata a me, così, o prima o poi, con un solo semplice atto silenzioso in cui ella avrebbe saputo mettere « tutto il suo perdono e tutto il suo abbandono ».

Ella sorrise. Un'ombra di sofferenza apparve sul suo volto troppo bianco, ne' suoi occhi troppo incavati.

— Non ti senti un poco meglio, da che sei qui? — le domandai accostandomi.

— Sì, sì, meglio — ella rispose.

Dopo una pausa:

— E tu?

— Oh, io sono già guarito. Non vedi?

— Sì, è vero.

Quando mi parlava, in quei giorni, mi parlava con una esitazione singolare che per me era piena di grazia ma che ora m'è impossibile definire. Pareva quasi ch'ella fosse di continuo occupata a trattenere la parola che le saliva alle labbra, per pronunziarne una diversa. Inoltre, la sua voce era, se si può dir così, più *feminile*; aveva perduta la primitiva fermezza e una parte di sonorità; s'era velata come quella d'uno strumento con la sordina. Ma, essendo ella dunque verso di me in tutte le sue espressioni tanto mite, che cosa ancóra c'impediva di stringerci? Che cosa manteneva ancóra tra lei e me quell'intervallo?

In quel periodo che rimarrà nella storia della mia anima sempre misterioso, la mia nativa perspicacia sembrava interamente abolita. Tutte le mie terribili facoltà analitiche, quelle stesse che mi avevano dato tanti spasimi, sembravano esauste. La potenza delle facoltà inquiete pareva distrutta. Innumerevoli sensazioni, innumerevoli sentimenti di quel tempo mi riescono ora incomprensibili, inesplicabili, perché non ho alcuna guida per rintracciarne l'origine, per determinarne la natura. Una discontinuità, un difetto di fusione, è tra quel periodo della mia vita psichica e gli altri.

Udii una volta raccontare, nel corso di una favola, che un giovine principe, dopo un lungo pellegrinaggio avventuroso, giunse infine al conspetto della donna che egli aveva con tanto ardore cercata. Tremava di speranza il giovine, mentre la donna gli sorrideva da vicino. Ma un velo rendeva intangibile la donna sorridente. Era un velo d'ignota materia, così tenue che si confóndeva con l'aria; eppure il giovine non poté stringere l'amata a traverso un tal velo.

Questa imaginazione mi aiuta un poco a rappresentarmi il singolare stato in cui mi trovavo allora, a riguardo di Giuliana. Io sentivo che qualche cosa, inconoscibile, manteneva ancóra tra lei e me l'intervallo. Ma, nel tempo medesimo, confidavo nel « semplice atto silenzioso » che, o prima o poi, doveva distruggere l'ostacolo e rendermi felice.

Come mi piaceva intanto la camera di Giuliana! Era tappezzata d'un tessuto chiaro, un po' invecchiato, a fiorami assai sbiaditi, e aveva un'alcova profonda. Come la profumavano le spine albe!

Ella disse, troppo bianca:

— È acuto questo odore. Dà alla testa. Non lo senti?

E andò verso una finestra per aprirla. Poi soggiunse:

— Maria, chiama Miss Edith.

La governante comparve.

— Edith, vi prego, portate questi fiori nella stanza del pianoforte. Metteteli nei vasi. Badate di non pungervi.

Maria e Natalia vollero portare una parte del fascio. Rimanemmo soli. Ella andò ancóra verso la finestra; si appoggiò al davanzale, volgendo le spalle alla luce.

Io dissi:

— Hai qualche cosa da fare? Vuoi che me ne vada?

— No, no. Resta pure. Siediti. Raccontami la tua passeggiata di stamani. Fin dove sei giunto?

Ella pronunziò queste frasi con un po' di precipitazione. Come il parapetto era all'altezza delle reni, ella teneva sul davanzale i gomiti; e il suo busto s'inclinava indietro, entrando nel rettangolo della finestra. La faccia, rivolta verso di me in pieno, si empiva d'ombra, specialmente nel cavo degli occhi; ma i capelli, ricevendo in sommo la luce, formavano una esigua aureola; gli òmeri anche in sommo si rischiaravano. Un piede, su cui più premeva il peso del corpo, avanzava l'estremità della veste, mostrando un po' della calza cinerina e la babbuccia brillante. Tutta la figura, in quell'attitudine, in quella luce, aveva una straordinaria forza di seduzione. Un lembo di paesaggio turchiniccio e voluttuoso, tra l'uno e l'altro stipite, sfondava pel vano, dietro quella testa.

Allora fu che, d'improvviso, come per una rivelazione fulminea, io rividi in lei la donna desiderabile e nel mio sangue si riaccesero il ricordo e il desiderio delle carezze.

Io le parlavo guardandola fissamente. Come più la guardavo, più mi sentivo turbare; ed ella certo doveva leggere nel mio sguardo, perché l'inquietudine in lei si fece palese. Io pensai con un'acuta ansietà interiore: «Se ardissi? Se m'avanzassi fino a lei e la prendessi fra le mie braccia?» Anche la franchezza apparente che io cercavo di mettere nei miei discorsi leggeri, m'abbandonò. Mi confusi. Quel disagio divenne insostenibile.

Giungevano dalle stanze contigue le voci di Maria, di Natalia e di Edith, indistinte.

Io mi levai, m'accostai alla finestra, mi misi a fianco di Giuliana, fui sul punto di chinarmi verso di lei per proferire alfine le parole già tante volte ripetute dentro di me in colloqui imaginarii. Ma il timore di una interruzione probabile mi trattenne. Pensai che quel momento era forse inopportuno, che non avrei avuto forse il tempo di dirle tutto, di aprirle tutto il mio cuore, di raccontarle la mia vita interna delle ultime settimane, la misteriosa convalescenza della mia anima, il risveglio delle mie fibre più tenere, la rifioritura de' miei sogni più gentili, la profondità del mio sentimento nuovo, la tenacità della mia speranza. Pensai che non avrei avuto il tempo di raccontarle i minuti episodii recenti, quelle piccole confessioni ingenue, deliziose all'orecchio della donna che ama, fresche di verità, più persuasive di qualunque eloquenza. Io dovevo infatti riuscire a persuaderla d'una grande e forse per lei incredibile cosa, dopo tante delusioni: riuscire a persuaderla che questo mio ritorno non era ingannevole, ma sincero, definitivo, necessitato da un bisogno vitale di tutto il mio essere. Ella, certo, diffidava ancòra; certo, in questo suo diffidare stava la ragione del suo ritegno. Ancóra fra noi s'intrapponeva l'ombra d'un atroce ricordo. Io dovevo scacciare quell'ombra, ricongiungere la mia anima a quella di lei così strettamente che nulla più potesse intrapporsi. E questo doveva accadere in un'ora favorevole, in un luogo segreto, silenzioso, abitato soltanto dalle memorie: a Villalilla.

Noi tacevamo, intanto, ambedue nel vano della finestra, l'uno a fianco dell'altra. Giungevano dalle stanze contigue le voci di Maria, di Natalia e di Edith, indistinte. Il profumo delle spine albe era vanito. Le tende che pendevano dall'arco dell'alcova lasciavano intravedere il letto nel fondo, ove i miei occhi andavano spesso, curiosi della penombra, quasi cupidi.

Giuliana aveva chinato il capo, perché sentiva anch'ella forse il peso dolce e angoscioso del silenzio. Il vento leggero le agitava su la tempia una ciocca libera. L'irrequietudine di quella ciocca scura, un po' lionata, ove anzi qualche filo alla luce diveniva oro su quella tempia pallida come un'ostia, mi faceva languire. E, guardando, io rividi sul collo il piccolo segno fosco da cui tante volte in altri tempi era partita la favilla della tentazione.

Allora, non potendo più reggere, con un misto di temenza e di ardire, levai la mano per ravviare quella ciocca; e le mie dita tremanti di su i capelli sfiorarono l'orecchio, il collo, ma appena appena, con la più tenue delle carezze.

— Che fai? — disse Giuliana, scossa da un sussulto, volgendomi uno sguardo smarrito, tremando più di me forse.

E si scostò dalla finestra; sentendosi seguire, diede qualche passo come di fuga, perdutamente.

— Ah, perché, perché questo, Giuliana? — esclamai, fermandomi.

Ma sùbito dopo:

— È vero: non sono ancóra degno. Perdonami!

In quel punto le due campane della cappella incominciarono a squillare. E Maria e Natalia si precipitarono nella camera, verso la madre, gridando di gioia; e, l'una dopo l'altra, le s'appesero al collo e le coprirono il viso di baci; e dalla madre passarono a me, e io le sollevai, l'una dopo l'altra, nelle mie braccia.

Le due campane squillavano a furia; tutta la Badiola pareva invasa dal fremito del bronzo. Era il Sabato Santo, l'ora della Risurrezione.

IV

Nel pomeriggio di quel medesimo sabato, ebbi un accesso di tristezza singolare.

Era giunta la posta alla Badiola; e io e mio fratello, nella sala del bigliardo, davamo una scorsa ai giornali. Per caso mi venne sotto gli occhi il nome di Filippo Arborio, citato in una cronaca. Un turbamento subitaneo s'impadronì di me. Così un lieve urto solleva il fondiglio in un vaso chiarito.

Mi ricordo: era un pomeriggio nebuloso, illuminato come da uno stanco riverbero biancastro. Fuori, innanzi alla vetrata che dava su lo spiazzo, passarono Giuliana e mia madre, l'una a braccio dell'altra, conversando. Giuliana portava un libro; e camminava con un'aria stracca.

Con la inconseguenza delle imagini che si svolgono nel sogno, si risollevarono nel mio spirito alcuni frammenti della vita passata: Giuliana avanti allo specchio, nel giorno di novembre; il mazzo dei crisantemi bianchi; la mia ansietà nell'udire l'*aria* di Orfeo; le parole scritte sul frontespizio del *Segreto*; il colore dell'abito di Giuliana; il mio dibattito alla finestra; il volto di Filippo Arborio, grondante di sudore; la scena dello spogliatoio, nella sala d'armi. Io pensai con un fremito di paura, come uno che si trovi d'improvviso inclinato su l'orlo d'una voragine: « Potrei dunque non salvarmi? »

Sopraffatto dall'ambascia, avendo bisogno d'esser solo per guardare dentro di me, per guardare in faccia la mia paura, io salutai mio fratello, uscii dalla sala, andai nelle mie stanze.

Il mio turbamento era misto d'impazienza irosa. Io ero come uno che, in mezzo al benessere d'una guarigione illusoria, nella ricuperata sicurtà della vita, senta a un tratto il morso del male antico, si accorga di portare ancóra nella sua carne il male inestirpabile e sia costretto ad osservarsi, a sorvegliarsi, per convincersi dell'orrenda verità. « Potrei dunque non salvarmi? E perché? »

Nello strano oblìo che tutte le cose passate aveva sommerso, in quella specie di oscuramento che pareva aver invaso un intero strato della mia conscienza, anche il dubbio contro Giuliana, l'odioso dubbio s'era perduto, s'era disciolto. Troppo grande bisogno aveva la mia anima di cullarsi nell'illusione, di credere e di sperare. La mano santa di mia madre, accarezzando i capelli di Giuliana, aveva per me riaccesa intorno a quel capo l'aureola. Per uno di quelli abbagli sentimentali frequenti nei periodi di debolezza, vedendo le due donne respirare nel medesimo cerchio con una concordia così dolce, io le avevo confuse in una medesima irradiazione di purità.

Ora, un piccolo fatto casuale, un semplice nome letto per caso in un diario, il risveglio d'un ricordo torbido erano bastati a sconvolgermi, a sbigottirmi, a spalancarmi d'innanzi un abisso;

nel quale io non osavo gittare uno sguardo risoluto e profondo, perché il mio sogno di felicità
mi tratteneva, mi tirava indietro, attaccato a me
tenacemente. Ondeggiai prima in un'angoscia
fosca, indefinibile, su cui passavano a quando a
quando i bagliori temuti. « È possibile ch'ella
non sia pura. E allora? — Filippo Arborio o un
altro... Chi sa! — Conoscendo la colpa potrei
perdonare? — Che colpa? Che perdono? Tu non
hai il diritto di giudicarla, tu non hai il diritto
di alzare la voce. Troppe volte ella ha taciuto;
questa volta dovresti tu tacere. — E la felicità?
— Sogni tu la felicità tua o quella di entrambi?
Quella di entrambi, certo, perché un semplice riflesso della *sua* tristezza oscurerebbe qualunque
tua gioia. Tu supponi che, essendo tu contento,
ella sarebbe anche contenta: tu col tuo passato
di licenza continua, ella col suo passato di continuo martirio. La felicità che tu sogni riposa tutta su l'abolizione del passato. Perché dunque, se
ella veramente non fosse pura, non potresti tu
mettere il velo o la pietra su la sua colpa come
su la tua? Perché dunque, volendo far dimenticare, non dimenticheresti? Perché dunque, volendo
essere un uomo nuovo, disgiunto completamente
dal passato, non potresti considerar lei come una
donna nuova, nelle condizioni medesime? Una
tale ineguaglianza sarebbe forse la peggiore delle
tue ingiustizie. — Ma l'Ideale? Ma l'Ideale? La
mia felicità sarebbe allora possibile quando io
potessi riconoscere in Giuliana assolutamente
una creatura superiore, impeccabile, degna di
tutta l'adorazione; e nel sentimento intimo di

questa superiorità, nella conscienza della sua propria grandezza morale ella appunto troverebbe la massima parte della felicità sua. Io non potrei astrarre dal mio passato né dal suo, perché questa particolare felicità non potrebbe essere senza la nequizia della mia vita anteriore e senza quell'eroismo invitto e quasi sovrumano davanti al cui fantasma la mia anima è rimasta sempre china. — Ma sai tu quanto ci sia d'egoismo in questo tuo sogno e quanto d'elevazione ideale? Meriti tu forse la felicità, questo alto premio? Per quale privilegio? Così dunque il tuo lungo errore ti avrebbe condotto non all'espiazione ma alla ricompensa... »

Io mi scossi, per interrompere il dibattito. « Infine, non si tratta se non di un antico dubbio, assai vago, ora risorto per caso. Questo turbamento irragionevole si dileguerà. Io do consistenza a un'ombra. Fra due, fra tre giorni, dopo Pasqua, andremo a Villalilla; e là io saprò, io *sentirò* indubitabilmente il vero. — Ma quella profonda, inalterabile malinconia ch'ella porta negli occhi non è *sospetta*? Quella sua aria smarrita, quella nube d'un pensiero continuo che le pesa tra ciglio e ciglio, quella stanchezza immensa che rivelano certe sue attitudini, quell'ansietà ch'ella non riesce a dissimulare quando tu ti avvicini, non sono *sospette*? » Tali ambigue apparenze potevano anche spiegarsi in un senso favorevole. Però, sopraffatto da un'onda di dolore più violenta, io mi levai e andai verso la finestra col desiderio istintivo d'immergermi nello spettacolo esterno per trovarvi una rispondenza allo stato del mio spirito o una rivelazione o una pacificazione.

Il cielo era tutto bianco, simile a una compagine di veli sovrapposti in mezzo a cui l'aria circolasse producendo larghe e mobili pieghe. Qualcuno di quei veli pareva a quando a quando distaccarsi, avvicinarsi alla terra, quasi radere la cima degli alberi, lacerarsi, ridursi in lembi cadenti, tremolare a fior del suolo, vanire. Le linee dalle alture si volgevano indeterminate verso il fondo, si scomponevano, si ricomponevano, in lontananze illusorie, come un paese in un sogno, senza realtà. Un'ombra plumbea occupava la valle, e l'Assòro dalle rive invisibili l'animava de' suoi luccicori. Quel fiume tortuoso, luccicante in quel golfo d'ombra, sotto quel continuo dissolvimento lento del cielo, attirava lo sguardo, aveva per lo spirito il fascino delle cose simboliche, parendo portare in sé la significazione occulta di quello spettacolo indefinito.

Il mio dolore perse a poco a poco l'acredine, divenne pacato, eguale. « Perché aspirare con tanta bramosia alla felicità, non essendone degno? Perché poggiare tutto l'edifizio della vita futura su un'illusione? Perché credere con una fede così cieca in un privilegio inesistente? Forse tutti gli uomini, vivendo, incontrano un punto decisivo in cui ai più sagaci è dato di comprendere *quale dovrebbe essere la loro vita*. Tu già ti trovasti in quel punto. Ricòrdati dell'istante in cui la mano bianca e fedele, che portava l'amore, l'indulgenza, la pace, il sogno, l'oblio, tutte le cose belle e tutte le cose buone, tremò nell'aria verso di te *come per l'offerta suprema...* »

Il rammarico mi gonfiò di lacrime il cuore. Appoggiai i gomiti sul davanzale, mi presi la testa fra le palme; guardando fiso il meandro del fiume in fondo alla valle plumbea, mentre la compagine del cielo si dissolveva senza posa, restai qualche minuto sotto la minaccia d'un castigo imminente, sentii sovra di me pendere una sventura ignota.

Come mi giunse dalla stanza sottoposta il suono del pianoforte, inaspettato, la greve oppressione disparve a un tratto; e mi agitò un'ansia confusa in cui tutti i sogni, tutti i desiderii, tutte le speranze, tutti i rimpianti, tutti i rimorsi, tutti i terrori si rimescolarono con una rapidità inconcepibile, soffocantemente.

Riconobbi la musica. Era una *Romanza senza parole* che Giuliana prediligeva e che Miss Edith sonava spesso; era una di quelle melodie velate ma profonde in cui pare che l'Anima rivolga alla Vita con accenti sempre diversi una medesima domanda: « Perché hai delusa la mia aspettazione? »

Cedendo a un impulso quasi istintivo, uscii sollecito, attraversai il corridoio, scesi le scale, mi fermai d'innanzi alla porta d'onde veniva il suono. La porta era socchiusa; m'insinuai senza far rumore; guardai per l'apertura delle tende. Giuliana era là? - I miei occhi non videro nulla, da prima impregnati di luce, finché non s'adattarono alla penombra, ma mi ferì il profumo acuto delle spine albe, quell'odor misto di timo e di mandorla amara, fresco come un latte selvaggio. Guardai. La stanza era appena illuminata dal chiarore verdognolo che scendeva di tra le stecche delle gelosie. Miss Edith era sola, davanti alla tastiera; e seguitava la sua musica, senza accorgersi di me. La cassa dell'istrumento riluceva nella penombra; i rami delle spine biancheggiavano. In quella quiete raccolta, in quel profumo effuso da rami che mi ricordavano la buona ebrezza matutina e il sorriso di Giuliana e il mio tremito, la romanza mi parve sconsolata come non mai.

Dov'era Giuliana? Era risalita? Era ancóra fuori?

Mi ritrassi; discesi le altre scale; attraversai il vestibolo senza incontrare nessuno. Avevo un bisogno indomabile di cercarla, di vederla; pensavo che forse il suo solo aspetto mi avrebbe ridata la calma, mi avrebbe ridata la confidenza. Come uscii su lo spiazzo, scorsi Giuliana sotto gli olmi in compagnia di Federico.

Ambedue mi sorrisero. Disse mio fratello, sorridendo, quando fui da presso:

— Parlavamo di te. Giuliana crede che tu ti stancherai presto della Badiola... E i nostri progetti, allora?

— No, Giuliana *non sa* — io risposi, sforzandomi di riprendere la mia disinvoltura consueta. — Ma tu vedrai. Sono, invece, così stanco di Roma... *e di tutto il resto!*

Guardavo Giuliana. E una mirabile mutazione avvenne nel mio interno, poiché le tristi cose, che fino a quel minuto mi avevano oppresso, ora

precipitavano al fondo, si oscuravano, si dilegua-
vano, cedevano il luogo al sentimento salutare
che il solo aspetto di lei e di mio fratello bastava a suscitarmi. Ella era seduta, un po' abbandonata su sé stessa, tenendo su le ginocchia un libro che io riconobbi, il libro che io le avevo dato
pochi giorni innanzi: *La Guerra e la Pace*. Tutto
in lei, veramente, nell'attitudine e nello sguardo
era dolce ed era buono. E nacque in me qualche
cosa di simile al sentimento che avrei forse provato se io avessi veduto in quel medesimo luogo,
sotto gli olmi familiari che perdevano i loro fiori
morti, Costanza adulta, la povera sorella, al fianco di Federico.

Gli olmi piovevano i loro fiori innumerevoli,
ad ogni fiato. Era, nella luce bianca, una discesa
continua, lentissima di pellicole diafane, quasi
impalpabili, che s'indugiavano nell'aria, esitava-
no, tremolavano come alette di libellule, tra ver-
dognole e biondicce, dando alla vista per quella
continuità e per quella labilità una sensazione
quasi allucinante. Giuliana le riceveva su le ginocchia, su le spalle; di tratto in tratto faceva
un debole gesto per toglierne qualcuna che rimaneva presa nei capelli delle tempie.

— Ah, se Tullio rimarrà alla Badiola — diceva Federico rivolto a lei — faremo grandi cose.
Promulgheremo le nuove leggi agrarie; gitteremo
le basi della nuova constituzione agraria... Sorridi? Avrai anche tu una parte nella nostra opera. Ti affideremo l'esercizio di due o tre precetti
del nostro Decalogo. Anche tu lavorerai. A proposito, Tullio, quando cominceremo questo no-

viziato? Tu hai le mani troppo bianche. Eh, le punture di certe spine non bastano...

Parlava gaiamente, con quella sua voce limpida e forte che trasfondeva sùbito in chi l'udiva un senso di sicurtà e di fidanza. Parlava dei suoi disegni vecchi e nuovi, intorno alla interpretazione della legge cristiana primitiva sul lavoro alimentario, con una gravità di pensiero e di sentimento, temperata da quella gaiezza gioviale, che era come un velo di modestia spiegato da lui medesimo contro la meraviglia e l'elogio di chi l'udiva. Tutto in lui appariva semplice, facile, spontaneo. Questo giovine, per la sola forza del suo spirito illuminato dalla sua bontà nativa, già da alcuni anni aveva intuita la teoria sociale inspirata a Leone Tolstoi dal *moujik* Timoteo Bondareff. In quel tempo egli non conosceva neppure *La Guerra e la Pace*, il gran libro, apparso allora allora nell'Occidente.

— Ecco un libro per te — io gli dissi, prendendo il volume di su le ginocchia di Giuliana.

— Sì; tu me lo darai. Lo leggerò. A te piace? — chiese a Giuliana.

— Sì, molto. È triste e consolante, insieme. Amo già Maria Bolkonsky, e anche Pietro Besoukhow...

Io mi posi accanto a lei, sul sedile. Mi pareva di non pensare a nulla, di non avere pensieri ben definiti; ma la mia anima vigilava e meditava. Un contrasto palese era tra il sentimento dell'ora, delle cose circostanti, e il sentimento rappresentato dai discorsi di Federico, da quel libro, dai nomi dei personaggi che Giuliana amava.

L'ora fluiva lenta e molle, quasi accidiosa, in quel confuso vapore biancastro dove gli olmi a poco a poco si disfioravano. Giungeva fioco il suono del pianoforte, e inintelligibile, aumentando la malinconia della luce, quasi cullando la sonnolenza dell'aria.

Senza più ascoltare, assorto, io apersi quel libro, lo sfogliai qua e là, scorsi il principio di qualche pagina. M'avvidi che qualche pagina era piegata all'angolo, come per ricordo; qualche altra era solcata da un colpo d'unghia sul margine, secondo la nota consuetudine della lettrice. Volli leggere, allora, curioso, quasi ansioso. Nella scena tra Pietro Besoukhow e il vecchio incognito, alla posta di Torjok, molte frasi erano segnate.

« ... La tua vista spirituale si ripieghi sul tuo essere interiore. Domanda a te stesso se tu sei contento di te stesso. A qual esito sei giunto avendo per unica guida il tuo intelletto! Voi siete giovine, voi siete ricco, voi siete intelligente. Che avete fatto di tutti questi doni? Siete contento di voi e della vostra esistenza?

— No, l'aborro.

— Se tu l'aborri, mutala, purìficati; e, secondo che ti trasformerai, imparerai a conoscere la saggezza. Come l'avete voi trascorsa questa esistenza? In orgie, in bagordi, in depravazioni: ricevendo tutto dalla società e nulla dando. Come avete usati i beni di fortuna ricevuti? Che avete fatto pel vostro prossimo? Avete pensato alle vostre migliaia di servi? Li avete aiutati moralmente e materialmente? No; è vero? Avete profittato

della loro fatica per vivere una vita corrotta. A-
vete cercato di adoperarvi a vantaggio del vostro
prossimo? No. Avete vissuto nell'ozio. Poi, vi siete ammogliato: avete accettata la responsabilità
di servire da guida a una donna giovine. E allora? Invece di aiutarla a trovare la via della verità, l'avete gittata nell'abisso della menzogna e
della sciagura...»

Di nuovo, l'insostenibile peso mi piombò sopra,
mi schiacciò; e fu uno strazio più atroce di quello già sofferto, perché la vicinanza di Giuliana
aumentava l'orgasmo. Il passo trascritto era in-
dicato nella pagina con un solo segno. Certo,
Giuliana lo aveva segnato pensando a me, ai
miei errori. Ma anche l'ultima riga si riferiva a
me, a noi? L'avevo io gittata, era ella caduta
« nell'abisso della menzogna e della sciagura »?

Io temevo che ella e Federico udissero i battiti
del mio cuore.

Un'altra pagina era piegata, portava un solco
visibilissimo: quella su la morte della principessa
Lisa a Lissy-Gory.

— «... Gli occhi della morta erano chiusi; ma
il suo volto esile non era mutato. Ed ella pareva
dire pur sempre: — Che avete voi fatto di me?
— Il principe Andrea non piangeva; ma si sentì
lacerare il cuore, pensando ch'egli era colpevole
di torti omai irreparabili e indimenticabili. Il
principe vecchio anche venne, e baciò una delle
fragili mani di cera, che stavano incrociate l'una
su l'altra. E parve che quel povero esile volto ri-
petesse anche a lui: — Che avete fatto di
me?...»

La dolce e terribile domanda mi ferì come un aculeo. « Che avete fatto di me? » Tenevo gli occhi fissi su la pagina, non osando di volgermi a guardare Giuliana e pur essendo ansioso di guardarla. E avevo paura che ella e Federico udissero i battiti del mio cuore e si volgessero essi a guardar me e scoprissero il mio turbamento. Così forte era il mio turbamento, ch'io credevo di avere il viso scomposto e di non potermi levare e di non poter proferire una sillaba. Un solo sguardo, rapido, obliquo, gittai a Giuliana; e il suo profilo mi s'impresse così che mi parve di continuare a vederlo su la pagina, accanto al « povero esile volto » della principessa morta. Era un profilo pensoso, reso più grave dall'attenzione, ombrato dai lunghi cigli; e le labbra serrate, un po' cadenti all'angolo, parevano involontariamente confessare una stanchezza e una tristezza estrema. Ella ascoltava mio fratello. E la voce di mio fratello mi sonava all'orecchio confusa, mi pareva remota sebbene fosse tanto vicina; e tutti quei fiori degli olmi, che piovevano piovevano senza posa, tutti quei fiori morti, quasi irreali, quasi inesistenti, mi davano una sensazione inesprimibile, come se quella visione fisica mi si convertisse in uno strano fenomeno interno e io assistessi al passaggio continuo di quelle innumerevoli ombre impalpabili in un cielo intimo, nell'intimo dell'anima mia. « Che avete fatto di me? » ripetevano la morta e la vivente, ambedue senza muovere le labbra. « Che avete fatto di me? »

— Ma che leggi, ora, Tullio? — disse Giuliana volgendosi, togliendomi il libro di tra le mani, chiudendolo, posandolo di nuovo·su le sue ginocchia, con una specie d'impazienza nervosa.

E sùbito dopo, senza alcuna pausa, come per rendere insignificante quel suo atto:

— Perché non andiamo su, da Miss Edith, a fare un po' di musica? Sentite? Sta sonando, mi pare, la *Marcia funebre per la morte di un Eroe,* quella che piace a te, Federico...

Ed ella tese l'orecchio, in ascolto. Tutt'e tre ascoltammo. Qualche gruppo di note giungeva fino a noi, nel silenzio. Ella non s'era ingannata. Soggiunse, levandosi:

— Andiamo, dunque. Venite?

Io fui l'ultimo ad alzarmi, per vederla d'innanzi a me. Ella non si curò di scuotere dalla sua veste i fiori dell'olmo; che sul terreno intorno avevano composto un tappeto soffice, seguitando a piovere, a piovere senza tregua. In piedi, rimase là qualche istante, a capo chino, a guardare lo strato dei fiori ch'ella scavava e ammonticchiava con la punta sottile della sua scarpetta, mentre anche su lei altri fiori altri fiori seguitavano a piovere a piovere senza tregua. Io non le vedevo la faccia. Era ella intenta a quell'atto ozioso o assorta in una perplessità?

V

La mattina dopo, tra gli altri portatori di doni pasquali, venne alla Badiola Calisto, il vecchio Calisto, il guardiano di Villalilla, con un fascio enorme di fiori di lilla ancóra freschissimi, fragranti. E volle egli stesso, con le sue proprie mani, offrirlo a Giuliana, rammentandole i bei tempi del nostro soggiorno, pregandola di una visita, di una visita anche breve. — La signora pareva così allegra, così contenta laggiù! Perché non ci tornava? La casa era rimasta intatta, non era mutata in nulla. Il giardino era diventato più folto. Gli alberi di lilla, un bosco!, erano in piena fioritura. Non giungeva fino alla Badiola il profumo, verso sera? La casa, il giardino, proprio, aspettavano la visita. Tutti i vecchi nidi sotto le gronde erano pieni di rondinelle. Secondo il desiderio della signora, quei nidi erano stati rispettati sempre come cose sante. Ma, proprio, erano omai troppi. Bisognava ogni settimana adoperare la pala su i balconi, su i davanzali delle finestre. E che stridìo dall'alba al tramonto! Quando sarebbe dunque venuta, la signora? Presto?

Io dissi a Giuliana:

— Vuoi che andiamo martedì?

Con un po' di esitazione, mentre reggeva a fatica il fascio smisurato che quasi le nascondeva il volto, ella rispose:

— Andiamo pure, se vuoi, martedì.

— Verremo martedì, dunque, Calisto — io dissi al vecchio, con un accento di allegrezza così vivace che io stesso ne fui sorpreso, tanto era stato spontaneo e subitaneo il moto dell'animo. — Aspettaci per martedì mattina. Porteremo con noi la colazione. Tu non preparare nulla; hai capito? Lascia la casa chiusa. Voglio aprire io stesso la porta; voglio aprire io stesso le finestre a una a una. Intendi?

Una strana allegrezza, tutta irriflessiva, mi agitava, mi suggeriva atti e parole puerili, quasi folli, che stentavo a rattenere. Avrei voluto abbracciare Calisto, accarezzargli la bella barba bianca, prenderlo a braccio e parlare con lui di Villalilla, delle cose passate, dei « nostri tempi » abbondantemente, sotto quel gran sole di Pasqua. « Ecco ancóra davanti a me un uomo semplice, sincero, tutto d'un pezzo: un cuore fedele! » io pensavo, guardandolo. E ancóra una volta mi sentivo rassicurato, come se l'affetto di quel vecchio fosse per me un altro buon talismano contro la sorte.

Ancóra una volta, dopo la caduta del giorno innanzi, la mia anima si risollevava incitata dalla grande letizia ch'era nell'aria, che splendeva in tutti gli occhi, che emanava da tutte le cose. La Badiola in quella mattina pareva la mèta di un pellegrinaggio. Nessuno del contado aveva mancato di portare il dono e l'augurio. Mia madre riceveva su le sue mani benedette baci innumerevoli, d'uomini, di donne, di fanciulli. Alla messa celebrata nella cappella assisteva una turba densa che traboccava fuor della soglia dilatandosi per lo spiazzo, religiosa sotto il dòmo ceruleo. Le campane argentine squillavano con un accordo felice, quasi musicale, nell'aria senza mutamento. Su la torre l'inscrizione del quadrante solare diceva: *Hora est benefaciendi*. E in quella mattina di gloria, in cui pareva salire verso la dolce casa materna tutta la gratitudine dovuta al lungo benefizio, le tre parole cantavano.

Come potevo io dunque conservare dentro di me la perfidia dei dubbi, dei sospetti, delle imagini impure, dei ricordi torbidi? Che potevo io temere, dopo aver veduto mia madre premere più volte le sue labbra su la fronte di Giuliana sorridente?, dopo aver veduto mio fratello stringere nella sua mano fiera e leale la gracile mano pallida di quella che era per lui come la seconda incarnazione di Costanza?

VI

Il pensiero della gita a Villalilla mi occupò per tutto quel giorno e pel giorno seguente, di continuo. Non mai, credo, l'attesa dell'ora stabilita pel primo convegno con un'amante mi aveva data un'ansietà così fiera. « Cattivi sogni, cattivi sogni, soliti effetti dell'esser allucinato! » io giudicavo le angosce del sabato tristo: con una straordinaria leggerezza d'animo, con una volubilità obliosa, posseduto interamente dalla pervicace illusione che scacciata ritornava e distrutta rinasceva sempre.

Lo stesso turbamento sensuale del desiderio concorreva ad oscurare la conscienza, a renderla ottusa. Io pensavo di riconquistare non l'anima sola di Giuliana ma anche il corpo; e nella mia ansietà entrava una parte di orgasmo fisico. Il nome di Villalilla suscitava in me ricordi voluttuosi: ricordi non di mite idillio ma di passione ardente, non di sospiri ma di gridi. Senza accorgermene, io avevo forse acuito e corrotto il mio desiderio con le imagini inevitabili generate dal dubbio; e portavo in me latente quel germe venefico. Infatti, sino allora in me era parsa predominante la commozione spirituale, ed io, aspettando il gran giorno, m'ero compiaciuto in puri colloquii fantastici con la donna da cui volevo ottenere il perdono. Ora invece non tanto *vedevo* la scena patetica fra me e lei quanto la scena di voluttà, che doveva esserne conseguenza immediata. Il perdono si mutava in abbandono, il bacio trepido su la fronte in bacio cupido su la bocca - nel mio sogno. Il senso sopraffaceva lo spirito. E a poco a poco, per una eliminazione rapida e inarrestabile, una imagine escluse tutte le altre e mi occupò e mi signoreggiò, fissa, lucidissima, esatta nelle minime particolarità. « È dopo la colazione. Un piccolo bicchiere di Chablis è bastato a turbare Giuliana che è quasi una astemia. Il pomeriggio si fa sempre più caldo; l'odore delle rose, dei giaggiòli, dei fiori di lilla si fa violento; le rondini passano e ripassano con un gran garrire assordante. E siamo soli, ambedue invasi da un tremito interiore insostenibile. E io le dico, a un tratto: — Vuoi che andiamo a rivedere la nostra stanza? — È l'antica stanza nuziale che ad arte io ho tralasciato di aprire nel nostro giro per la villa. Entriamo. C'è, là dentro, come un cupo rombo, lo stesso rombo che pare sia in fondo a certe conchiglie sinuose; e non altro è che il rumore delle mie vene. Ed ella anche forse ode quel rombo; e non altro è che il rumore delle sue vene. Tutto il resto è silenzio:

pare che le rondini non garriscano più. Io voglio parlare; e, alla prima parola rauca, ella mi cade fra le braccia, quasi svenuta...»

Questa rappresentazione fantastica si arricchiva di continuo, si faceva più complessa, simulava la realtà, raggiungeva una evidenza incredibile. Io non riescivo a contenderle il dominio assoluto del mio spirito, pareva che risorgesse in me l'antico libertino, così profondo era il compiacimento che io provavo a contemplare e ad accarezzare l'imagine voluttuosa. La castità mantenuta per alcune settimane, in quella primavera così fervida, produceva ora i suoi effetti nel mio organismo ristorato. Un semplice fenomeno fisiologico mutava completamente il mio stato di conscienza, dava una piega completamente diversa ai miei pensieri, mi trasformava in un altro uomo.

Maria e Natalia avevano mostrata la voglia di accompagnarci nella gita. Giuliana avrebbe voluto consentire. Io mi opposi; adoperai tutta la mia abilità e la mia grazia per raggiungere lo scopo.

Federico aveva proposto: — Martedì io debbo andare a Casal Caldore. Vi accompagno in carrozza fino a Villalilla: voi vi fermate e io proseguo. Poi, la sera, ripassando, vi riprendo in carrozza; e torniamo insieme alla Badiola. — Giuliana, me presente, aveva accettato.

Io pensavo che la compagnia di Federico, almeno nell'andata, non sarebbe stata inopportuna; mi avrebbe anzi tolto da una certa perplessità. Infatti: di che avremmo discorso, se fossimo stati soli, io e Giuliana, in quelle due o tre ore di viaggio? Quale attitudine avrei presa verso di lei? Avrei potuto anche guastare le cose, compromettere il buon esito, o almeno togliere la freschezza alla nostra commozione. Non avendo sognato io di ritrovarmi d'un tratto con lei a Villalilla, come per una magia, e di rivolgerle quivi la mia prima parola tenera e sommessa? La presenza di Federico mi avrebbe dato il modo di evitare i preliminari incerti, i lunghi silenzii tormentosi, le frasi proferite a bassa voce per riguardo agli orecchi del cocchiere, tutte insomma le piccole irritazioni e le piccole torture. Noi saremmo discesi a Villalilla, e là, soltanto là, ci saremmo ritrovati finalmente l'uno a fianco dell'altra, d'innanzi alla porta del paradiso perduto.

VII

Così fu. M'è impossibile rappresentar con parole la sensazione ch'io provai nell'udire il tintinno delle sonagliere, lo strepito della carrozza che s'allontanava portando Federico verso Casal Caldore. Io dissi a Calisto, prendendo dalle sue mani le chiavi, con un'impazienza manifesta:

— Ora, tu puoi andare. Ti chiamerò più tardi.

E richiusi io stesso il cancello, dietro il vecchio che m'era parso un po' attonito e scontento di quel congedo quasi brusco.

— Ci siamo, alla fine! — esclamai, quando io e Giuliana fummo soli. Tutta l'onda di felicità che m'aveva invaso passò nella mia voce.

Io ero felice, felice, indicibilmente felice; ero posseduto come da una grande allucinazione di felicità inaspettata, insperata, che trasfigurava tutto il mio essere, suscitava e moltiplicava quanto di buono e di giovine era ancóra rimasto in me, m'isolava dal mondo, concentrava a un tratto la mia vita nel cerchio delle mura che chiudevano quel giardino. Le parole mi s'affollavano alle labbra, senza nesso, improferibili; la ragione mi si smarriva tra un balenìo fulmineo di pensieri.

Come poteva Giuliana non indovinare quel che avveniva in me? Come poteva non intendermi? Come poteva non esser colpita nel mezzo del cuore dal raggio violento della mia gioia?

Ci guardammo. Vedo ancóra l'espressione ansiosa di quel volto su cui errava un sorriso malsicuro. Ella disse, con la sua voce velata, debole, sempre esitante di quella singolare esitazione già da me notata altre volte, che la faceva sembrare quasi di continuo attenta a trattenere la parola che le saliva alle labbra, per pronunziarne una diversa, disse:

— Giriamo un poco pel giardino, prima di aprire la casa. Quanto tempo è che non lo rivedo così fiorito! L'ultima volta che ci venimmo fu tre anni fa, ti ricordi?, anche d'aprile, nei giorni di Pasqua...

Ella voleva forse dominare il suo turbamento, ma non poteva; voleva forse frenare l'effusione della tenerezza, ma non sapeva. Ella stessa, con le prime parole pronunziate in quel luogo, aveva incominciato ad evocare i ricordi. Si soffermò, dopo alcuni passi; e ci guardammo. Un'alterazione indefinibile, come una violenza di cose soffocate, passò ne' suoi occhi neri.

— Giuliana! — io proruppi, non reggendo più, sentendomi sgorgare dall'intimo del cuore un flutto di parole appassionate e dolci, provando un bisogno folle d'inginocchiarmi davanti a lei su la ghiaia, e di abbracciarla alle ginocchia e di baciarle la veste, le mani, i polsi, furiosamente, senza fine.

Ella m'accennò che tacessi, con un gesto supplichevole. E seguitò a internarsi pel viale, con un passo più celere.

Portava un abito di panno grigio chiaro ornato di trine più oscure, un cappello di feltro grigio, un ombrellino di seta grigia a piccoli trifogli bianchi. Vedo ancóra la sua persona elegante in quel colore fine e sobrio avanzarsi tra le folte masse degli alberi di lilla che s'inchinavano verso di lei carichi dei loro innumerevoli grappoli fra turchinicci e violetti.

Mancava quasi un'ora al mezzogiorno. Era una mattina calda, d'un caldo precoce, azzurra ma navigata da qualche nuvola molle. I frutici deliziosi, che davano il nome alla villa, fiorivano per ogni dove, signoreggiavano tutto il giardino, facevano un bosco appena interrotto qua e là da cespugli di rose gialle e da mucchi di giaggiòli. Qua e là le rose si arrampicavano su per i fusti, s'insinuavano tra i rami, ricadevano miste in catene, in ghirlande, in festoni, in corimbi; a piè dei fusti le iridi fiorentine elevavano di tra le foglie simili a lunghe spade glauche le forme ampie e nobili dei loro fiori; i tre profumi si mescevano in un accordo profondo che io *riconoscevo* perché dal tempo lontano era rimasto nella mia memoria distinto come un accordo musicale di tre note. Nel silenzio, non si udiva se non il garrire delle rondini. La casa appena s'intravedeva tra i coni dei cipressi, e le rondini vi accorrevano innumerevoli come le api all'alveare.

Dopo un poco, Giuliana rallentò il passo. Io le camminavo al fianco, così vicino che di tratto in tratto i nostri gomiti si toccavano. Ella guardava intorno a sé con occhi mobili e attenti, come temendo che le sfuggisse qualche cosa. Due o tre volte io sorpresi su le sue labbra l'atto di parlare: il principio di una parola vi si disegnava, senza suono. Io le chiesi a voce bassa, timido, come un amante:

— Che pensi?

— Penso che non avremmo mai dovuto partire di qui...

— È vero, Giuliana.

Le rondini talvolta quasi ci rasentavano, con un grido, rapide e rilucenti come strali pennuti.

— Quanto ho desiderato questo giorno, Giuliana! Ah, tu non saprai mai quanto l'ho desiderato! — io proruppi allora, in preda a una commozione così forte che la mia voce doveva essere irriconoscibile. — Nessuna ansietà, vedi, nessuna ansietà, mai nella vita ho provata eguale a questa che mi divora da ier l'altro, dal momento che tu consentisti a venire. Ti ricordi tu della prima volta che ci vedemmo in segreto, su la terrazza di Villa Oggèri, e che ci baciammo?

Ero folle di te: tu te ne ricordi. Ebbene, l'attesa di quella notte mi par nulla al confronto... Tu non mi credi; tu hai ragione di non credermi, di diffidare, ma io voglio dirti tutto, voglio raccontarti quel che ho sofferto, quel che ho temuto, quel che ho sperato. Oh, lo so: quel che ho sofferto è forse poco al confronto di quel che t'ho fatto soffrire. Lo so, lo so; tutti i miei dolori non valgono forse il tuo dolore, non valgono le tue lacrime. Io non ho espiato il mio fallo, e non sono degno d'essere perdonato. Ma dimmi tu, ma dimmi tu quello che io debbo fare perché tu mi perdoni! Tu non mi credi; ma io voglio dirti tutto. Te sola veramente io ho amata nella vita; amo te sola. Lo so, lo so: queste sono le cose che gli uomini dicono, per farsi perdonare; e tu hai ragione di non credermi. Ma pure, vedi, se tu pensi al nostro amore d'una volta, se tu pensi a quei primi tre anni di tenerezza mai interrotta, se tu ti ricordi, se tu ti ricordi, vedi, non è possibile che tu non mi creda. Anche nelle mie peggiori cadute, tu dovevi essere per me indimenticabile; e la mia anima si doveva volgere a te, e ti doveva cercare, e ti doveva rimpiangere, sempre, intendi?, sempre. Tu stessa non te n'accorgevi? Quando tu eri per me una sorella, certe volte non t'accorgevi che io morivo di tristezza? Te lo giuro: lontano da te, non ho provato mai una gioia sincera, non ho avuto mai un'ora di pieno oblio; mai, mai: te lo giuro. Tu eri la mia adorazione costante, profonda, segreta. La parte migliore di me è stata sempre tua; e una speranza v'è rimasta sempre accesa; la speranza di liberarmi dai miei mali e di ritrovare il mio primo unico amore intatto... Ah, dimmi che non ho sperato inutilmente, Giuliana!

Ella camminava con estrema lentezza, senza più guardare d'innanzi a sé, a capo chino, troppo bianca. Una piccola contrattura dolorosa le appariva di quando in quando all'angolo della bocca. E poiché ella taceva, incominciò a muoversi in fondo a me un'inquietudine vaga. Un senso vago di oppressione incominciò a venirmi da quel sole, da quei fiori, dai gridi di quelle rondini, da tutto quel riso, troppo aperto, della primavera trionfante.

— Non mi rispondi? — seguitai, prendendole la mano ch'ella teneva abbandonata lungo il fianco. — Tu non mi credi; tu hai perduto qualunque fede in me; tu temi ancóra che io ti deluda; tu non osi di ridonarti perché pensi sempre a *quella volta*... Sì, è vero: fu la più cruda delle mie infamie. Io n'ho rimorso come d'un delitto; e, anche se tu mi perdonerai, io non potrò mai perdonarmi. Ma non t'accorgesti tu che io ero malato, che io ero demente? Una maledizione mi perseguitava. E da quel giorno io non ebbi più un minuto di tregua, non ebbi più un intervallo di lucidezza. Non ti ricordi? Non ti ricordi? Tu, certo, sapevi che ero fuori di me, in uno stato di demenza; perché tu mi guardavi come si guarda un pazzo. Più d'una volta io sorpresi nel tuo sguardo una compassione penosa, non so che curiosità e che timore. Non ti ricordi com'ero ridotto? Irriconoscibile... Ebbene, io sono guarito, io mi sono salvato, per te. Ho potuto vedere la luce. Finalmente la luce si è fatta. Te sola ho amata nella vita; amo te sola. Intendi?

Pronunziai le ultime parole con una voce più ferma e più lenta, come per imprimerle a una a una su l'anima della donna; e strinsi forte la mano che già tenevo nella mia. Ella si fermò, nell'atto di chi sta per lasciarsi cadere, anelando. Più tardi, soltanto più tardi, nelle ore che seguirono, compresi tutta la mortale angoscia esalata in quell'anelito. Ma allora non altro compresi che questo: « Il ricordo dell'orribile tradimento, evocato da me, le rinnova la sofferenza. Ho toccato piaghe che sono ancóra aperte. Ah, se potessi persuaderla a credermi! Se potessi vincere la sfiducia che la tiene! Non sente ella dunque la verità nella mia voce? »

Eravamo presso ad un bivio. C'era là un sedile. Ella mormorò:

— Sediamo, un poco.

Sedemmo. Non so s'ella riconobbe sùbito il luogo. Io non lo riconobbi sùbito, smarrito come uno che abbia portata per qualche tempo la benda. Ambedue guardammo intorno; poi ci guardammo, avendo negli occhi lo stesso pensiero. Molte memorie di tenerezza erano legate a quel vecchio sedile di pietra. Il cuore non mi si gonfiò di rammarico ma d'una avidità affannosa, quasi d'un furore di vita, che mi diede in un lampo una visione dell'avvenire fantastica e allucinante. « Ah ella non sa di quali nuove tenerezze io sia capace! Io ho il paradiso per lei nella mia anima! » E l'idealità dell'amore fiammeggiò dentro di me così forte ch'io mi esaltai.

— Tu ti addolori. Ma quale creatura al mondo è stata amata come tu sei amata? Quale donna ha potuto avere una prova di amore che valga questa ch'io ti do? Non avremmo mai dovuto partire di qui, tu dicevi, dianzi. E forse saremmo stati felici. Tu non avresti sofferto il martirio, non avresti versato tante lacrime, non avresti perduto tanta vita; ma non avresti conosciuto il mio amore, tutto il mio amore...

Ella teneva il capo reclinato sul petto e le palpebre socchiuse; e ascoltava, immobile. I cigli le spandevano a sommo delle gote un'ombra che mi turbava più d'uno sguardo.

— Io, io stesso non avrei conosciuto il mio amore. Quando mi allontanai da te la prima volta, non credevo già che tutto fosse finito? Cercavo un'altra passione, un'altra febbre, un'altra ebrezza. Volevo abbracciare la vita con una sola stretta. Tu non mi bastavi. E per anni mi sono estenuato in una fatica atroce, oh tanto atroce che n'ho orrore come un forzato ha orrore della galera dove ha vissuto *morendo tutti i giorni un poco*. E ho dovuto passare d'oscurità in oscurità, per anni, prima che si facesse questa luce nella mia anima, prima che questa grande verità m'apparisse. Non ho amato che una donna: te sola. Tu sola al mondo hai la bontà e la dolcezza. Tu sei la più buona e la più dolce creatura che io abbia mai sognata; sei l'Unica. E tu eri nella mia casa mentre io ti cercavo lontano... Intendi ora? Intendi? *Tu eri nella mia casa mentre io ti cercavo lontano*. Ah, dimmi tu: questa rivelazione non vale tutte le tue lacrime? Non vorresti averne versate anche più, anche più, per una tale prova?

— Sì, anche più — ella disse, così piano che appena l'udii.

Fu un soffio su quelle labbra esangui. E le lacrime le sgorgarono di tra i cigli, le solcarono le gote, le bagnarono la bocca convulsa, le caddero sul petto ansioso.

— Giuliana, mio amore, mio amore! — gridai, con un brivido di felicità suprema, gittandomi in ginocchio d'innanzi a lei.

E la cinsi con le mie braccia, misi la testa nel suo grembo, provai per tutto il corpo quella tensione smaniosa in cui si risolve lo sforzo vano d'esprimere con un atto, con un gesto, con una carezza l'ineffabile passione interiore. Le sue lacrime caddero su la mia guancia. Se l'effetto materiale di quelle calde gocce viventi avesse corrisposto alla sensazione ch'io n'ebbi, porterei su la mia pelle una traccia indelebile!

— Oh, lasciami bere — io pregai.

E, rilevandomi, accostai le mie labbra ai suoi cigli, le bagnai nel suo pianto, mentre le mie dita smarritamente la toccavano. Una pieghevolezza strana era venuta alle mie membra, una specie di fluidità illusoria per cui non avvertivo più l'impaccio delle vesti. Credevo che mi sarebbe stato possibile circondare, avviluppare tutta quanta la persona amata.

— Sognavi — io le dicevo, avendo in bocca il sapore salso che mi si diffondeva nei precordii (più tardi, nelle ore che seguirono, mi stupii di non aver trovato in quelle lacrime una intollerabile amarezza) — sognavi d'essere tanto amata? Sognavi questa felicità? Sono io, guardami, sono io che ti parlo così; guardami bene, sono io... Se tu sapessi come mi pare strano tutto questo! Se ti potessi dire!... So che ti ho conosciuta prima d'ora, so che ti ho amata prima d'ora; so che ti ho *ritrovata*. Eppure mi pare di averti *trovata* soltanto ora, un momento fa, quando tu hai detto: « Sì, anche più... » Hai detto così; è vero? Tre parole sole... un soffio... E io rivivo, e tu rivivi; ed ecco che siamo felici, siamo felici per sempre.

Io le dicevo queste cose con quella voce che ci viene come di lontano, interrotta, indefinibile; che pare giunga all'orlo delle labbra modulata non nella materialità dei nostri organi, ma nell'estremo fondo dell'anima nostra. Ed ella, che fino a quel momento aveva versato un pianto silenzioso, ruppe in singhiozzi.

Forte, troppo forte singhiozzava, non come chi sia sopraffatto da una gioia senza limiti ma come chi esali una disperazione inconsolabile. Singhiozzava così forte ch'io rimasi per qualche istante in quello stupore che suscitano le manifestazioni eccessive, i grandi parosismi della commozione umana. Inconscientemente, mi scostai un poco; ma sùbito dopo, notai quell'intervallo che s'era aperto tra lei e me; sùbito dopo, notai che non soltanto il contatto materiale era cessato ma che anche il sentimento di comunione s'era disperso in un attimo. Eravamo pur sempre due esseri ben distinti, separati, estranei. La stessa diversità delle nostre attitudini aumentava il distacco. Ripiegata su sé medesima, premendosi con le due mani il fazzoletto su la bocca, ella singhiozzava; e ogni singhiozzo le scoteva tutta la persona, pareva rivelarne la fragilità. Io stavo ancóra in ginocchio d'innanzi a lei, senza toccarla; e la guardavo: stupito e pur nondimeno stranamente lucido; attento a sorvegliare tutto ciò ch'era per accadere dentro di me, e pur nondimeno avendo tutti i sensi aperti alla percezione delle cose che mi circondavano. Udivo il singhiozzo di lei e il garrito delle rondini; e avevo la nozione del tempo e del luogo esatta. E quei fiori e quegli odori e quella grande luminosità immobile dell'aria e tutto quel riso della primavera aperto mi diedero uno sgomento che crebbe, che crebbe e diventò una specie di timor pànico, una paura istintiva e cieca a cui la ragione non poté opporsi. E, come scoppia un fulmine in un cumulo di nubi, un pensiero guizzò in mezzo a quello scompiglio pauroso, m'illuminò e mi percosse. « Ella è impura. »

Ah, perché non caddi allora fulminato? Perché non mi si spezzò un viscere vitale e non restai là su la ghiaia, ai piedi della donna che nella fuga di pochi attimi m'aveva sollevato all'apice della felicità e m'aveva precipitato in un abisso di miseria?

— Rispondi — (Le afferrai i polsi, le scopersi la faccia, le parlai da presso; e la mia voce era così sorda che io medesimo appena la udivo tra il romorio del mio cervello.) — rispondi: che è questo pianto?

Ella cessò di singhiozzare, e mi guardò; e gli

occhi, benché bruciati dalle lacrime, le si dilatarono esprimendo un'ansietà estrema, come se mi avessero veduto morire. Io dovevo aver perduto, infatti, ogni colore di vita.

— È tardi, forse? È troppo tardi? — soggiunsi, rivelando il mio pensiero terribile in quella domanda oscura.

— No, no, no... Tullio, non... è nulla. Tu hai potuto pensare!... No, no... Sono tanto debole, vedi; non sono più come una volta... Non reggo... Sono malata, tu sai; sono tanto malata. Non ho potuto resistere... a quello che mi dicevi. Tu intendi... M'è venuto questo accesso all'improvviso... È una cosa dei nervi... come una convulsione... Si spasima; non si capisce più se si pianga di gioia o di dolore... Ah, mio Dio!... Vedi, mi passa... Àlzati, Tullio; vieni qui accanto a me.

Mi parlava con una voce affiochita ancóra dal pianto, interrotta ancóra da qualche singulto; mi guardava con una espressione che io riconoscevo, con una espressione ch'ella aveva avuta già altre volte alla vista della mia sofferenza. Un tempo, ella non poteva vedermi soffrire. La sua sensibilità per questo riguardo era esagerata così che io potevo ottener tutto da lei mostrandomi dolente. Tutto ella avrebbe fatto per allontanare da me una pena, la minima pena. Spesso allora io mi fingevo afflitto, per gioco, per agitarla, per essere consolato come un fanciullo, per avere certe carezze che mi piacevano, per muovere in lei certe grazie che adoravo. Ed ora non appariva ne' suoi occhi la medesima espressione tenera e inquieta?

— Vieni qui accanto a me, siediti. O vuoi che
seguitiamo a girare pel giardino? Non abbiamo
ancóra veduto nulla... Andiamo verso la peschiera. Voglio bagnarmi gli occhi... Perché mi guardi così? Che pensi? Non siamo felici? Ecco, vedi,
incomincio a sentirmi bene, tanto bene. Ma avrei
bisogno di bagnarmi gli occhi, il viso... Che ora
sarà? Sarà mezzogiorno? Federico ripasserà verso le sei. Abbiamo tempo... Vuoi che andiamo?

Parlava interrottamente, ancóra un po' convulsa, con uno sforzo palese, volendo ricomporsi,
riacquistare il dominio su i suoi nervi, dissipare
in me qualunque ombra, apparirmi fidente e felice. La trepidazione del suo sorriso negli occhi
ancóra umidi e rosei aveva una dolcezza penosa
che m'inteneriva. Nella sua voce, nella sua attitudine, in tutta la sua persona era questa dolcezza che m'inteneriva e m'illanguidiva d'un languore un po' sensuale. Mi è impossibile definire
la delicata seduzione che emanava da quella
creatura su i miei sensi e sul mio spirito, in quello
stato di conscienza irresoluto e confuso. Ella pareva dirmi, mutamente: « Io non potrei essere
più dolce. Prendimi dunque, già che mi ami;
prendimi nelle tue braccia, ma piano, senza farmi male, senza stringermi troppo forte. Oh, io
mi struggo d'essere accarezzata da te! Ma credo
che tu potresti farmi morire! » Questa imaginazione mi aiuta un poco a rendere l'effetto ch'ella
produceva su me col suo sorriso. Io le guardavo
la bocca, quando ella mi disse: — Perché mi
guardi così? — Quando ella mi disse: — Non
siamo felici? —, io provai il cieco bisogno d'una

sensazione voluttuosa nella quale attutire il malessere lasciatomi dalla violenza recente. Quando ella si levò, con un atto rapidissimo io me la presi fra le braccia e attaccai la mia bocca alla sua.

Fu un bacio di amante quello che io le diedi, un bacio lungo e profondo che agitò tutta l'essenza delle nostre due vite. Ella si lasciò ricadere sul sedile, spossata.

— Ah no, no, Tullio: ti prego! Non più, non più! Lasciami prima riprendere un po' di forza — supplicò, stendendo le mani come per tenermi discosto. — Altrimenti non mi potrò più levare di qui... Vedi, sono morta.

Ma in me era avvenuto uno straordinario fenomeno. Tale sul mio spirito quella sensazione quale su una riva un flutto gagliardo che spazzi qualunque traccia lasciando la sabbia rasa. Fu come un annullamento istantaneo; e sùbito uno stato nuovo si formò sotto l'influenza immediata delle circostanze, sotto l'urgenza del sangue riacceso. Non altro più conobbi che questo: — la donna che io desideravo era là, d'innanzi a me, tremante, prostrata dal mio bacio, tutta mia alfine; intorno a noi fioriva un giardino solitario, memore, pieno di segreti; una segreta casa ci aspettava, di là dagli alberi floridi, custodita dalle rondini familiari.

— Credi tu che io non sarei capace di portarti? — dissi, prendendole le mani, intrecciando le mie dita alle sue. — Una volta eri leggera come una piuma. Ora devi essere anche più leggera... Proviamo?

144

Qualche cosa d'oscuro passò ne' suoi occhi. Ella per un istante parve alienarsi in un suo pensiero, come chi considera e risolve rapidamente. Poi scosse il capo; e arrovesciandosi indietro e appendendosi a me con le braccia stese e ridendo (un poco della sua gengiva esangue apparve nel riso), fece:

— Su, tirami su!

E alzata s'abbatté sul mio petto; e questa volta fu ella che mi baciò prima, con una specie di furia convulsa, come presa da una frenesia repentina, quasi volesse in un solo tratto estinguere una sete atrocemente patita.

— Ah, sono morta! — ripeté, quando ebbe distaccata la sua bocca dalla mia.

E quella bocca umida, un po' gonfia, semiaperta, divenuta più rosea, atteggiata di languore, in quel viso così pallido e così tenue, mi diede veramente l'impressione indefinibile d'una cosa che sola fosse rimasta viva nella sembianza d'una morta.

Bisbigliò, levando gli occhi chiusi (i lunghi cigli le tremolavano come se un sorriso esiguo di sotto le palpebre vi stillasse), trasognata:

— Sei felice?

Io la strinsi al mio cuore.

— Andiamo, dunque. Portami dove vuoi. Reggimi tu un poco, Tullio, perché le ginocchia mi si piegano...

— Alla nostra casa, Giuliana?

— Dove vuoi...

La reggevo forte alle reni con un braccio e la sospingevo. Ella era come una sonnambula. Per un tratto, rimanemmo in silenzio. Ci volgevamo a quando a quando l'uno verso l'altra, nel tempo medesimo, per rimirarci. Ella veramente mi pareva *nuova*. Una piccolezza fermava la mia attenzione, mi occupava: un piccolo segno appena visibile nella sua pelle, un piccolo incavo nel labbro inferiore, la curva dei cigli, una vena della tempia, l'ombra che cerchiava gli occhi, il lobo dell'orecchio infinitamente delicato. Il granello fosco sul collo era nascosto appena dall'orlo del merletto; ma, per qualche moto che Giuliana faceva col capo, appariva talvolta e poi spariva; e la piccola vicenda incitava la mia impazienza. Ero ebro e pur tuttavia stranamente lucido. Udivo i gridi delle rondini più numerosi e il chioccolìo dei getti d'acqua nella peschiera prossima. Sentivo la vita scorrere, il tempo fuggire. E quel sole e quei fiori e quegli odori e quei romori e tutto quel riso della primavera troppo aperto mi diedero per la terza volta un senso di ansietà inesplicabile.

— Il mio salice! — esclamò Giuliana in vicinanza della peschiera, cessando di appoggiarsi a me, sollecitando il passo. — Guarda, guarda com'è grande! Ti ricordi? Era un ramo...

E soggiunse, dopo una pausa pensosa, con un accento diverso, a voce bassa:

— Io l'avevo già riveduto... Tu forse non sai: io ci venni a Villalilla, *quella volta*.

Non trattenne un sospiro. Ma sùbito, come per dissipare l'ombra ch'ella aveva messa tra noi con quelle parole, come per togliersi dalla bocca quell'amarezza, si chinò a una delle cannelle, bevve qualche sorso e risollevandosi fece l'atto di chiedermi un bacio. Aveva il mento bagnato e le labbra fresche. Ambedue, taciti, in quella stretta risolvemmo d'affrettare l'evento omai necessario, la ricongiunzione suprema che tutte le nostre fibre chiedevano. Quando ci distaccammo, ambedue ci ripetemmo con gli occhi la stessa cosa inebriante. Fu straordinario il sentimento che il volto di Giuliana espresse, ma incomprensibile allora per me. Solo più tardi, nelle ore che seguirono, potei comprenderlo; quando seppi che un'imagine di morte e un'imagine di voluttà insieme avevano inebriata la povera creatura e che ella aveva fatto un vóto funebre nell'abbandonarsi al languore del suo sangue. Vedo come se l'avessi d'innanzi, vedrò sempre quel volto misterioso nell'ombra prodotta dalla grande capellatura arborea che ci pioveva sopra. I baleni dell'acqua al sole, guizzando tra i lunghi rami dalle foglie diafane, davano all'ombra una vibrazione allucinante. Gli echi fondevano in una monotonia cupa e continua le voci dei getti sonori. Tutte le apparenze esaltavano il mio essere fuori della realtà.

Movendo verso la casa non parlammo. Così intensa era divenuta la mia brama, la visione dell'evento prossimo rapiva la mia anima in un turbine così alto di gioia, così forte era il battito delle mie arterie che io pensai: « È il delirio? Non provai questo la prima notte nuziale, quando misi il piede su la soglia... » Due o tre volte m'assalì un impeto selvaggio, come un accesso istantaneo di follia, che contenni per prodigio:

tale era il mio bisogno fisico di ripossedere quella donna. Anche in lei l'orgasmo doveva essere divenuto insostenibile, perché ella si fermò sospirando:

— Oh mio Dio, mio Dio! È troppo.

Soffocata, oppressa, m'afferrò una mano e se la portò al cuore.

— Senti!

Più che i battiti del suo cuore io seguii la mollezza del suo seno a traverso la stoffa; e le mie dita istintivamente si piegarono a stringere la piccola forma che conoscevano. Vidi negli occhi di Giuliana l'iride perdersi nel bianco sotto le palpebre che si abbassavano. Temendo ch'ella venisse meno, la mantenni, poi la sospinsi, quasi la portai di peso fino ai cipressi, fino a un sedile dove sedemmo ambedue estenuati.

Stava d'innanzi a noi la casa, come in un sogno.

Ella disse reclinando la testa su la mia spalla:

— Ah, Tullio, che cosa terribile! Non credi anche tu che potremmo morire?

Ella soggiunse, grave, con una voce venutale chi sa da quale profondità dell'essere:

— Vuoi che moriamo?

Il singolare brivido ch'io ebbi mi rivelò che un sentimento straordinario era in quelle parole, forse il sentimento medesimo che aveva trasfigurato il viso di Giuliana sotto il salice, dopo la stretta, dopo la muta risoluzione. Ma anche questa volta non potei comprendere. Soltanto compresi che ambedue eravamo posseduti omai da una specie di delirio e respiravamo in un'atmosfera di sogno.

Come in un sogno stava d'innanzi a noi la casa. Su la facciata rustica, per tutte le cornici, per tutte le sporgenze, lungo il gocciolatoio, sopra gli architravi, sotto i davanzali delle finestre, sotto le lastre dei balconi, tra le mensole, tra le bugne, dovunque le rondini avevano nidificato. I nidi di creta innumerevoli, vecchi e nuovi, agglomerati come le cellette di un alveare, lasciavano pochi intervalli liberi. Su quegli intervalli e su le stecche delle persiane e su i ferri delle ringhiere gli escrementi biancheggiavano come spruzzi di calcina. Benché chiusa e disabitata, la casa viveva. Viveva d'una vita irrequieta, allegra e tenera. Le rondini fedeli l'avvolgevano dei loro voli, dei loro gridi, dei loro luccichii, di tutte le loro grazie e di tutte le loro tenerezze, senza posa. Mentre gli stormi s'inseguivano per l'aria in caccia con la velocità delle saette, alternando i clamori, allontanandosi e riavvicinandosi in un attimo, radendo gli alberi, levandosi nel sole, gittando a tratti dalle macchie bianche un baleno, instancabili, ferveva dentro ai nidi e intorno ai nidi un'altra opera. Delle rondini covaticce alcune rimanevano per qualche istante sospese agli orifizi; altre si reggevano su le ali brillando; altre s'introducevano a mezzo, lasciando di fuori la piccola coda forcuta che tremolava vivamente, nera e bianca su la mota giallastra; altre di dentro escivano a mezzo, mostrando un po' del petto lustro, la gola fulva; altre, fino allora invisibili, si spiccavano a volo con un grido acutissimo, scoccavano. E tutta quella mobilità alacre ed ilare intorno alla casa chiusa, tutta quella vivacità di nidi intorno al nostro antico nido erano uno spettacolo così dolce, un così fino miracolo di gentilezza che noi per qualche minuto, come in una pausa della nostra febbre, ci obliammo a contemplarlo.

Io ruppi l'incanto, alzandomi. Dissi:

— Ecco la chiave. Che aspettiamo?

— Sì, Tullio, aspettiamo ancóra un poco! — ella supplicò, paventando.

— Io vado ad aprire.

E mi mossi verso la porta; salii i tre gradini che parevano quelli di un altare. Mentre stavo per girare la chiave col tremito del devoto che apre il reliquiario, sentii dietro di me Giuliana che m'aveva seguito furtiva, leggera come un'ombra. Ebbi un sussulto.

— Sei tu?

— Sì, sono io — bisbigliò ella, carezzevole, spirandomi nell'orecchio il suo alito.

E, standomi alle spalle, mi cinse il collo con le braccia in modo che i suoi polsi delicati s'incrociarono sotto il mio mento.

L'atto furtivo, quel tremolio di riso ch'era nel suo bisbiglio e che tradiva la sua gioia infantile d'avermi sorpreso, quella maniera d'allacciarmi, tutte quelle grazie agili mi ricordarono la Giuliana d'un tempo, la giovine e tenera compagna degli anni felici, la creatura deliziosa dalla lunga treccia, dalle fresche risa, dalle arie di fanciulla. Un soffio della stessa felicità m'investì, sul limitare della casa memore.

— Apro? — domandai, tenendo ancóra la mano su la chiave per girarla.

— Apri — ella rispose, senza lasciarmi, spirandomi ancóra il suo alito nel collo.

Allo stridere che fece la chiave nella serratura, ella mi legò più forte con le braccia, mi si serrò addosso, comunicandomi il suo brivido. Le rondini garrivano sul nostro capo; eppure quel lieve stridore ci parve distinto come in un silenzio profondo.

— Entra — ella mi bisbigliò, senza lasciarmi. — Entra, entra.

Quella voce, proferita da labbra tanto vicine ma invisibili, reale eppure misteriosa, spiratami calda nell'orecchio eppure intima come se mi parlasse nel mezzo dell'anima, e feminina e dolce come nessun'altra voce fu mai, io la odo ancóra, la udrò sempre.

— Entra, entra.

Spinsi la porta. Varcammo la soglia, come fusi in una sola persona, pianamente.

L'andito era rischiarato da un'alta finestra rotonda. Una rondine ci svolazzò sul capo garrendo. Levammo gli occhi, sorpresi. Un nido pendeva fra le grottesche della volta. Alla finestra, mancava un vetro. La rondine fuggì via pel varco, garrendo.

— Ora sono tua, tua, tua! — bisbigliò Giuliana, senza distaccarsi dal mio collo ma girando flessuosamente per venirmi sul petto, per incontrare la mia bocca.

A lungo ci baciammo. Io dissi, ebro:

— Vieni. Andiamo su. Vuoi che ti porti?

Sebbene ebro, io mi sentivo nei muscoli la forza di portarla su per le scale in un tratto. Ella rispose:

— No. Posso salire da me.

Ma non pareva ch'ella potesse, a udirla, a vederla.

Io la cinsi, come prima nel viale: e la sospinsi di gradino in gradino, così sorreggendola. Veramente pareva nella casa fosse quel rombo cupo e remoto che conservano in loro certe conchiglie profonde. Veramente pareva che nessun altro romore dall'esterno vi giungesse.

Quando fummo sul pianerottolo, io non aprii l'uscio di contro; ma volsi a destra pel corridoio oscuro, traendo lei per la mano, senza parlare. Tanto forte ella ansava che mi faceva pena, mi comunicava l'ambascia.

— Dove andiamo? — mi domandò.

Io risposi:

— Alla stanza *nostra*.

Quasi non ci si vedeva. Io ero come guidato da un istinto. Ritrovai la maniglia; aprii. Entrammo.

L'oscurità era rotta dall'albore che trapelava dagli spiragli; e vi si udiva più cupo il rombo. Io volevo correre verso quegli indizi per fare subito la luce, ma non potevo lasciare Giuliana; mi pareva di non potermi distaccare da lei, di non poter interrompere neppure per un attimo il contatto delle nostre mani, quasi che a traverso la cute le estremità vive dei nostri nervi aderissero magneticamente. Ci avanzammo insieme,

ciechi. Un ostacolo ci arrestò, nell'ombra. Era il
letto, il gran letto delle nostre nozze e dei nostri amori...

Fin dove s'udì il grido terribile?

VIII

Erano le due del pomeriggio. Tre ore circa erano passate dal momento del nostro arrivo a Villalilla.

Avevo lasciata sola Giuliana per alcuni minuti; ero andato a chiamare Calisto. Il vecchio
aveva portato il canestro della colazione; e, non
più con sorpresa ma con una certa malizia bona-
ria, aveva ricevuto un secondo congedo bizzarro.

Stavamo ora, io e Giuliana, seduti a tavola come due amanti, l'uno di fronte all'altra, sorri-
dendoci. Avevamo là vivande fredde, conserve
di frutti, biscotti, aranci, una bottiglia di Chablis. La sala, con la sua volta a ornati barocchi,
con le sue pareti chiare, con le sue pitture pa-
storali nei soprapporti, aveva una certa gaiezza
antiquata, un'aria del secolo scorso. Pel balcone
aperto entrava una luce assai mite, poiché pel
cielo s'erano diffuse lunghe vene lattee. Nel rettangolo pallido campeggiava « il vecchio cipresso venerabile che aveva al suo piede un cespo di
rose e un coro di passeri alla sua cima ». Più giù,
a traverso i ferri curvi della ringhiera appariva la
delicata selva di color gridellino, la gloria primaverile di Villalilla. Il triplice profumo, l'ani-

ma primaverile di Villalilla, esalava nella calma a onde lente eguali.

Giuliana diceva:

— Ti ricordi?

Ripeteva, ripeteva:

— Ti ricordi?

Le più lontane ricordanze del nostro amore venivano a una a una su la sua bocca, evocate appena con qualche accenno discreto e pur riviventi con una straordinaria intensità nel luogo natale, tra le cose favorevoli. Ma quella sollecitudine affannosa, quel furore di vita, che m'avevano invaso nel giardino alla prima sosta, ora anche mi rendevano quasi insofferente, mi suggerivano visioni dell'avvenire iperboliche da contrapporre ai fantasmi del passato troppo incalzanti.

— Bisogna che noi torniamo qui, domani, fra due, fra tre giorni al più, per rimanere; ma soli. Tu vedi: qui non manca nulla; non è stato portato via nulla. Se tu volessi, potremmo anche rimanere stanotte qui... Ma tu non vuoi! È vero che non vuoi?

Con la voce, col gesto, con lo sguardo io cercavo di tentarla. Le mie ginocchia toccavano le sue ginocchia. Ed ella mi guardava fissamente, senza rispondere.

— Imagini tu *la prima sera*, qui, a Villalilla? Andar fuori, restar fuori sin dopo l'Ave Maria, vedere le finestre illuminate! Ah, tu intendi bene... I lumi che si accendono in una casa per la prima volta, *la prima sera*! Imagini? Fino ad ora tu non hai fatto che ricordare, ricordare. Eppure, vedi: tutti i tuoi ricordi non valgono per me un momento di oggi, non varranno un momento di domani. Dubiti tu, forse, della felicità che abbiamo davanti? Io non t'ho mai amata come t'amo ora, Giuliana; mai mai. Intendi? Io non sono mai stato tuo come ora, Giuliana... Ti racconterò, ti racconterò le mie giornate, perché tu conosca i tuoi miracoli. Dopo tante cattive cose, chi poteva sperare una cosa simile? Ti racconterò... Mi pareva, in certe ore, d'essere tornato al tempo dell'adolescenza, al tempo della prima giovinezza. Mi sentivo *candido* come allora: buono, tenero, semplice. Non mi ricordavo più di nulla. Tutti tutti i miei pensieri erano tuoi; tutte le mie commozioni si riferivano a te. Certe volte, la vista d'un fiore, d'una piccola foglia, bastava a far traboccare la mia anima, tanto era piena. E tu non sapevi nulla; non t'accorgevi di nulla, forse. Ti racconterò... L'altro giorno, sabato, quando entrai nella tua stanza con quelle spine! Ero timido come un innamorato novello e mi sentivo morire, dentro, dal desiderio di prenderti fra le mie braccia... Non te n'accorgesti? Ti racconterò tutto; ti farò ridere. Quel giorno le cortine dell'alcova lasciavano intravedere il tuo letto. Non potevo distaccare gli occhi di là, e tremavo. Come tremavo! Tu non sai... Già due o tre altre volte io ero entrato nella tua stanza, solo, di nascosto, con una grande palpitazione; ed avevo sollevato le cortine per guardare il tuo letto, per toccare il tuo lenzuolo, per affondare la faccia nel tuo guanciale, come un amante fanatico. E certe notti, quando tutti già dormivano alla Badiola, io mi avventuravo, piano piano, fin quasi alla tua porta; credevo di ascoltare il tuo respiro... Dimmi, dimmi: stanotte potrò venire da te? Mi vorrai? Di': mi aspetterai? Potremmo dormire lontani, stanotte? Impossibile! La tua guancia ritroverà il suo posto sul mio petto, qui... ti ricordi? Come dormivi leggera!

— Tullio, Tullio, taci! — m'interruppe ella, supplichevole, quasi che le mie parole le facessero male.

Soggiunse, sorridendo:

— Bisogna che tu non mi ubriachi così... Te lo dicevo, dianzi. Sono tanto debole; sono una povera malata... Tu mi dai le vertigini. Io non reggo. Vedi come mi hai già ridotta? Mi hai lasciata con mezz'anima...

Ella sorrideva, con un sorriso tenue, stancamente. Aveva le palpebre un poco arrossite; ma sotto quella stanchezza delle palpebre gli occhi le ardevano d'un ardore febrile e mi guardavano di continuo, con una fissità quasi intollerabile sebbene temperata dall'ombra dei cigli. In tutta la sua attitudine era qualche cosa d'innaturale che la mia vista non riusciva a cogliere né il mio spirito a definire. Quando mai la sua fisonomia aveva avuto quel carattere di mistero inquietante? Pareva che di tratto in tratto la sua espressione si complicasse, si oscurasse fino a divenire enigmatica. Ed io pensavo: « Ella è travagliata dal vortice interiore. Non vede ancóra chiaramente in sé medesima quel che è accaduto. Tutto, forse, dentro di lei è sconvolto. La sua esistenza non è mutata in un attimo? » E quella espressione profonda mi attirava e mi appassionava sempre più. L'ardore del suo sguardo mi penetrava nelle midolle come un fuoco vorace. Benché io la vedessi così affranta, ero impaziente di prenderla ancóra, di stringerla ancóra, di udire un altro suo grido, di beverle tutta l'anima.

— Non mangi nulla — io le dissi, facendo uno sforzo per dissipare il vapore che mi saliva al capo rapidamente.

— Anche tu.

— Almeno bevi un sorso. Non riconosci questo vino?

— Oh, lo riconosco.

— Ti ricordi?

E ci guardammo dentro le pupille, alterati, nell'evocare il ricordo d'amore su cui ondeggiava il fumo di quel delicato vino amaretto e biondo ch'ella prediligeva.

— Beviamo dunque insieme, alla nostra felicità!

Urtammo i bicchieri ed io bevvi con foga; ma ella non bagnò neppure le labbra, come presa da una ripugnanza invincibile.

— Ebbene?

— Non posso, Tullio.

— Perché?

— Non posso. Non mi forzare. Credo che anche una goccia mi farebbe male.

Ella s'era coperta d'un pallore cadaverico.

— Ma tu ti senti male, Giuliana.

— Un poco. Alziamoci. Andiamo sul balcone.

Cingendola sentii la viva mollezza del suo fianco, poiché nella mia assenza ella s'era liberata del busto. Le dissi:

— Vuoi stenderti sul letto? Tu ti riposerai e io ti starò accanto...

— No, Tullio. Sto già bene, vedi.

E ci fermammo sul limitare del balcone, al conspetto del cipresso. Ella s'appoggiò allo stipite, e posò una mano su la mia spalla.

Dalla sporgenza dell'architrave, di sotto alla cimasa, pendeva un gruppo di nidi. Le rondini vi accorrevano e se ne partivano con un'attività incessante. Ma così piena era la calma del giardino sottoposto, così ferma era la cima del cipresso innanzi a noi, che quei frulli, quei voli, quei gridi mi diedero un senso di fastidio, mi dispiacquero. Poiché tutto s'attenuava, si velava, in quella luce quieta, desiderai una pausa, un lungo intervallo di silenzio, un raccoglimento, per assaporare tutta quanta la soavità dell'ora e della solitudine.

— Ci saranno ancóra gli usignuoli? — dissi, ricordando le violente melodie vespertine.

— Chi sa! Forse.

— Cantano verso sera. Non ti piacerebbe di riudirli?

— Ma a che ora ripasserà Federico?

— Tardi, speriamo.

— Oh sì, tardi, tardi! — ella esclamò, con una sincerità d'augurio così calda ch'io n'ebbi un fremito di gioia.

— Sei felice? — le domandai, cercandole negli occhi la risposta.

— Sì, sono felice — ella rispose, abbassando i cigli.

— Sai che amo te sola, che sono tutto tuo per sempre?

— Lo so.

— E tu ora... come mi ami?

— Come non potrai mai sapere, povero Tullio!

E, dicendo queste parole, ella si staccò dallo stipite e si appoggiò tutta su me con una di quelle sue movenze indescrivibili in cui era quanto di abbandonata dolcezza la più feminina delle creature può emanare verso un uomo.

— Bella! bella!

Veramente bella appariva, illanguidita, arrendevole, molle, quasi direi fluida così che mi faceva pensare alla possibilità di assorbirla a poco a poco, d'imbevermene. Sul pallore del viso la massa dei capelli rilasciata sembrava che stesse per diffondersi in fiotto. I cigli le spandevano a sommo delle gote un'ombra che mi turbava più d'uno sguardo.

— Anche tu non potrai mai sapere... Se ti dicessi i pensieri folli che mi nascono dentro! È una felicità così grande che mi dà l'angoscia, mi dà quasi il desiderio di morire.

— Morire! — ella ripeté sommessamente, con un sorriso tenue. — Chi sa, Tullio, che io non ti muoia... presto!

— Oh, Giuliana!

Ella si sollevò diritta per guardarmi; e soggiunse:

— Dimmi, che faresti tu se io ti morissi, all'improvviso?

— Bambina!

— Se, per esempio, domani io fossi morta?

— Ma taci!

E io la presi alle tempie e incominciai a baciarla su la bocca, su le gote, su gli occhi, su la fronte, su i capelli, con baci rapidi e leggeri. Ella si lasciava baciare. Anzi, quando io mi arrestai, mormorò:

— Ancóra!

— Ritorniamo nella nostra stanza — io pregai, traendola.

Ella si lasciava trarre.

Anche nella nostra stanza il balcone era aperto. Entrava con la luce l'odore muschiato delle rose gialle che fiorivano là presso. Sul fondo chiaro delle tappezzerie i minuti fiori azzurri erano tanto sbiaditi che appena si vedevano. Un lembo del giardino si rifletteva nello specchio di un armario, sfondando in una lontananza chimerica. I guanti, il cappello, un braccialetto di Giuliana, posati su un tavolo, parevano aver già ridestata là dentro l'amorosa vita di un tempo, aver già diffusa un'aria nuova d'intimità.

— Domani, domani bisogna tornare qui; non più tardi — io dicevo, ardendo d'impazienza, sentendo venire a me da tutte quelle cose non so quale incitazione e quale lusinga. — Bisogna che domani noi dormiamo qui. Tu vuoi; non è vero?

— Domani!

— Ricominciare l'amore, in questa casa, in questo giardino, con questa primavera... Ricominciare l'amore, come se nulla ci fosse noto; ricercare a una a una le nostre carezze e trovare in ognuna un sapore nuovo, come se non le avessimo provate mai; e avere d'innanzi a noi molti giorni, molti giorni...

— No, no, Tullio; non si parla dell'avvenire... Non sai che è un cattivo augurio? Oggi, oggi... Pensa a oggi, all'ora che passa...

Ed ella si strinse a me, perdutamente, con un ardore incredibile, serrandomi a furia di baci la bocca.

IX

— M'è parso di udire i sonagli dei cavalli — fece Giuliana, sollevandosi. — Arriva Federico.

Ascoltammo. Ella doveva essersi ingannata.

— Non è l'ora? — mi domandò.

— Sì, sono quasi le sei.

— Oh, mio Dio!

Ascoltammo di nuovo. Non si udiva alcuno strepito che annunziasse la carrozza.

— Ma è meglio che tu vada a vedere, Tullio.

Uscii dalla stanza: scesi le scale. Vacillavo un poco; avevo una nebbia su gli occhi; mi sembrava che un vapore mi s'involasse dal cervello. Per la piccola porta laterale del muro di cinta, chiamai Calisto che aveva la sua abitazione là presso. Lo interrogai. — La carrozza non si vedeva ancóra.

Il vecchio avrebbe voluto trattenermi a discorrere.

— Sai, Calisto, che torneremo qui probabilmente domani, per rimanerci? — gli dissi.

Alzò le braccia verso il cielo, in segno d'allegrezza.

— Davvero?

— Davvero. Avremo tempo di discorrere! Quando vedi la carrozza, vieni ad avvertirmi. Addio, Calisto.

E lo lasciai per rientrare. Cadendo il giorno, le rondini aumentavano i clamori. L'aria s'era accesa, e gli stormi veementi la fendevano luccicando.

— Ebbene? — mi chiese Giuliana, volgendosi dallo specchio d'innanzi a cui stava già per mettersi il cappello.

— Nulla

— Guardami. Sono ancóra troppo scapigliata?

— No.

— Ma che viso! Guardami.

Pareva veramente ch'ella si fosse levata dalla bara, tanto era disfatta. I suoi occhi avevano un gran cerchio violaceo.

— Eppure sono viva — ella soggiunse; e volle sorridere.

— Tu soffri?

— No, Tullio. Ma già, non so. Mi pare di essere tutta vuota, di avere la testa vuota, le vene vuote, il cuore vuoto... Tu potrai dire che t'ho dato tutto. Non ho lasciato per me, vedi, che appena appena un'apparenza di vita...

Ella sorrideva, pronunziando tali parole, stranamente; sorrideva d'un sorriso tenue e sibillino che mi turbava a dentro movendo indefinite inquietudini. Troppo ero intorpidito dalla voluttà, troppo ero offuscato dall'ebrezza; e i moti del mio spirito erano per ciò pigri, la mia conscienza era ottusa. Non mi penetrava ancóra nessun

sospetto sinistro. Pure, io la guardavo con attenzione, la esaminavo angustiato senza sapere perché.

Ella si rivolse allo specchio, si mise il cappello; poi andò verso il tavolo, prese il braccialetto,
i guanti.

— Sono pronta — disse.

Parve cercare qualche altro oggetto, con lo
sguardo. Soggiunse:

— Avevo un ombrello; è vero?

— Sì, credo.

— Ah, ecco: devo averlo lasciato laggiù, sul
sedile, al bivio.

— Andiamo a cercarlo?

— Sono troppo stanca.

— Vado io solo, allora.

— No. Manda Calisto.

— Vado io. Ti coglierò qualche ramo di lilla,
un mazzo di rose muscate. Vuoi?

— No. Lascia stare i fiori...

— Vieni qui. Siediti, intanto. Forse Federico
tarderà.

Accostai al balcone una poltrona, per lei; ed
ella vi si abbandonò.

— Già che scendi — mi disse — guarda se il
mio mantello è da Calisto. Non sarà rimasto nella carrozza; è vero! Ho un poco di freddo.

Rabbrividiva infatti.

— Vuoi che ti chiuda il balcone?

— No, no. Lasciami guardare il giardino. A
quest'ora, com'è bello! Vedi? Com'è bello!

Il giardino si dorava qua e là, vagamente. Le
cime fiorite degli alberi di lilla pendevano in un

color paonazzo vivo; e, come il resto dei rami fioriti in una massa tra bigia e turchiniccia ondeggiava all'aria, parevano i riflessi d'una seta cangiante. Su la peschiera i salici di Babilonia inchinavano le loro capellature soavi; e l'acqua vi traspariva col fulgore della madreperla. Quel fulgore immobile e quel gran pianto arboreo e quella selva di fiori così delicata in quell'oro morente componevano una visione maliosa, incantevole, senza realtà.

Ambedue per qualche minuto rimanemmo taciturni, in potere di quei prestigi. Una malinconia confusa m'invadeva l'anima; l'oscura disperazione che è latente in fondo ad ogni amore umano si moveva dentro di me. Davanti a quello spettacolo ideale, la mia stanchezza fisica, il torpore de' miei sensi, parevano appesantirsi. Mi occupavano il malessere lo scontento, l'indefinito rimorso che seguono la cessazione delle voluttà troppo acute e troppo lunghe. Io soffrivo.

Giuliana disse, come in un sogno:

— Ecco, ora vorrei chiudere gli occhi e non riaprirli più.

Soggiunse, rabbrividendo:

— Tullio, ho freddo. Va.

Distesa nella poltrona, ella si restrinse in sé stessa come per resistere ai brividi che l'assalivano. Il suo volto, specie intorno alle narici, aveva la trasparenza di certi alabastri lividicci. Ella soffriva.

— Tu ti senti male, povera anima! — io le dissi, accorato, con un po' di sbigottimento, guardandola fiso.

— Ho freddo. Va. Portami il mantello, sùbito... Ti prego.

Corsi giù da Calisto, mi feci dare il mantello; risalii sùbito. Ella aveva fretta d'indossarlo. L'aiutai. Quando si riadagiò nella poltrona, nascondendo le mani dentro le maniche, disse:

— Sto bene, così.

— Vado allora a prendere l'ombrello, laggiù, dove l'hai lasciato?

— No. Che importa?

Io aveva una strana smania di tornare laggiù, a quel vecchio sedile di pietra dove avevamo fatta la prima sosta, dove ella aveva pianto, dove ella aveva pronunziate le tre parole divine: « Sì, anche più... » Era una tendenza sentimentale? Era la curiosità d'una sensazione nuova? Era il fascino che esercitava su me l'aspetto misterioso del giardino in quell'ora ultima?

— Vado e torno in un minuto — dissi.

Uscii. Come fui sotto il balcone, chiamai:

— Giuliana!

Ella si mostrò. Ho ancóra avanti gli occhi dell'anima, evidentissima, la muta apparizione crepuscolare: quella figura alta, resa più alta dalla lunghezza del mantello amaranto, e sul cupo colore quella bianca bianca faccia. (Le parole di Jacopo ad Amanda si sono legate, nel mio spirito, con l'imagine inalterabile. *« Come bianca, questa sera, Amanda! Vi siete voi svenata per colorare la vostra veste? »*)

Ella si ritrasse; anzi meglio è dire, per esprimere la sensazione ch'io n'ebbi: disparve. Ed io m'avanzai pel viale rapidamente, non avendo la

piena consapevolezza di ciò che mi spingeva. U-
divo risonare i miei passi nel mio cervello. Tanto ero smarrito che dovetti fermarmi per riconoscere i sentieri. Da che mi veniva quell'agitazione cieca? Da una semplice causa fisica, forse; da
uno stato particolare de' miei nervi. Così pensai.
Incapace d'uno sforzo riflessivo, d'un esame or-
dinato, d'un raccoglimento, io ero in balìa de'
miei nervi; su i quali le apparenze si riflettevano
provocando fenomeni d'una straordinaria intensità, come nelle allucinazioni. Ma alcuni pensieri balenavano chiari sopra gli altri, si distinguevano; accrescevano in me quel senso di perplessità che già alcuni incidenti impreveduti avevano mosso. - Giuliana in quel giorno non m'era
apparsa tale quale avrebbe ella dovuto apparire
essendo la creatura ch'io conoscevo, la « Giuliana d'una volta ». Ella non aveva assunto verso
di me, in certe date circostanze, le attitudini che
io m'aspettavo. Un elemento estraneo, qualche
cosa d'oscuro, di convulso, di eccessivo, aveva
modificata, difformata la sua personalità. Dovevano queste alterazioni attribuirsi a uno stato
morboso del suo organismo? « Sono malata, sono
molto malata », ella aveva spesso ripetuto, come
per giustificarsi. Certo, la malattia produceva alterazioni profonde, poteva rendere irriconoscibile un essere umano. Ma qual era la sua malattia? L'antica, non distrutta dal ferro del chirurgo, complicata forse? Insanabile? « Chi sa che
io non ti muoia presto! » ella aveva detto, con
un accento singolare che avrebbe potuto essere
profetico. Più d'una volta ella aveva parlato di

morte. Sapeva ella dunque di portare in sé un germe letale? Era ella dunque dominata da un pensiero lugubre? Un tal pensiero aveva forse accesi in lei quegli ardori cupi, quasi disperati, quasi folli, tra le mie braccia. La gran luce subitanea della felicità aveva forse reso a lei più visibile e più terribile il fantasma che la perseguitava...

« Ella potrebbe dunque morire! La morte potrebbe dunque colpirla anche tra le mie braccia, in mezzo alla felicità! » pensai, con una paura che mi agghiacciò tutto e per qualche attimo mi impedì di proseguire, quasi che il pericolo apparisse imminente, quasi che Giuliana avesse presagito il vero quando aveva detto: « Se, per esempio, *domani* io fossi morta? »

Il crepuscolo cadeva, umidiccio. Qualche soffio di vento passava tra i cespugli imitando il fruscìo che vi avrebbero messo animali veloci nel trascorrere. Ancóra qualche rondine dispersa gettava un grido, rombando per l'aria come il sasso d'una fionda. Su l'orizzonte occidentale la luce persisteva come il riverbero d'una vasta fucina sinistra.

Giunsi fino al sedile, trovai l'ombrello; non mi indugiai sebbene i ricordi recenti, ancor vivi, ancóra caldi, mi toccassero l'anima. Là ella s'era lasciata cadere, affievolita, vinta; là io le avevo detto le parole supreme, le avevo fatto la rivelazione inebriante: « *Tu eri nella mia casa mentre io ti cercavo lontano* »; là io avevo raccolto dalle sue labbra quel soffio per cui la mia anima era balzata all'apice della gioia; là io avevo bevuto le sue prime lacrime, e avevo udito i suoi singhiozzi, e avevo proferito la domanda oscura: « *È tardi, forse? È troppo tardi?* »

Poche ore erano trascorse e tutte quelle cose erano già così lontane! Poche ore erano trascorse e la felicità pareva già dileguata! Con un altro senso, non meno terribile, si ripeteva dentro di me la domanda: « *È tardi, forse? È troppo tardi?* » E la mia angoscia cresceva; e quella luce dubbia, e quella discesa tacita dell'ombra, e quei rumori sospetti nei cespugli già intenebrati, e tutte quelle parvenze ingannevoli del crepuscolo presero nel mio spirito un significato funesto. « Se veramente fosse troppo tardi? Se veramente ella si sapesse condannata, sapesse di portare già dentro di sé la morte? Stanca di vivere, stanca di patire, non sperando più nulla da me, non osando di uccidersi a un tratto con un'arma o con un veleno, ella forse ha coltivato, ha aiutato il suo male, l'ha tenuto nascosto perché si diffondesse, perché s'approfondisse, perché divenisse immedicabile. Ella ha voluto essere condotta a poco a poco, segretamente, verso la liberazione, verso la fine. Sorvegliandosi, ella ha acquistato la scienza del suo male; ed ora *sa, è sicura* di dover soccombere; sa anche forse che l'amore, la voluttà, i miei baci precipiteranno l'opera. Io torno a lei per sempre; una felicità insperata le si apre d'innanzi; ella mi ama e sa di essere immensamente amata; in un giorno, un sogno è divenuto per noi una realtà. Ed ecco, una parola viene alla sua bocca: — Morire! — » In confuso mi passarono d'innanzi le imagini truci che m'avevano travagliato nelle due ore d'attesa in quella mattina dell'operazione chirurgica, quando m'era parso di avere sotto gli occhi, precise come le figure di un atlante anatomico, tutte le spaventevoli devastazioni prodotte dai morbi nel grembo femminile. E un altro ricordo, anche più lontano, mi tornò portando imagini precise: — la stanza nell'ombra, la finestra spalancata, le tende palpitanti, la fiammella inquieta della candela contro lo specchio pallido, aspetti malauguriosi, e lei, Giuliana, in piedi, addossata a un armadio, convulsa, che si torceva come avesse inghiottito un veleno... E la voce accusatrice, la medesima voce, anche ripeteva: « *Per te, per te ha voluto morire. Tu, tu l'hai spinta a morire.* »

Preso da uno sgomento cieco, da una specie di pànico, quasi che quelle imagini fossero tutte realtà indubitabili, io mi misi a correre verso la casa.

Alzando gli occhi vidi la casa inanimata, le aperture delle finestre e dei balconi piene d'ombra.

— Giuliana! — gridai, con un'ambascia estrema, slanciandomi su per i gradini, quasi che temessi di non giungere in tempo a rivederla.

Ma che avevo? Che demenza era quella?

Anelavo, su per le scale quasi buie. Entrai nella stanza a precipizio.

— Che è accaduto? — mi domandò Giuliana, sollevandosi.

— Nulla, nulla... Credevo che tu avessi chiamato. Ho corso, un poco. Tu come stai ora?

— Ho tanto freddo, Tullio; tanto freddo. Sentimi le mani.

Ella mi tese le mani. Erano di gelo.

— Sono tutta gelata così...

— Mio Dio! Come ti sarà venuto questo freddo? Che potrei fare per riscaldarti?

— Non ti prender pena, Tullio. Non è la prima volta... Mi dura ore ed ore. Non c'è nulla che giovi. Bisogna aspettare che passi... Ma perché tarda tanto Federico? È quasi notte.

Ella si riabbandonò alla spalliera, come se avesse consumata tutta la sua forza in quelle parole.

— Ora chiudo — io dissi, volgendomi al balcone.

— No, no; lascia aperto... Non è l'aria che mi dà questo freddo. Ho bisogno, anzi, di respirare... Vieni qui, piuttosto, accanto a me. Prenditi quello sgabello.

Io m'inginocchiai. Ella mi passò la sua mano gelida sul capo, con un gesto fievole, mormorando:

— Povero Tullio mio!

— Ma dimmi, Giuliana, amore, anima — proruppi, non potendo più reggere — dimmi la verità! Tu mi nascondi qualche cosa. Qualche cosa tu hai, certo, che non vuoi confessare: un pensiero fisso, qui, nel mezzo della fronte, un'ombra che non t'ha lasciata mai, da che siamo qui, da che siamo... felici. Ma siamo veramente felici? Sei tu, puoi tu essere felice? Dimmi la verità, Giuliana! Perché vorresti ingannarmi? Sì, è vero; tu hai avuto male, tu stai male; è vero. Ma non è questo, no. *È un'altra cosa*, che non comprendo, che non conosco... Dimmi la verità, anche se la verità dovesse fulminarmi. Stamani, quando tu singhiozzavi, io ti ho chiesto: «*È troppo tardi?*» E tu mi hai risposto: «No, no...» E io ti ho creduta. Ma non potrebbe essere *troppo tardi* per un'altra ragione? *Qualche cosa* potrebbe impedirti di godere questa grande felicità che oggi s'è aperta? Intendo: qualche cosa che tu sappia, che sia già nel tuo pensiero... Dimmi la verità!

E la fissai; e, come ella rimaneva muta, a poco a poco non vidi se non gli occhi suoi larghi, straordinariamente larghi, e cupi ed immobili. Tutto disparve, intorno. E io dovetti chiudere le palpebre per dissipare la sensazione di terrore che quegli occhi avevano messa in me. Quanto durò la pausa? Un'ora? Un secondo?

— Sono malata — ella disse alfine, con una lentezza angosciosa.

— Ma come malata? — io balbettai, fuori di me, credendo sentire nel suono di quelle due parole una confessione che corrispondeva al mio sospetto. — Come malata? *Da morirne?*

Non so in che modo, non so con quale voce, non so con quale atto proferii la domanda estrema; non so veramente neppure se mi uscì intera dalle labbra, se ella la udì intera.

— Tullio, no; non volevo dire questo, no, no... Volevo dire che non è colpa mia se sono così, un poco strana... Non è colpa mia... Bisogna che tu abbia pazienza con me, bisogna che tu mi prenda ora così come sono... Non c'è null'altro, credi; non ti nascondo nulla... Potrò guarire, poi; guarirò... Tu avrai pazienza; è vero? Tu sarai buono... Vieni qui, Tullio, anima. Anche tu sei un poco strano, mi sembra; sospettoso... Ti spaventi sùbito; ti fai bianco; chi sa che imagini... Vieni qui, vieni qui; dammi un bacio... Ancóra uno... ancóra uno... Così. Baciami; riscaldami... Ora arriva Federico.

Parlava interrottamente, un po' roca, con quella intraducibile espressione, carezzevole, tenera, inquieta, ch'ella aveva già avuto verso di me alcune ore prima, sul sedile, per calmarmi, per consolarmi. Io la baciavo. Poiché la poltrona era ampia e bassa, ella che era sottile mi fece posto al suo fianco e mi si strinse addosso rabbrividendo e con una mano prese un lembo del suo mantello e mi coprì. Stavamo come in un giaciglio, avvinti, a petto a petto, mescolando gli aliti. E io pensavo: « Se il mio alito, se il mio contatto potessero trasfonderle tutto il mio calore! » E facevo uno sforzo di volontà illusorio perché la trasfusione avvenisse.

— Stasera — bisbigliai — stasera, nel tuo letto, ti terrò meglio. Tu non tremerai più...

— Sì, sì.

— Vedrai come saprò tenerti. Ti addormenterò. Mi dormirai tutta la notte sul cuore...

— Sì.

— Io ti veglierò, mi beverò il tuo fiato, ti leggerò sul viso i sogni che sognerai. Forse mi nominerai, in sogno...

— Sì, sì.

— Qualche notte, *allora*, parlavi in sogno.

Come mi piacevi! Ah che voce! Tu non puoi sapere... Una voce che tu non hai potuto mai intendere e che io solo ti conosco, io solo... E la riudrò. Chi sa che dirà! Forse mi nominerai. Quanto è caro l'atto della tua bocca mentre pronunzia l'*u* del mio nome! Pare l'accenno di un bacio... Lo sai? E ti suggerirò qualche parola all'orecchio, per entrare nel tuo sogno. Ti ricordi, *allora*, quando certe mattine indovinavo qualche cosa di quello che tu avevi sognato? Oh, vedrai, anima: sarò più dolce di allora. Vedrai di che tenerezze sarò capace, per guarirti. Tu hai bisogno di tante tenerezze, povera anima...

— Sì, sì — ella ripeteva ad ogni tratto, abbandonatamente, favorendo la mia illusione ultima, aumentando quella specie di ebrietà torbida che mi veniva dalla mia stessa voce e dal credere ch'ella ne fosse cullata come da una cantilena voluttuosa.

— Hai udito? — le chiesi, sollevandomi un poco per ascoltar meglio.

— Che? Arriva Federico?

— No. Ascolta.

Ambedue ascoltammo, guardando verso il giardino.

Il giardino s'era confuso in una massa violacea, rotta ancóra dal luccichio cupo della vasca. Una zona di luce persisteva ai confini del cielo, una larga zona tricolore: sanguigna in basso, poi arancia, poi verde del verde d'un vegetale morente. Nel silenzio crepuscolare una voce liquida e forte risonò, simile al preludio d'un flauto.

Cantava l'usignuolo.

— È sul salice — mi susurrò Giuliana.

Ambedue ascoltammo, guardando verso l'estrema zona che impallidiva sotto la cenere impalpabile della sera. La mia anima era sospesa, quasi che da quel linguaggio aspettasse una qualche alta rivelazione d'amore. Che provò in quei minuti d'ascolto, al mio fianco, la povera creatura? A quale sommità di dolore giunse la povera anima?

L'usignuolo cantava. Da prima fu come uno scoppio di giubilo melodioso, un getto di trilli facili che caddero nell'aria con un suono di perle rimbalzanti su per i vetri di un'armonica. Successe una pausa. Un gorgheggio si levò, agilissimo, prolungato straordinariamente come per una prova di forza, per un impeto di baldanza, per una sfida a un rivale sconosciuto. Una seconda pausa. Un tema di tre note, con un sentimento interrogativo, passò per una catena di variazioni leggère, ripetendo la piccola domanda cinque o sei volte, modulato come su un tenue flauto di canne, su una fistula pastorale. Una terza pausa. Il canto divenne elegiaco, si svolse in un tono minore, si addolcì come un sospiro, si affievolì come un gemito, espresse la tristezza di un amante solitario, un desio accorato, un'attesa vana; gittò un richiamo finale, improvviso, acuto come un grido di angoscia; si spense. Un'altra pausa, più grave. Si udì allora un accento nuovo, che non pareva escire dalla stessa gola, tanto era umile, timido, flebile, tanto somigliava al pigolio degli uccelli appena nati, al cinguettio d'una passeretta; poi, con una volubilità mirabile, quell'accento ingenuo si mutò in una progressione di note sempre più rapide che brillarono in volate di trilli, vibrarono in gorgheggi nitidi, si piegarono in passaggi arditissimi, sminuirono, crebbero, attinsero le altezze soprane. Il cantore s'inebriava del suo canto. Con pause così brevi che le note quasi non finivano di spegnersi, effondeva la sua ebrietà in una melodia sempre varia, appassionata e dolce, sommessa e squillante, leggera e grave, e interrotta ora da gemiti fiochi, da implorazioni lamentevoli, ora da improvvisi impeti lirici, da invocazioni supreme. Pareva che anche il giardino ascoltasse, che il cielo s'inchinasse su l'albero melanconico dalla cui cima un poeta, invisibile, versava tali flutti di poesia. La selva dei fiori aveva un respiro profondo ma tacito. Qualche bagliore giallo s'indugiava nella zona occidentale; e quell'ultimo sguardo del giorno era triste, quasi lugubre. Ma una stella spuntò, tutta viva e trepida come una goccia di rugiada luminosa.

— Domani! — io mormorai quasi inconscio, rispondendo a una sollecitazione interiore quella parola che conteneva per me tante promesse.

Poiché per ascoltare ci eravamo sollevati alquanto ed eravamo rimasti qualche minuto in quell'attitudine assorti, io sentii all'improvviso abbattermisi contro la spalla il capo di Giuliana pesantemente come una cosa inanimata.

— Giuliana! — gridai, sbigottito. — Giuliana!

E, pel moto che io feci, quel capo si arrovesciò indietro pesantemente come una cosa inanimata.

— Giuliana!

Ella non udiva. Scorgendo il pallore cadaverico di quel volto che rischiaravano gli ultimi barlumi gialligni avversi al balcone, io fui percosso dall'idea terribile. Fuori di me, lasciando ricadere su la spalliera Giuliana inerte, non cessando di chiamarla per nome, mi misi ad aprirle l'abito sul petto con le dita convulse, ansioso di sentirle il cuore...

E la voce gaia di mio fratello chiamò:

— Colombi, dove siete?

X

Ella aveva ricuperata in breve la conoscenza. Appena in grado di reggersi, aveva voluto sùbito montare in carrozza per tornare alla Badiola.

Ora, coperta dei nostri *plaids*, stava rannicchiata nel suo posto, silenziosa. Io e mio fratello di tratto in tratto ci guardavamo inquieti. Il cocchiere sferzava i cavalli. E il trotto serrato risonava forte su la strada che le siepi qua e là fiorite limitavano, in una sera d'aprile mitissima, sotto un cielo puro.

Di tratto in tratto io e Federico domandavamo:

— Come ti senti, Giuliana?

Ella rispondeva:

— Eh, così... un po' meglio.

— Hai freddo?

— Sì... un poco.

Rispondeva con uno sforzo manifesto. Pareva

quasi che le nostre domande la irritassero; tanto che, insistendo Federico a muovere qualche discorso, ella disse alfine:

— Scusa, Federico... Mi dà fastidio parlare.

Essendo spiegato il mantice, ella stava nell'ombra, nascosta, immobile sotto le coperte. Più di una volta io mi chinai verso di lei per scorgerle il viso, o credendo ch'ella si fosse assopita o temendo ch'ella fosse ricaduta nel deliquio. Tutte le volte ebbi la stessa sensazione inaspettata di sgomento, accorgendomi ch'ella teneva nell'ombra gli occhi sbarrati e fissi.

Seguì un lungo intervallo di silenzio. Anche io e Federico ammutolimmo. Il trotto dei cavalli non mi pareva abbastanza rapido. Avrei voluto ordinare al cocchiere di spingerli al galoppo.

— Sferza, Giovanni!

Erano quasi le dieci quando giungemmo alla Badiola.

Mia madre ci aspettava, in pena per l'indugio. Quando vide Giuliana in quello stato, disse:

— Me l'immaginavo io, che lo strapazzo ti avrebbe fatto male...

Giuliana volle rassicurarla.

— Non è nulla, mamma... Vedrai che domattina starò bene. Un po' di stanchezza...

Ma, guardandola alla luce, mia madre esclamò spaventata:

— Dio mio! Dio mio! Tu hai un viso che fa paura... Tu non ti reggi in piedi... Edith, Cristina, presto, correte su a scaldare il letto. Vieni, Tullio, che la portiamo su...

— Ma no, ma no, — insisteva Giuliana, opponendosi — non ti spaventare, mamma, che non è nulla...

— Io vado a Tussi con la carrozza a prendere il medico — propose Federico. — Tra mezz'ora son qui.

— No, Federico, no! — gridò Giuliana; quasi con violenza, come esasperata. — Non voglio. Il medico non può farmi nulla. So io quel che debbo prendere. Ho tutto, su. Andiamo, mamma. Dio mio! Come v'allarmate sùbito! Andiamo, andiamo...

Ed ella parve aver riacquistata la forza a un tratto. Diede alcuni passi, franca. Su per le scale, io e mia madre la sorreggemmo. Nella stanza, ella fu assalita da un vomito convulso che le durò alcuni minuti. Le donne incominciavano a spogliarla.

— Va, Tullio, va — ella mi pregò. — Tornerai dopo a vedermi. Resta qui la mamma, intanto. Non ti prender pena...

Uscii. Rimasi in una delle stanze attigue, seduto su un divano, ad aspettare. Ascoltavo il passo delle donne di casa affaccendate; mi rodevo d'impazienza. « Quando potrò rientrare? Quando potrò rimanere solo con lei? La veglierò; starò tutta la notte al suo capezzale. Forse fra qualche ora ella si calmerà, si sentirà bene. Accarezzandole i capelli, forse riuscirò ad addormentarla. Chi sa! Dopo un poco, tra la veglia ed il sonno, mi dirà: — Vieni. » Avevo una strana fede nella virtù delle mie carezze. Speravo ancóra che quella notte potesse avere una dolce fine. E come sempre, tra le angosce che mi dava il pensiero delle sofferenze di Giuliana, l'imagine sensuale si determinava diventando una visione lucida e durevole. « *Pallida come la sua camicia,* al chiaror della lampada che arde dietro le cortine dell'alcova, ella si sveglia dopo il primo sonno breve, mi guarda con gli occhi semiaperti, languida, mormorando: — Vieni a dormire anche tu... »

Entrò Federico.

— Ebbene? — disse affettuosamente. — Pare che non sia nulla. Ho parlato con Miss Edith or ora, per le scale. Non vuoi scendere a mangiar qualche cosa? Giù, hanno preparato...

— No, non ho appetito, ora. Forse più tardi... Aspetto che mi chiamino dentro...

— Intanto io vado, se non c'è bisogno di me.

— Va pure, Federico. Scenderò poi. Grazie.

Lo seguii con lo sguardo, mentre s'allontanava. E ancóra una volta mi venne dal buon fratello un sentimento di confidenza; ancóra una volta mi s'allargò il cuore.

Passarono tre minuti circa. L'orologio a pendolo, ch'era su la parete di contro a me, li misurò col suo ticchettìo. Le sfere segnavano le dieci e tre quarti. Mentre io mi levavo impaziente per andare verso la stanza di Giuliana, entrò mia madre commossa dicendo sottovoce:

— S'è calmata. Ora ha bisogno di riposo. Povera figliuola!

— Posso andare? — le domandai.

— Sì, va; ma lasciala riposare.

Come io mi mossi, ella mi richiamò.

— Tullio!

— Che vuoi, mamma?

Ella pareva esitante.

— Dimmi... Dal tempo dell'operazione, hai più parlato col dottore?

— Ah, sì, qualche volta... Perché?

— T'ha rassicurato sul pericolo...

Ella esitava.

— ... sul pericolo che potrebbe correre Giuliana, in un altro parto?

Io non avevo parlato col dottore; non sapevo che rispondere.

Confuso, ripetei:

— Perché?

Ella esitava ancóra.

— Non ti sei accorto che Giuliana è incinta?

Percosso come da un colpo di maglio nel mezzo del petto, da prima non afferrai la verità.

— Incinta! — balbettai.

Mia madre mi prese le mani.

— Ebbene, Tullio?

— Non sapevo...

— Ma tu mi fai paura. Il dottore dunque...

— Già il dottore...

— Vieni, Tullio, siediti.

E mi fece sedere sul divano. Mi guardava sbigottita, aspettando che io parlassi. Per qualche attimo, benché io l'avessi lì davanti agli occhi, non la vidi più. Una luce violentissima si fece nel mio spirito, a un tratto; e mi si presentò il dramma.

Chi mi diede la forza di resistere? Chi mi conservò la ragione? Forse nell'eccesso medesimo del dolore e dell'orrore io trovai il sentimento eroico che mi salvò.

Appena riacquistai la sensibilità fisica, la percezione delle cose esteriori, e vidi mia madre che mi guardava da presso con ansia, compresi che prima di tutto bisognava assicurare mia madre.

Le dissi:

— Non sapevo... Giuliana non m'ha detto nulla. Non mi sono accorto di nulla... È una sorpresa... Il dottore, sì, mi parlò di qualche pericolo... Per ciò la notizia mi fa quest'impressione... Sai, Giuliana ora è così debole... Ma veramente il dottore non accennò a nulla di troppo grave; perché, essendo riescita l'operazione... Vedremo. Lo chiameremo qui; lo consulteremo...

— Sì, sì; è necessario.

— Ma tu, mamma, sei sicura della cosa? Te l'ha confessata Giuliana, forse? Oppure...

— Io me ne sono accorta, sai, dai soliti segni. È impossibile ingannarsi. Fino a due o tre giorni fa, Giuliana negava o almeno diceva di non esserne certa... Sapendoti così apprensivo, m'ha pregata di non parlartene per ora. Ma io ho voluto avvisarti... Giuliana, tu la conosci, è così trascurata per la sua salute! Vedi: qui, invece di migliorare, mi sembra che vada ogni giorno peggiorando; mentre prima bastava una settimana di campagna per farla fiorire. Ti ricordi?

— Sì, è vero.

— Le precauzioni, in questi casi, non sono mai troppe. Bisogna che tu ne scriva sùbito al dottor Vebesti.

— Sì, sùbito.

E, poiché sentivo che non avrei potuto dominarmi più oltre, mi alzai soggiungendo:

— Vado da Giuliana.

— Va; ma stasera lasciala riposare, lasciala tranquilla. Io scendo e poi torno su.

— Grazie, mamma.

E le sfiorai la fronte con le labbra.

— Figlio benedetto! — ella mormorò, allontanandosi.

Su la soglia della porta opposta mi fermai e mi volsi; e vidi sparire quella dolce figura ancóra diritta, così nobile nella veste nera.

Ebbi una sensazione indescrivibile, simile forse a quella che avrei avuta dal crollo fulmineo di tutta la casa. Tutto crollò, ruinò, dentro di me, intorno a me, irresistibilmente.

XI

Chi non ha udito qualche volta proferire da uomini sventurati una frase di questo genere? « In un'ora ho vissuto dieci anni. » Una tal cosa è inconcepibile. Bene, io la comprendo. Nei pochi minuti di quel dialogo quasi pacato tra me e mia madre, io non vissi più di dieci anni? L'accelerazione della vita umana interiore è il più meraviglioso e il più spaventoso fenomeno dell'universo.

Ora, che doveva io fare? Impeti folli mi venivano, di fuggire lontano nella notte, o di correre alle mie stanze per chiudermi, per rimaner solo a considerare la mia ruina, a conoscerla tutta quanta. Ma seppi resistere. La superiorità della mia natura si mostrò in quella notte. Seppi svincolare dall'atroce torsione qualcuna delle mie facoltà più virili. E pensai: « È necessario che nessuno dei miei atti apparisca singolare, inesplicabile, a mia madre, a mio fratello, a qualunque persona di questa casa. »

Innanzi all'uscio della stanza di Giuliana mi arrestai, impotente a frenare il tremore fisico che mi scoteva. Udendo giungere pel corridoio suono di passi, entrai risoluto.

Miss Edith usciva dall'alcova su la punta dei piedi. Mi accennò di non far rumore. Mi disse sottovoce:

— Sta per addormentarsi.

Se ne andò, socchiudendo l'uscio dietro di sé, pianamente.

La lampada ardeva sospesa nel mezzo della volta, con un chiarore placido eguale. Su una sedia era posato il mantello amaranto; su un'altra sedia, il busto di raso nero, il busto che Giuliana s'era tolto a Villalilla nella mia breve assenza; su un'altra sedia, l'abito grigio, quel medesimo ch'ella aveva portato con tanta finezza tra i fiori di lilla eleganti. La vista di quelle cose mi diede un tale spasimo che di nuovo ebbi l'impeto di fuggire. Mi volsi all'alcova, discostai le cortine; vidi il letto, vidi sul guanciale la macchia cupa dei capelli, non la faccia: vidi il rilievo del corpo rattratto sotto le coperte. Mi si presentò allo spirito la verità brutale in tutta la sua più ignobile brutalità. « Ella è stata posseduta da un altro, ha ricevuta l'escrezione di un altro, porta nel ventre il seme di un altro.» E una serie d'imagini fisiche odiose mi si svolse davanti agli occhi dell'anima, che io non potevo serrare. E non furono soltanto le imagini di ciò che era accaduto, ma anche quelle di ciò che doveva necessariamente accadere. Bisognò anche ch'io vedessi, con una precisione inesorabile, Giuliana nel futuro (il mio Sogno, la mia Idealità!) difformata da un ventre enorme, gravida d'un feto adulterino...

Chi avrebbe potuto imaginare un castigo più feroce? E tutto era vero, tutto era *certo*!

Quando il dolore eccede le forze, istintivamente l'uomo cerca nel dubbio un'attenuazione momentanea della sofferenza insofferibile; pensa: «Forse io m'inganno; forse la mia sciagura non è quale mi appare; forse tutto questo dolore è irragionevole.» E, per protrarre la tregua, intende lo spirito perplesso ad acquistare una nozione più esatta della realtà. Ma a me il dubbio non si presentò nemmeno per un attimo: io non ebbi neppure un attimo d'incertezza. M'è impossibile esplicare il fenomeno che si svolse nella mia conscienza divenuta straordinariamente lucida. Pareva che per un segreto spontaneo processo, compiutosi in una sfera interiore oscura, tutti gli inavvertiti indizii relativi alla cosa tremenda si fossero coordinati tra loro formando una nozione logica, completa, coerente, definitiva, irrefragabile; la quale ora mi si manifestasse d'un tratto assorgendo nella mia conscienza con la rapidità di un oggetto che, non più trattenuto al fondo da legami ignoti, venga su la linea dell'acqua a galleggiare e vi rimanga insommergibile. Tutti gli indizii, tutte le prove erano là, in ordine. Io non dovevo compiere alcuno sforzo per ricercarli, per sceglierli, per riunirli. Fatti insignificanti, lontani, s'illuminavano nella nuova luce; lembi di vita recente si ricolorivano. E l'avversione insolita di Giuliana per i fiori, per gli odori, i suoi turbamenti singolari, le sue nausee mal dissimulate, i suoi pallori subitanei, quella specie di nube continua tra ciglio e ciglio, quella stanchezza immensa di certe sue attitudini, e le pagine segnate con l'unghia nel libro russo, il rimprovero del vecchio al conte Besoukhow, la domanda estrema della piccola principessa Lisa, e quel gesto con cui ella mi aveva tolto di mano il libro; e poi le scene di Villalilla, le lacrime, i singhiozzi, le frasi ambigue, i sorrisi sibillini, i quasi lugubri ardori, le volubilità quasi folli, le evocazioni della morte, tutti gli indizii si aggruppavano intorno alle parole di mia madre incise nel centro della mia anima.

Mia madre aveva detto: «*È impossibile ingannarsi*. Fino a due o tre giorni fa, Giuliana negava o almeno *diceva di non esserne certa...* Sapendoti così apprensivo, *m'ha pregata di non parlartene...*» La verità non poteva essere più chiara. Tutto, dunque, omai era *certo*!

Entrai nell'alcova; m'appressai al letto. Dietro di me le cortine ricaddero; la luce divenne più fievole. L'ansietà mi tolse il respiro, tutto il sangue mi si fermò nelle arterie, quando io giunsi al capezzale e mi chinai per guardare più da vicino la testa di Giuliana quasi celata dal lenzuolo. Io non so che sarebbe avvenuto s'ella avesse alzato la faccia ed avesse parlato, in quel momento.

Dormiva ella? Soltanto la fronte, fino ai sopraccigli, era scoperta.

Rimasi là qualche minuto, in piedi, aspettando. Ma dormiva ella? Non si moveva, giacendo sul fianco. La bocca nascosta dal lenzuolo non dava segno di respirazione al mio udito. Soltanto la fronte, fino ai sopraccigli, era scoperta.

Come mi sarei contenuto s'ella si fosse accorta della mia presenza? Non era quella l'ora delle interrogazioni, l'ora del colloquio. S'ella avesse sospettato che tutto m'era noto, a quali estremità si sarebbe spinta in quella notte? Avrei io dunque dovuto simulare un'ingenua tenerezza, avrei dovuto mostrarmi perfettamente ignaro, persistere nella espressione del sentimento che m'aveva dettato le dolci parole, quattro ore innanzi, a Villalilla. « Stasera, stasera, nel tuo letto... Vedrai come saprò tenerti. Ti addormenterò. Mi dormirai tutta la notte sul cuore... »

Girando lo sguardo intorno smarrito, scorsi sul tappeto gli scarpini lucidi e sottili, su la spalliera d'una sedia le lunghe calze di seta cinerina, le giarrettiere d'amoerro, un altro oggetto di segreta eleganza, tutte cose di cui i miei occhi d'amante s'erano già dilettati nelle intimità recenti. E la gelosia dei sensi mi morse con tanta furia che fu un prodigio se io mi trattenni dal gittarmi su Giuliana per risvegliarla e per gridarle le parole folli e crude che mi suggeriva la collera subitanea.

Mi ritrassi vacillando, uscii dall'alcova. Pensai con un cieco sgomento: «Come finiremo?»

Mi disponevo ad andarmene. «Scenderò. Dirò a mia madre che Giuliana dorme, che ha un sonno molto calmo; le dirò che anch'io ho bisogno di riposo. Mi ritirerò nella mia stanza. Domattina poi...» Ma rimanevo là perplesso, incapace di varcare la soglia, assalito da mille paure. Mi volsi ancóra verso l'alcova, con un moto repentino, come se avessi sentito uno sguardo sopra di me. Mi parve che le cortine ondeggiassero; ma fu un abbaglio. Eppure qualche cosa come un'onda magnetica a traverso le cortine veniva a penetrarmi; qualche cosa a cui non resistevo. Entrai nell'alcova una seconda volta, rabbrividendo.

Giuliana giaceva nella medesima attitudine. Dormiva? Soltanto la fronte, fino ai sopraccigli, era scoperta.

Mi sedetti, presso al capezzale; ed aspettai. Guardavo quella fronte pallida come il lenzuolo, tenue e pura come una particola, *sororale*, che tante volte le mie labbra avevano baciata religiosamente, che tante volte avevano baciata le labbra di mia madre.

Non v'appariva segno di contaminazione; alla vista era sempre la stessa. E nulla al mondo poteva omai cancellare la macchia che vedevano su quel pallore gli occhi della mia anima!

Alcune parole, proferite da me nell'ultima ebrezza, mi tornarono alla memoria. «Io ti veglierò, ti leggerò sul viso i sogni che sognerai.» Ripensai: «Ella ripeteva ad ogni tratto: — Sì,

sì. » Domandai a me medesimo: « Di che vita ella vive, entro di sé? Quali sono i suoi propositi?
Che ha ella risoluto? » E guardavo la sua fronte. E non più considerai il mio dolore; ma mi
piegai tutto a raffigurare il suo dolore, a comprendere il suo dolore.

Certo, doveva essere una disperazione inumana, la sua; senza tregua, senza limite. Il mio castigo era anche il suo castigo, ed era per lei forse un castigo anche più terribile. Laggiù, a Villalilla, pel viale, sul sedile, nella casa, ella aveva
certo sentita la verità nelle mie parole, aveva
certo letta la verità nella mia faccia. Ella aveva
creduto al mio amore immenso.

« ...*Tu eri nella mia casa mentre io ti cercavo
lontano*. Ah, dimmi tu: questa rivelazione non
vale tutte le tue lacrime? Non vorresti averne
versate anche più, anche più, per una tale prova?

— *Sì, anche più!...* »

Così aveva ella risposto, così tutta la sua anima aveva risposto, con un soffio che veramente
m'era parso divino. « *Sì, anche più!...* »

Ella avrebbe voluto aver versato altre lacrime,
avrebbe voluto aver sofferto un altro martirio
per quella rivelazione! E, vedendo ai suoi piedi
appassionato come non mai l'uomo da anni perduto e pianto, vedendo aprirsi d'innanzi a sé un
gran paradiso ignoto, ella s'era sentita impura,
aveva avuta la sensazione materiale della sua
impurità, aveva dovuto sopportare la mia testa
sul grembo fecondato dal seme di un altro uomo. Ah, come mai veramente le sue lacrime non

mi avevano piagata la faccia? Come mai avevo potuto io beverle senza avvelenarmi?

Rivissi in un attimo tutta la nostra giornata d'amore. Rividi tutte le espressioni, anche le più fuggevoli, apparse sul volto di Giuliana dal momento del nostro ingresso a Villalilla; e tutte le compresi. Una gran luce s'era fatta in me. «Ah quando io le parlavo del domani, le parlavo dell'avvenire!... Che spaventosa parola doveva essere per lei quel *Domani* su le mie labbra!...» E mi tornò alla memoria il breve dialogo avvenuto sul limitare del balcone al conspetto del cipresso. Ella aveva ripetuto sommessamente, con un sorriso tenue: «Morire!» Aveva parlato di fine prossima. Aveva domandato: «Che faresti tu se io ti morissi, all'improvviso? Se, per esempio, *domani* io fossi morta?» Più tardi, nella nostra stanza, ella aveva gridato stringendosi a me: «No, no, Tullio; non si parla dell'*avvenire*... Pensa a oggi, all'ora che passa!» Non tradivano tali atti, tali parole un proposito di morte, una risoluzione tragica? Era manifesto ch'ella aveva risoluto di uccidersi, ch'ella si sarebbe uccisa, forse in quella notte medesima, prima del *domani* indifferibile, non essendoci per lei altro scampo.

Quando cessò il raccapriccio che mi venne dal pensiero del pericolo imminente, io considerai in me stesso: «Sarebbero più gravi le conseguenze della morte di Giuliana o quelle della sua incolumità? Poiché la ruina è senza riparo e l'abisso è senza fondo, una catastrofe immediata è forse preferibile alla prolungazione indefinita del dramma spaventevole.» E la mia imaginazione mi faceva assistere alle fasi della nuova maternità di Giuliana, mi faceva vedere il nuovo essere procreato, l'intruso che avrebbe portato il mio nome, che sarebbe stato il mio erede, che avrebbe usurpato le carezze di mia madre, delle mie figliuole, di mio fratello. «Certo, soltanto la morte può interrompere il corso fatale di questi eventi. Ma il suicidio resterebbe segreto? Con qual mezzo Giuliana si ucciderebbe? Accertata la morte volontaria, che penserebbero mia madre, mio fratello? Qual colpo ne riceverebbe mia madre? E Maria? E Natalia? E che farei allora io della mia vita?»

Non riuscivo, veramente, a concepire la mia vita senza Giuliana. Io amavo quella povera creatura anche nella sua impurità. Tranne quell'impeto subitaneo di collera suscitatomi dalla gelosia carnale, io non avevo ancor provato contro di lei un senso d'odio o di rancore o di disdegno. Non m'era balenato alcun pensiero di vendetta. Invece, io avevo di lei una misericordia profonda. Io accettavo, fin da principio, tutta la responsabilità della sua caduta. Un sentimento fiero e generoso mi sollevò, mi esaltò. «Ella ha saputo chinare il capo sotto i miei colpi, ha saputo soffrire, ha saputo tacere; mi ha dato l'esempio del coraggio virile, dell'abnegazione eroica. Ora è venuta la mia volta. Io le debbo il contraccambio. Debbo salvarla ad ogni costo.» E questa sollevazione dell'anima, questa cosa buona, mi veniva da lei.

La guardai da presso. Rimaneva ancóra immobile, nella medesima attitudine, con la fronte scoperta. Pensai: « Ma dorme? Se invece fingesse di dormire per allontanare ogni sospetto, per farsi credere calma, per esser lasciata sola? Certo, se il suo proposito è di non arrivare a domani, ella cerca di favorirne l'esecuzione con ogni mezzo. Ella simula il sonno. Se il sonno fosse reale, non sarebbe così tranquillo, così fermo, in lei che ha i nervi sovreccitati. Ora la scuoto... » Ma esitai: « Se realmente dormisse? Talvolta, dopo una grande dispersione di forza nervosa, anche in mezzo alle più fiere inquietudini morali il sonno piomba grave come una sincope. Oh le durasse questo sonno fino a domani e potesse ella domani levarsi rinfrancata, abbastanza forte per sostenere il colloquio tra noi inevitabile! » Guardavo fissamente quella fronte pallida come il lenzuolo; e, chinandomi un poco più, mi accorsi che diveniva madida. Una stilla di sudore spuntava sul sopracciglio. E quella stilla mi suscitò l'idea del sudor freddo che annuncia l'azione dei veleni narcotici. Sùbito mi balenò un sospetto. « La morfina! » E per istinto il mio sguardo corse al tavolo da notte, di là dal capezzale, come a cercarvi la fiala di vetro contrassegnata dal piccolo teschio nero, dal noto simbolo mortuario.

Erano su quel tavolo una boccia d'acqua, un bicchiere, un candeliere, un fazzoletto, alcune forcine che rilucevano; non v'era altro. Feci un esame rapido di tutta l'alcova. Un'ansietà angosciosa mi stringeva. « Giuliana ha la morfina. Ne ha sempre avuta una certa quantità, liquida, per le iniezioni. Son sicuro che ha pensato di avvelenarsi con quella. Dove tiene nascosta la bottiglietta? » Io avevo fissa dentro le pupille l'imagine della piccola fiala di vetro veduta una volta tra le mani di Giuliana, distinta da quel segno sinistro che usano i farmacisti per distinguere un tossico. La fantasia eccitata mi suggerì: « E se ella avesse già bevuto?... Quel sudore... » Tremavo, su la sedia; e un dibattito rapido si agitava dentro di me. « Ma quando? Ma come? Ella non è rimasta mai sola. — Basta un attimo per vuotare una fiala. - Ma in lei non sarebbe forse mancato il vomito... E quell'accesso di vomito convulso, dianzi, appena ella è giunta qui? Avendo premeditato il suicidio, forse ella portava seco la morfina. Non può essere ch'ella l'abbia bevuta prima di giungere alla Badiola, in carrozza, nell'ombra? Infatti, ella ha impedito che Federico andasse a chiamare il medico... » Io non conoscevo bene i sintomi dell'avvelenamento per morfina. Nel dubbio, la fronte bianca e madida, la immobilità perfetta di Giuliana mi atterrivano. Stavo per scuoterla. « Ma se m'inganno? Ella si sveglia ed io che cosa le dico? » Mi pareva che la prima parola di lei, il primo sguardo scambiato tra lei e me, la prima comunicazione diretta tra lei e me, dovessero cagionarmi un effetto straordinario, d'una violenza imprevedibile, inimaginabile. Mi pareva che non avrei potuto dominarmi, dissimulare, e che ella sùbito, guardandomi, avrebbe indovinata la mia consapevolezza. E allora?

Tesi l'orecchio, sperando e temendo che sopraggiungesse mia madre. Poi (non avrei tremato così nel sollevare il lembo d'un lenzuolo funebre per rivedere la sembianza di una persona estinta) scopersi a poco a poco il volto di Giuliana.

Ella aprì gli occhi.

— Ah, Tullio, sei tu?

Ella aveva la sua voce naturale. Cosa inaspettata: io potevo parlare.

— Dormivi? — le dissi, evitando di guardarla nelle pupille.

— Sì, m'ero assopita.

— Io dunque t'ho svegliata... Perdonami... Volevo scoprirti la bocca. Temevo che tu non respirassi bene... che le coperte ti affogassero...

— Sì, è vero. Ora ho caldo, troppo caldo... Levami qualcuna di queste coperte; ti prego.

E io mi alzai per alleggerirla di qualche coperta. M'è ora impossibile definire il mio stato di conscienza relativo a quegli atti che io facevo, a quelle parole che io dicevo e udivo, a quelle cose che accadevano naturalmente come se nulla fosse mutato, come se io e Giuliana fossimo ignari e immuni, come se là dentro non fossero l'adulterio, il disinganno, il rimorso, la gelosia, la paura, la morte, tutte le atrocità umane, in quell'alcova tranquilla.

Ella mi domandò:

— È molto tardi?

— No, non è ancóra mezzanotte.

— La mamma è andata a letto?

— Non ancóra.

Dopo una pausa:

— E tu... non vai? Devi essere stanco...

Non seppi rispondere. Dovevo rispondere che rimanevo? pregarla di lasciarmi rimanere? ripeterle le parole tènere proferite su la poltrona, nella *nostra* stanza, a Villalilla? Ma, rimanendo, in che modo avrei passata la notte? Là, su la sedia, a vegliare, o nel letto accanto a lei? in che modo mi sarei condotto? Avrei potuto simulare sino in fondo?

Ella soggiunse:

— È meglio che tu vada, Tullio... per questa sera... Io non ho bisogno più di nulla; non ho bisogno d'altro che di riposo. Se tu rimanessi... sarebbe male... È meglio che tu vada, per questa sera, Tullio.

— Ma tu potresti aver bisogno...

— No. E poi, in ogni caso, c'è Cristina che dorme qui accanto.

— Io mi stendo là, sul canapè, con una coperta...

— Perché vuoi soffrire? Tu sei molto stanco: si vede dalla faccia... E poi, se io ti sapessi là, non dormirei. Sii buono, Tullio! Domattina, presto, tu verrai a vedermi. Ora abbiamo bisogno di riposo, tutt'e due: d'un riposo completo...

Ella aveva la voce fioca e carezzevole, senza alcun accento insolito. Tranne l'insistenza nel persuadermi ad andarmene, null'altro accusava in lei il proposito funesto. Ella pareva prostrata di forze ma calma. Di tratto in tratto chiudeva gli occhi, come se il sonno le aggravasse le palpebre. - Che fare? Lasciarla? Ma la sua calma appunto mi spaventava. Una tale calma non poteva venirle che dalla fermezza del proposito. Che fare? Tutto considerato, anche la mia presenza durante la notte sarebbe stata vana. Ella avrebbe potuto benissimo mandare ad effetto il suo pensiero, essendosi preparata, avendo pronto il mezzo. Questo mezzo era veramente la morfina? E dove teneva ella nascosta la fiala? Sotto il guanciale? Nel cassetto del tavolo da notte? In che modo farne ricerca? Bisognava palesare tutto, dire all'improvviso: « Io so che tu ti vuoi uccidere. » Ma quale scena sarebbe seguita? Non sarebbe stato possibile nascondere il resto. E che notte, allora, sarebbe stata quella? - Tante perplessità esaurivano ogni mia energia, mi dissolvevano. I miei nervi si rilasciavano. La stanchezza fisica diveniva sempre più grave. Tutto il mio organismo entrava in quello stato di sfinimento estremo in cui ogni funzione volontaria sta per essere sospesa, in cui azioni e reazioni non si corrispondono più o non si compiono. Io mi sentivo incapace di resistere più oltre, di lottare, di operare in una qualunque maniera utile. Il sentimento della mia debolezza, il sentimento della necessità di ciò che accadeva ed era per accadere mi paralizzavano. Il mio essere pareva colpito come da una paralisìa repentina. Io provavo un bisogno cieco di sfuggire anche a quell'ultima oscura conscienza dell'essere. E finalmente tutte le mie ansietà si risolsero in un pensiero disperato. « Avvenga che può, c'è anche per me la morte. »

— Sì, Giuliana, — dissi — ti lascio in pace. Dormi. Ci vedremo domani.

— Non ti reggi!

— Già, è vero; non mi reggo... Addio. Buona notte!

— Non mi dai un bacio, Tullio?

Un brivido di ripugnanza istintiva mi attraversò. Esitai.

In quel punto entrava mia madre.

— Come? Sei sveglia! — esclamò mia madre.

— Sì, ma ora mi riaddormento.

— Sono stata a vedere le bambine. Natalia era desta. M'ha domandato sùbito: « È tornata la mamma? » Voleva venire...

— Perché non dici a Edith che me la porti? S'è messa a letto Edith?

— No.

— Addio, Giuliana — interruppi.

E m'appressai, e mi chinai a baciarle la guancia ch'ella mi porgeva sollevandosi un poco su i gomiti.

— Addio, mamma. Vado a coricarmi perché ho un sonno che m'acceca.

— E non prendi nulla? Federico è rimasto giù ad aspettarti...

— No, mamma; non ho voglia. Buona notte!

E baciai su la guancia anche lei. Ed uscii senza indugio, senza volgere uno sguardo a Giuliana; raccolsi le poche forze che mi restavano e, appena fuori della soglia, mi misi a correre verso le mie stanze, per tema di cadere prima di aver raggiunta la mia porta.

Mi gettai bocconi sul letto. M'agitava quell'orgasmo che precede i grandi scoppi di pianto, quando il nodo dell'angoscia sta per disciogliersi, quando la tensione sta per allentarsi. Ma l'orgasmo durava, e il pianto non veniva. La sofferenza era orribile. Un peso enorme mi gravava in tutto il corpo, un peso che io sentivo non sopra ma dentro di me come se le mie ossa e i miei muscoli fossero divenuti di piombo compatto. E il mio cervello pensava ancóra! E la mia conscienza era ancóra vigile!

« No, non dovevo lasciarla, non dovevo consentire ad andarmene così. Certo, quando mia madre si sarà ritirata, ella si ucciderà. Il suono della sua voce quando ha espresso il desiderio di rivedere Natalia!... » Un'allucinazione s'impadronì di me, subitamente. - Mia madre usciva dalla stanza. Giuliana si levava a sedere sul letto, si metteva in ascolto. Poi, sicura d'essere alfine sola, prendeva dal cassetto del tavolo da notte la bottiglia della morfina; non esitava un attimo; con un gesto risoluto, la vuotava d'un fiato; si ritraeva sotto le coperte; si metteva supina, ad aspettare... - La visione imaginaria del cadavere giunse a una tale intensità che io, come un ossesso, m'alzai; girai tre o quattro volte intorno alla stanza urtando contro i mobili, inciampando nei tappeti, gesticolando paurosamente. Aprii una finestra.

La notte era tranquilla, piena d'un gracidare di rane monotono e continuo. Le stelle palpitavano.

L'Orsa brillava incontro, distinta. Il tempo fluiva.

Rimasi alcuni minuti al davanzale, in attesa, fissando la grande costellazione che pareva alla mia vista perturbata avvicinarsi. Non sapevo, veramente, che attendessi. Mi smarrivo. Avevo un sentimento particolare della vacuità di quel cielo immenso. All'improvviso, in quella specie di pausa dubitosa, come se un qualche influsso oscuro avesse operato sul mio essere nella profondità dell'inconscienza, risorse spontanea la domanda non ancóra bene compresa: « *Che avete fatto di me?* » E la visione del cadavere, per poco interrotta, si riaffacciò.

L'orrore fu tale che io, pur non sapendo quale azione volessi compiere, mi volsi, uscii senza esitare, mi diressi verso la stanza di Giuliana. Incontrai Miss Edith nell'andito.

— Di dove venite, Edith? — le chiesi.

M'accorsi ch'ella si stupì del mio aspetto.

— Ho portato Natalia dalla signora che la voleva vedere; ma ho dovuto lasciarla là. Non è stato possibile persuaderla a tornarsene nel suo letto. Ha pianto tanto che la signora ha consentito a tenerla con sé. Speriamo che Maria non si svegli ora...

— Ah dunque...

Il cuore mi batteva con tal veemenza, che non potevo parlare di séguito.

— Ah, dunque, Natalia è rimasta nel letto della madre...

— Sì, signore.

— E Maria... Andiamo a vedere Maria.

La commozione mi soffocava. Giuliana per quella notte era salva! Non era possibile ch'ella pensasse a morire in quella notte, avendo la bambina al suo fianco. Per miracolo, il tenero capriccio di Natalia aveva salvato la madre. « Benedetta! Benedetta!» Prima di guardare Maria addormentata, io guardai il piccolo letto vuoto dov'era rimasto un piccolo solco. Strane voglie mi venivano, di baciare il guanciale, di sentire se il solco fosse ancóra tiepido. La presenza di Edith mi teneva in disagio. Mi volsi a Maria, mi chinai trattenendo il respiro, la contemplai a lungo, ricercai a una a una le note somiglianze ch'ella aveva con me, quasi numerai le vene tenui che le trasparivano nella tempia, nella guancia, nella gola. Dormiva sul fianco, tenendo la testa abbandonata indietro così che tutta la gola rimaneva scoperta sotto il mento alzato. I denti, minuti come grani di riso mondi, lucevano nella bocca socchiusa. I cigli, lunghi come quelli della madre, spandevano dal cavo degli occhi un'ombra che toccava il sommo delle gote. Una gracilità di fiore prezioso, una finezza estrema distinguevano quella forma infantile in cui io *sentivo* fluire il mio sangue assottigliato.

Quando mai, da che le due creature vivevano, quando mai avevo provato per loro un sentimento così profondo, così dolce e così triste?

Mi tolsi di là a fatica. Avrei voluto sedermi tra i due piccoli letti e riposare il capo su la sponda di quello vuoto, aspettando il *domani*.

— Buona notte, Edith — dissi uscendo; e la mia voce tremava d'un tremito diverso.

Come giunsi alla mia stanza, di nuovo mi gittai bocconi sul letto. E ruppi alfine in singhiozzi, perdutamente.

XII

Quando mi svegliai dal sonno greve e quasi direi brutale che a una certa ora della notte mi era piombato sopra di schianto, durai fatica a ricuperare la nozione esatta della realtà.

Dopo un poco, al mio spirito scevro dalle eccitazioni notturne, la realtà si presentò fredda, nuda, incommutabile. Che erano le angosce recenti al paragone dello sgomento che allora mi invase? - Bisognava vivere! Ed era come se qualcuno mi presentasse una coppa profonda, dicendomi: « Se tu vuoi bere, oggi, se tu vuoi vivere, bisogna che tu sprema qui dentro, fino all'ultima goccia, il sangue del tuo cuore. » Una ripugnanza, un disgusto, un ribrezzo indefinibili mi salirono dall'intimo dell'essere. E, intanto, bisognava vivere, bisognava accettare anche in quel mattino la vita! E bisognava, sopra tutto, *agire*!

Il confronto ch'io feci dentro di me, tra quel risveglio reale e il risveglio sognato e sperato a Villalilla il giorno innanzi, aumentò la mia insofferenza. Pensai: « È impossibile che io accetti un tale stato; è impossibile che io mi levi, che io mi vesta, che io esca di qui, che io riveda Giuliana, che io le parli, che io séguiti a dissimulare innanzi a mia madre, che io aspetti l'ora opportuna per un colloquio definitivo, che in quel colloquio io stabilisca le condizioni della nostra esistenza avvenire. È impossibile. E allora? La distruzione assoluta istantanea di tutto ciò che in me soffre... Liberarmi, sfuggire... *Non c'è altro.* »

E, considerando la facilità della cosa, imaginando l'azione rapida, lo scatto dell'arma, l'effetto immediato del piombo, l'oscurità consecutiva, io provai in tutto il corpo una tensione particolare, angosciosa e pur mista d'un senso di sollievo, quasi di dolcezza. «*Non c'è altro.*» E, benché l'ansia di sapere mi agitasse, pensai con sollievo che non avrei saputo più nulla di nulla, che tutto insomma avrebbe avuto fine.

Udii battere alla porta. E la voce di mio fratello gridò:

— Tullio, non ti sei ancóra levato? Sono le nove. Posso entrare?

— Entra, Federico.

Egli entrò.

— Sai che è tardi? Sono passate le nove...

— Mi sono addormentato tardi, ed ero stanchissimo.

— Come stai?

— Così...

— La mamma è levata. M'ha detto che Giuliana sta abbastanza bene. Vuoi che t'apra la finestra? È una mattinata stupenda.

Spalancò la finestra. Un flutto d'aria fresca inondò la stanza; le tende si gonfiarono come due vele; apparve nel vano l'azzurro.

— Vedi?

La luce viva scoprì forse nel mio volto i segni dello strazio, perché egli soggiunse:

— Ma anche tu stanotte ti sei sentito male?

— Credo d'aver avuto qualche po' di febbre.

Federico mi guardava con i suoi limpidi occhi glauchi; e in quel momento mi parve di avere su l'anima tutto il peso delle menzogne e delle dissimulazioni future. Oh, s'egli avesse saputo!

Ma, come sempre, la sua presenza fugò da me la viltà che già mi teneva. Una energia fittizia, come dopo un sorso di cordiale, mi rialzò. Pensai: «In che modo si condurrebbe egli nel mio caso?» Il mio passato, la mia educazione, l'essenza stessa della mia natura contrastavano qualunque riscontro probabile; però questo almeno era certo: — in caso di sciagura, simile o dissimile, egli si sarebbe condotto da uomo forte e caritatevole, avrebbe affrontato il dolore eroicamente, avrebbe preferito al sacrificio degli altri il sacrificio di sé.

— Fammi sentire... — disse, accostandosi.

E mi toccò la fronte con la palma della mano, mi prese il polso.

— Ora sei libero, mi sembra. Ma che polso ineguale!

— Lasciami levare, Federico, che è tardi.

— Oggi, dopo mezzogiorno, vado al bosco di Assòro. Se tu vuoi venire, faccio sellare per te Orlando. Ti ricordi tu del bosco? Peccato che Giuliana non stia bene! Altrimenti, condurremmo anche lei... Vedrebbe le carbonare accese.

Quando nominava Giuliana, pareva che la sua voce divenisse più affettuosa, più dolce, quasi direi più fraterna. Oh, s'egli avesse saputo!

— Addio, Tullio. Vado a lavorare. Quando comincerai ad aiutarmi?

— Oggi stesso, domani, quando vorrai.

Egli si mise a ridere.

— Che ardore! Basta: ti vedrò alla prova. Addio, Tullio.

Ed uscì con quel suo passo alacre e franco, poiché lo sollecitava di continuo l'esortazione inscritta nel quadrante solare: — *Hora est benefaciendi.*

XIII

Erano le dieci quando io uscii. La gran luce di quel mattino d'aprile, che inondava la Badiola per le finestre e per i balconi spalancati, m'intimidiva. Come portare la maschera sotto quella luce?

Cercai di mia madre, prima d'entrare nelle stanze di Giuliana.

— Ti sei levato tardi — ella disse, vedendomi. — Come stai?

— Bene.

— Sei pallido.

— Credo d'aver avuto un po' di febbre, stanotte, ma ora sto bene.

— Hai veduta Giuliana?

— Non ancóra.

— Ha voluto levarsi, quella benedetta figliuola! Dice che non si sente più nulla; ma ha un viso...

— Vado da lei.

— E bisogna che tu non trascuri di scrivere al dottore. Non dar retta a Giuliana. Scrivi oggi stesso.

— Tu le hai detto... che io *so*?

— Sì, le ho detto che tu *sai*.

— Vado, mamma.

La lasciai davanti ai suoi grandi armarii di noce, profumati d'ireos, dove due donne accumulavano la bella biancheria di bucato, l'opulenza di Casa Hermil. Maria, nella sala del pianoforte, prendeva la lezione da Miss Edith; e le scale cromatiche si succedevano rapide ed eguali. Passava Pietro, il più fedele dei servitori, canuto, un po' curvo, portando un vassoio pieno di cristalli che tintinnavano poiché le braccia tremavano di vecchiaia. Tutta la Badiola, inondata d'aria e di luce, aveva un aspetto di letizia tranquilla. V'era non so qual sentimento di bontà diffuso per ogni dove: qualche cosa come il sorriso tenue e inestinguibile dei Lari.

Mai quel sentimento, quel sorriso m'avevano penetrata l'anima così a dentro. Tanta pace, tanta bontà circondavano l'ignobile segreto che io e Giuliana dovevamo custodire in noi senza morirne.

« Ed ora? » pensai, al colmo dell'angoscia, girando per l'andito come un estraneo smarrito, non potendo dirigere il mio passo verso il luogo temuto, quasi che il mio corpo si rifiutasse di obedire all'impulso della volontà. « Ed ora? Ella sa che io conosco il vero. Tra noi due ogni dissimulazione è omai inutile. Ed è necessario che noi ci guardiamo in faccia, che noi parliamo della cosa tremenda. Ma non è possibile che questo duello avvenga stamani. Le conseguenze sono imprevedibili. Ed è necessario, ora più che mai, è necessario che nessuno dei nostri atti apparisca singolare, inesplicabile a mia madre, a mio fratello, a qualunque persona di questa casa. Il mio turbamento di iersera, le mie inquietudini, le mie tristezze si possono spiegare con la preocupazione del pericolo a cui Giuliana va incontro essendo incinta; ma logicamente, agli occhi altrui, questa preoccupazione deve rendermi verso di lei più tenero, più sollecito, più premuroso che mai. La mia prudenza oggi dev'essere estrema. Bisogna che io eviti ad ogni costo una scena tra me e Giuliana, oggi. Bisogna che io sfugga l'occasione di rimaner solo con lei, oggi. Ma bisogna anche ch'io trovi sùbito il modo di farle comprendere il sentimento che determina queste mie attitudini verso di lei, il proposito che regola la mia condotta. E se ella persistesse nella volontà di uccidersi? Se ella avesse soltanto differita di qualche ora l'esecuzione? Se ella stesse già aspettando l'opportunità? » Questo timore troncò gli indugi e mi spinse ad agire. Somigliavo quei soldati orientali che erano spinti alla battaglia a colpi di frusta.

Mi diressi verso la sala del pianoforte. Vedendomi, Maria interruppe i suoi esercizi e corse a me tutta leggera e allegra, come a un liberatore. Ella aveva la grazia, l'agilità, la leggerezza delle creature alate. La sollevai tra le mie braccia, per baciarla.

— Mi porti con te? — mi chiese ella. — Sono stanca. È un'ora che Miss Edith mi tiene qui... Non ne posso più. Portami con te, fuori! *Let us take a walk before breakfast.*

— Dove?

— *Where you please, it is the same to me.*

— Ma andiamo prima dalla mamma...

— Eh, ieri voi ve n'andaste a Villalilla e noi rimanemmo alla Badiola. Fosti tu, proprio tu, che non volesti condurci; perché la mamma voleva. Cattivo! *We should like to go there. Tell me how you amused yourselves...*

Ella cantava come un uccello, in quella lingua non sua, deliziosamente. Quel cinguettio non intermesso accompagnava la mia ansietà, mentre andavamo verso le stanze di Giuliana. Poiché io esitavo, Maria batté alla porta chiamando:

— Mamma!

Giuliana aprì, ella medesima, non sospettando la mia presenza. Mi vide. Sussultò forte come se avesse veduto un fantasma, uno spettro, qualche cosa di terrifico.

— Sei tu? — balbettò, tanto piano che appena l'udii, mentre le labbra nel muoversi le si scoloravano: divenuta a un tratto, dopo il sussulto, più rigida di un'erma.

E ci guardammo, là, su la soglia; ci fissammo; fissammo per un istante l'uno su l'altra la nostra stessa anima. Tutto disparve intorno; tutto fra noi due fu detto, fu compreso, fu risoluto, in un istante.

Dopo, che avvenne? Non so bene, non ricordo bene. Ricordo che per qualche tempo ebbi di ciò che avveniva una conscienza quasi direi intermittente, come per una successione di brevi eclissi. Era, credo, un fenomeno simile in parte a quello prodotto dall'indebolimento dell'attenzione volontaria in certi infermi. Smarrivo la facoltà dell'attenzione: non vedevo, non udivo, non afferravo più il senso delle parole, non comprendevo più. Poi, dopo un poco, ricuperavo quella facoltà, esaminavo d'intorno a me le cose e le persone, ridiventavo attento e consciente.

Giuliana era seduta; aveva Natalia su le ginocchia. Anch'io ero seduto. E Maria andava da lei a me e da me a lei, con una mobilità continua, parlando senza posa, incitando la sorella, rivolgendoci una quantità di domande a cui non rispondevamo se non con qualche cenno del capo. Quel favellìo vivace riempiva il nostro silenzio. In uno dei frammenti che io udii, Maria diceva alla sorella:

— Ah, tu hai dormito con la mamma, stanotte. È vero?

E Natalia:

— Sì, perché io sono piccola.

— Ah, ma la notte che viene, sai, tocca a me. È vero, mamma? Prendi me nel tuo letto, la notte che viene...

Giuliana taceva, non sorrideva, assorta. Poiché Natalia le stava su le ginocchia volgendole le spalle, ella la teneva cinta con le braccia alla vita; e le sue mani posavano nel grembo della figliuola congiunte, più bianche della vestetta bianca su cui posavano, e affilate, e dolenti, così dolenti che rivelavano esse sole una immensità di tristezza. Giungendole la testa di Natalia a fiore del mento, ella reclinata pareva premere la bocca su quei riccioli; così che quando io le gettavo uno sguardo, non vedevo la parte inferiore del volto, non le vedevo l'espressione della bocca. Né incontravo mai gli occhi. Ma ogni volta vedevo le palpebre abbassate, un poco rosse, che ogni volta mi turbavano a dentro come se lasciassero trasparire la fissità della pupilla che coprivano.

Aspettava ella che io dicessi qualche parola? Salivano intanto alla sua bocca nascosta parole improferibili?

Quando alfine con uno sforzo mi riuscì di sottrarmi a quello stato d'inazione in cui s'erano avvicendate lucidità e oscurità straordinarie, io dissi (ed ebbi, credo, l'accento che avrei avuto nel continuare un dialogo già iniziato, nell'aggiungere nuove parole alle dette), io dissi piano:

— La mamma vuole che io avvisi il dottore Vebesti. Le ho promesso di scrivere. Scriverò.

Ella non sollevò le palpebre; rimase muta. Maria, nella sua profonda inconsapevolezza, la guardò attonita; poi guardò me.

Io m'alzai, per uscire.

— Oggi, dopo mezzogiorno, andrò al bosco d'Assòro, con Federico. Ci vedremo, stasera, al ritorno?

Poiché ella non accennava a rispondere, ripetei con una voce che significava tutte le cose non espresse:

— Ci vedremo, stasera, al ritorno?

Le sue labbra tra i riccioli di Natalia spirarono:

— Sì.

XIV

Nella violenza delle mie agitazioni diverse e contrarie, nel primo tumulto del dolore, sotto la minaccia dei pericoli imminenti, io non mi era ancóra fermato a considerare l'Altro. Ma anche, fin dal principio, non avevo avuto neppur l'ombra di un dubbio su la giustezza del mio antico sospetto. Sùbito, nel mio spirito, l'Altro aveva preso l'imagine di Filippo Arborio; e, al primo impeto di gelosia carnale che mi aveva assalito dentro l'alcova, l'imagine abominevole s'era accoppiata con quella di Giuliana in una serie di visioni orrende.

Ora, mentre io e Federico andavamo cavalcando verso la foresta, lungo quel fiume tortuoso che io avevo contemplato nel torbido pomeriggio del Sabato Santo, l'Altro veniva con noi. Tra me e mio fratello s'intrapponeva la figura di Filippo Arborio, vivificata dal mio odio, resa dal mio odio così intensamente viva che io provavo, guardandola, *in sensazione reale*, un orgasmo fisico, qualche cosa di simile al fremito selvaggio da cui ero stato preso talvolta trovandomi sul terreno, di fronte all'avversario spogliato di camicia, al segnale dell'attacco.

La vicinanza di mio fratello aumentava straordinariamente il mio male. Al paragone di Federico, la figura di quell'uomo, così fine, così nervosa, così feminea, si rimpiccioliva, s'immiseriva, diveniva spregevole per me ed ignobile. Sotto l'influsso del nuovo ideale di forza e di semplicità virile, ispiratomi dall'esempio fraterno, io non soltanto odiavo ma disprezzavo quell'essere complicato ed ambiguo che pure apparteneva alla mia stessa razza e aveva comuni con me alcune particolarità di constituzione cerebrale, come appariva dalla sua opera d'arte. Io me lo imaginavo, a simiglianza d'uno dei suoi personaggi letterarii, affetto dalle più tristi malattie dello spirito, obliquo, doppio, crudelmente curioso, isterilito dall'abitudine dell'analisi e dell'ironia riflessa, di continuo occupato a convertire i più caldi e spontanei moti dell'animo in nozioni chiare e glaciali, avvezzo a considerare qualunque creatura umana come un soggetto di pura speculazione psicologica, incapace d'amore, incapace d'un atto generoso, d'una rinuncia, d'un sacrificio, indurito nella menzogna, ottuso dal disgusto, lascivo, cinico, vile.

Da un tale uomo Giuliana era stata sedotta, era stata posseduta: certo, non amata. La *maniera* non appariva anche in quella dedica scritta sul frontespizio del *Segreto*, in quella dedica enfatica che era l'unico documento a me noto risguardante la relazione passata tra il romanziere e mia moglie? Certo, ella era stata nelle mani di colui una cosa di voluttà, non altro. Espugnare la Torre d'avorio, corrompere una donna publicamente vantata incorruttibile, esperimentare un metodo di seduzione sopra un soggetto tanto raro: — impresa ardua ma piena di attrattive, degna in tutto di un artista raffinato, del difficile psicologo che aveva scritto *La Cattolicissima* e *Angelica Doni*.

Come più riflettevo, i fatti mi apparivano nella loro crudità bruta. Certo, Filippo Arborio aveva incontrata Giuliana in uno di quei periodi in cui la donna così detta « spirituale », che ha sofferta una lunga astinenza, è commossa da aspirazioni poetiche, da desiderii indefiniti, da languori vaghi; i quali non sono se non le larve di cui si mascherano i bassi stimoli dell'appetito sessuale. Filippo Arborio, esperto, avendo indovinato la special condizione fisica della donna ch'egli voleva possedere, s'era servito del metodo più conveniente e più sicuro, che è questo: — parlare d'idealità, di zone superiori, di alleanze mistiche, ed occupare nel tempo medesimo le mani alla scoperta d'altri misteri; unire insomma un brano di pura eloquenza a una delicata manomessione. — E Giuliana, la *Turris eburnea*, la grande taciturna, la creatura composta d'oro duttile e d'acciaio, l'Unica, s'era prestata a quel vecchio giuoco, s'era lasciata prendere a quel vecchio inganno, aveva anch'ella obedito alla vecchia legge della fragilità muliebre. E il duetto sentimentale era finito con una copula disgraziatamente feconda...

Un orribile sarcasmo mi torceva l'anima. Mi pareva d'avere non nella bocca ma dentro di me la convulsione provocata da quell'erba che ci fa morire a modo di chi ride.

Spronai il cavallo; e lo misi al galoppo, lungo l'argine del fiume.

L'argine era periglioso, strettissimo nelle lunate, minacciato di frana in taluni punti, in altri ingombrato dai rami di qualche grosso albero torto, in altri attraversato da radici a fior di terra enormi. Io avevo perfetta conscienza del pericolo a cui mi esponevo; e, invece di trattenere, spingevo sempre più il cavallo, non con l'intenzione d'incontrare la morte ma volendo trovare in quella ansietà una tregua allo spasimo intollerabile. Conoscevo già l'efficacia di una tale follia. Dieci anni fa, quando ero assai giovine, addetto all'ambasciata in Costantinopoli, per sfuggire a certi accessi di tristezza prodotti da ricordi recenti di passione, nelle notti di luna entravo a cavallo in uno di quei cimiteri musulmani densi di tombe, su le pietre lisce in pendìo, correndo mille volte il rischio di uccidermi in una caduta. Stando con me in groppa, la morte cacciava ogni altra cura.

— Tullio! Tullio! Férmati! — mi gridava Federico a distanza. — Férmati!

Io non gli davo ascolto. Più d'una volta, per prodigio, evitai di battere la fronte contro qualche ramo orizzontale. Più d'una volta, per prodigio, impedii al cavallo di urtare contro un tronco. Più d'una volta, nei passi angusti, vidi certa la caduta nel fiume che mi luccicava sotto. Ma quando udii dietro di me un altro galoppo e m'accorsi che Federico m'inseguiva alla gran carriera, temendo per lui, con una strappata violenta arrestai il povero animale che s'impennò, rimase un istante inalberato come per precipitarsi nell'acqua, poi ricadde. Io ero incolume.

— Ma sei impazzito? — mi gridò Federico, sopraggiungendo, pallidissimo.

— T'ho fatto paura? Perdonami. Credevo che non ci fosse pericolo. Volevo provare il cavallo... Poi non lo potevo più fermare... È un po' duro, di bocca...

— Duro di bocca Orlando!

— Non ti pare?

Egli mi guardò fiso, con un'espressione inquieta. Io tentai di sorridere. Il suo pallore insolito mi faceva pena e tenerezza.

— Non so come tu non ti sia spezzato il capo contro uno di questi alberi; non so come tu non sia precipitato...

— E tu?

Per inseguirmi egli aveva corso lo stesso pericolo, forse anche maggiore perché il suo cavallo era più pesante ed egli aveva dovuto metterlo a tutta carriera volendo raggiungermi in tempo. Ambedue considerammo la via dietro di noi.

— È un miracolo — egli disse. — Già, salvarsi dall'Assòro è quasi impossibile. Non vedi?

Ambedue considerammo sotto di noi il fiume mortifero. Cupo, luccicante, rapido, pieno di mulinelli e di gorghi, l'Assòro correva tra gli argini cretacei con un silenzio che lo rendeva più torvo. Il paesaggio rispondeva a quell'aspetto di perfidia e di minaccia. Il cielo pomeridiano si era impregnato di vapori e biancheggiava stancamente con un riverbero diffuso, sopra una distesa di macchioni rossastri che la primavera non aveva ancor vinti. Le foglie morte si mescevano quivi con le viventi nuove, gli stecchi aridi con i virgulti, i cadaveri coi neonati vegetali, in un denso intrico allegorico. Su la turbolenza del fiume, sul contrasto della boscaglia biancheggiava il cielo stancamente, dissolvendosi.

« Un tonfo improvviso; e non avrei più pensato, non avrei più sofferto, non avrei più portato il peso della mia carne miserabile. Ma forse avrei trascinato con me nel precipizio mio fratello: una forma nobile di vita, un Uomo. Io sono salvo per miracolo com'egli è salvo per miracolo. La mia follia lo ha esposto al rischio estremo. Un mondo di cose belle e di cose buone sarebbe scomparso con lui. Quale fatalità vuole che io sia così nocivo alle persone che mi amano? »

Guardai Federico. Egli era divenuto pensoso e grave. Non osai interrogarlo; ma provai un acuto rammarico d'averlo contristato. — Che pensava egli? Qual pensiero alimentava il suo turbamento? Aveva forse indovinato che io dissimulavo una sofferenza inconfessabile e che soltanto l'aculeo d'una idea fissa m'aveva spinto alla corsa mortale?

Seguitammo lungo l'argine, l'uno dietro l'altro, al passo. Poi volgemmo per un sentiero che s'inoltrava nella macchia; e, come il sentiero era abbastanza largo, di nuovo cavalcammo l'uno a fianco dell'altro mentre i cavalli sbuffavano avvicinando le froge come per parlarsi in segreto e mescolavano la schiuma dei loro freni.

Pensavo, gittando di tratto in tratto un'occhiata a Federico e vedendolo ancóra severo: « Certo, se io gli rivelassi la verità, egli non mi crederebbe. Egli non potrebbe credere al fallo di Giuliana, alla contaminazione della sorella.

Io non so decidere veramente, tra l'affetto di lui e l'affetto di mia madre per Giuliana, quale sia più profondo. Non ha egli sempre tenuto sul suo tavolo il ritratto della nostra povera Costanza e il ritratto di Giuliana riuniti come in un dittico per la stessa adorazione? Anche stamani, come s'addolciva la sua voce nominandola!» Subitamente, per contrasto, la bruttura mi si ripresentò anche più turpe. Era il corpo intraveduto nello spogliatoio della sala d'armi quello che si atteggiava nelle mie visioni. E il mio odio purtroppo operava su quell'imagine come l'acido nitrico su i tratti segnati nella lastra di rame. L'incisione diveniva sempre più netta.

Allora, mentre mi durava nel sangue l'eccitamento della corsa, per quell'esuberanza di coraggio fisico, per quell'istinto di combattività ereditario che tanto spesso si risvegliava in me al rude contatto degli altri uomini, io sentii che non avrei potuto rinunziare ad affrontare Filippo Arborio. « Andrò a Roma, cercherò di lui, lo provocherò in qualche modo, lo costringerò a battersi, farò di tutto per ucciderlo o per renderlo invalido. » Io me lo imaginavo pusillanime. Mi tornò alla memoria una mossa un po' ridicola che gli era sfuggita, nella sala d'armi, al ricevere in pieno petto una botta dal maestro. Mi tornò alla memoria la sua curiosità nel chiedermi notizia del mio duello: quella curiosità puerile che fa spalancare gli occhi a chi non s'è trovato mai nel cimento. Mi ricordai che, durante il mio assalto, egli aveva tenuto lo sguardo sempre fisso su me. La conscienza della mia superiorità, la certezza di poterlo sopraffare mi sollevarono. Nella mia visione, un rivo rosso rigò quella sua pallida carne ributtante. Alcuni frammenti di sensazioni reali, provate in altri tempi a fronte di altri uomini, concorsero a particolarizzare quello spettacolo imaginario nel quale m'indugiavo. E vidi colui sanguinoso e inerte su un pagliericcio, in un casale lontano, mentre i due medici accigliati gli si curvavano sopra.

Quante volte io, ideologo e analista e sofista in epoca di decadenza, m'ero compiaciuto d'essere il discendente di quel Raimondo Hermil de Penedo che alla Goletta operò prodigi di valore e di ferocia sotto gli occhi di Carlo Quinto! Lo sviluppo eccessivo della mia intelligenza e la mia *multanimità* non avevano potuto modificare il fondo della mia sostanza, il substrato nascosto in cui erano inscritti tutti i caratteri ereditarii della mia razza. In mio fratello, organismo equilibrato, il pensiero s'accompagnava sempre all'opera; in me il pensiero predominava ma senza distruggere le mie facoltà di azione che anzi non di rado si esplicavano con una straordinaria potenza. Io ero insomma un violento e un appassionato consciente, nel quale l'ipertrofia di alcuni centri cerebrali rendeva impossibile la coordinazione necessaria alla vita normale dello spirito. Lucidissimo sorvegliatore di me stesso, avevo tutti gli impeti delle nature primitive indisciplinabili. Più d'una volta io ero stato tentato da improvvise suggestioni delittuose. Più d'una volta ero rimasto sorpreso dall'insurrezione spontanea d'un istinto crudele.

— Ecco le carbonare — disse mio fratello, mettendo il cavallo al trotto.

Si udivano i colpi delle scuri nella foresta e si vedevano le spire del fumo salire tra gli alberi. La colonia dei carbonai ci salutò. Federico interrogava i lavoratori intorno all'andamento delle opere, li consigliava, li ammoniva, osservando con occhio esperto i fornelli. Tutti stavano davanti a lui in attitudini di reverenza e lo ascoltavano attenti. Il lavoro d'intorno pareva esser divenuto più fervido, più facile, più giocondo, come il crepitio del fuoco efficace. Gli uomini correvano qua e là a gittar terra dove il fumo usciva con troppa copia, a chiudere con zolle i varchi aperti dalle esplosioni; correvano e vociavano. Gridi gutturali d'abbattitori si mescevano a quelle voci rudi. Rimbombava nell'interno lo schianto di qualche albero caduto. Fischiavano, in qualche pausa, i merli. E la grande foresta immobile contemplava i roghi alimentati dalle sue vite.

Mentre mio fratello compiva l'esame delle opere, io mi allontanai lasciando al cavallo la scelta dei sentieri che si diramavano pel folto. I rumori si affiochivano dietro di me, gli echi morivano. Un silenzio grave scendeva dalle cime. Io pensavo: «Come farò per risollevarmi? Quale sarà la mia vita da domani in poi? Potrò seguitare a vivere nella casa di mia madre col mio segreto? Potrò accomunare la mia esistenza con quella di Federico? Chi mai, che cosa mai al mondo potrà risuscitare nella mia anima una scintilla di fede? » Lo strepito delle opere si spegneva dietro di me; la solitudine diventava perfetta. « Lavorare, praticare il bene, vivere per gli altri... Potrei *ora* ritrovare in queste cose il vero senso della vita? E veramente il senso della vita non si ritrova pieno nella felicità personale ma in queste cose soltanto? L'altro giorno, mentre mio fratello parlava, io credevo di comprendere la sua parola; credevo che la *dottrina della verità* mi si rivelasse per la sua bocca. La dottrina della verità, secondo mio fratello, non sta nelle leggi, non sta nei precetti, ma semplicemente e unicamente nel senso che l'uomo dà alla vita. Mi pareva d'aver compreso. Ora, d'un tratto, sono ritornato nel buio; sono ridiventato cieco. Non comprendo più nulla. Chi mai, che cosa mai al mondo mi potrà consolare del bene che ho perduto? » E l'avvenire mi apparve spaventoso, senza speranza. L'imagine indeterminata del nascituro crebbe, si dilatò, come quelle orribili cose informi che noi vediamo talvolta negli incubi, ed occupò tutto il campo. Non si trattava d'un rimpianto, d'un rimorso, d'un ricordo indistruttibile, d'una qualunque più amara cosa interiore, ma di un essere vivente. Il mio avvenire era legato a un essere vivente d'una vita tenace e malefica; era legato a un estraneo, a un intruso, a una creatura abominevole contro di cui non soltanto la mia anima ma la mia carne, tutto il mio sangue e tutte le mie fibre votavano un'avversione bruta, feroce, implacabile fino alla morte, oltre la morte. Pensavo: « Chi avrebbe potuto imaginare un supplizio peggiore per torturarmi insieme l'anima e la carne? Il più ingegnosamente efferato dei tiranni non saprebbe concepire certe crudeltà ironiche, le quali sono soltanto del Destino. Era presumibile che la malattia avesse resa sterile Giuliana. Or bene, ella si dà a un uomo, commette il suo primo fallo, e rimane incinta, ignobilmente, con la facilità di quelle femmine calde che i villani sforzano dietro le siepi, su l'erba in tempo di foia. E, appunto mentre ella è piena delle sue nausee, io mi pasco di sogni, m'abbevero di ideale, ritrovo le ingenuità della mia adolescenza, non m'occupo di altro che di cogliere fiori... (Oh quei fiori, quegli stomachevoli fiori, offerti con tanta timidezza!) E, dopo una grande ubriacatura tra sentimentale e sensuale, ricevo la dolce notizia — da chi? — da mia madre! E, dopo la notizia, ho un'esaltazione generosa, faccio in buona fede una parte nobile, mi sacrifico in silenzio, come un eroe di Octave Feuillet! Che eroe! Che eroe! » Il sarcasmo mi torceva l'anima, mi contraeva tutte le fibre. E di nuovo, allora, mi prese la follia della fuga.

Guardai davanti a me. In vicinanza, tra i fusti, irreale come un inganno di occhi allucinati, brillava l'Assòro. « Strano! » pensai, provando un brivido particolare. Non m'ero accorto, prima di quel momento, che il cavallo senza guida s'era inoltrato per un sentiero che conduceva al fiume. Pareva che l'Assòro mi avesse attirato.

Stetti in forse, per un istante, tra il proseguire sino alla riva e il ritornare indietro. Scossi da me il fascino dell'acqua e il cattivo pensiero. Voltai il cavallo.

Un grave accasciamento succedeva alla convulsione interna. Mi sembrò che a un tratto la mia anima fosse divenuta una povera cosa gualcita, avvizzita, rimpicciolita, una cosa miserabile. Mi ammollii; ebbi pietà di me, ebbi pietà di Giuliana, ebbi pietà di tutte le creature su cui il dolore imprime le sue stimate, di tutte le creature che tremano abbrancate dalla vita come trema un vinto sotto il pugno del vincitore inesecrabile. « Che siamo noi? Che sappiamo noi? Che vogliamo? Nessuno mai ha ottenuto quel che avrebbe amato; nessuno otterrà quel che amerebbe. Cerchiamo la bontà, la virtù, l'entusiasmo, la passione che riempirà la nostra anima, la fede che calmerà le nostre inquietudini, l'idea che difenderemo con tutto il nostro coraggio, l'opera a cui ci voteremo, la causa per cui moriremo con gioia. E la fine di tutti gli sforzi è una stanchezza vacua, il sentimento della forza che si disperde e del tempo che si dilegua... » E la vita m'apparve in quell'ora come una visione lontana, confusa e vagamente mostruosa. La demenza, l'imbecillità, la povertà, la cecità, tutti i morbi, tutte le disgrazie; l'agitazione oscura continua di forze inconscienti, ataviche e bestiali nell'intimo della nostra sostanza; le più alte manifestazioni dello spirito instabili, fugaci, sempre subordinate a uno stato fisico, legate alla funzione d'un organo; le transfigurazioni istantanee prodotte da una causa impercettibile, da un nulla; la parte immancabile di egoismo nei più nobili atti; la inutilità di tante energie morali dirette verso uno scopo incerto, la futilità degli amori creduti eterni, la fragilità delle virtù credute incrollabili, la debolezza delle più sane volontà, tutte le vergogne, tutte le miserie m'apparvero in quell'ora. « Come si può vivere? Come si può amare? »

Risonavano le scuri nella foresta: un grido breve e selvaggio accompagnava ogni colpo. Qua e là negli spiazzi i grandi mucchi, in forma di coni tronchi o di piramidi quadrangolari, fumigavano. Le colonne del fumo si levavano dense e diritte come i fusti arborei, nell'aria senza vento. Per me tutto era simbolo, in quell'ora.

Diressi il cavallo verso una carbonara vicina, avendo riconosciuto Federico.

Egli era smontato; e parlava con un vecchio di alta statura, dalla faccia rasa.

— Oh, finalmente! — mi gridò, vedendomi.
— Temevo che tu ti fossi smarrito.

— No, non sono andato molto lontano...

— Vedi qui Giovanni di Scòrdio, un Uomo — disse, mettendo una mano su la spalla del vecchio.

Guardai il nominato. Un sorriso singolarmente dolce apparve su la bocca appassita di colui. Non avevo mai veduto sotto una fronte umana occhi tanto tristi.

— Addio, Giovanni. Coraggio! — soggiunse mio fratello, con quella voce che pareva avere talvolta, come certi liquori, la potenza d'elevare il tono vitale. — Noi, Tullio, possiamo riprendere la via della Badiola. È già tardi. Ci aspettano.

Rimontò a cavallo. Salutò di nuovo il vecchio. Passando presso ai fornelli, dava qualche avvertimento ai lavoratori per le operazioni della notte prossima in cui doveva apparire il *gran fuoco*. Ci allontanammo, cavalcando l'uno a fianco dell'altro.

Il cielo si apriva sul nostro capo, lentamente. I veli dei vapori fluttuavano, si disperdevano, si ricomponevano, così che l'azzurro pareva di continuo impallidire come se nella sua liquidità un latte di continuo si diffondesse e si dileguasse. Era vicina quell'ora medesima in cui, il giorno innanzi, a Villalilla, io e Giuliana avevamo guardato il giardino ondeggiante in una luce ideale. La boscaglia intorno cominciava a dorarsi. Gli uccelli cantavano, invisibili.

— Hai osservato bene Giovanni di Scòrdio, quel vecchio? — mi chiese Federico.

— Sì — risposi. — Credo che non dimenticherò il suo sorriso e i suoi occhi.

— Quel vecchio è un santo — soggiunse Federico. — Nessun uomo ha lavorato e sofferto quanto quel vecchio. Ha quattordici figliuoli e tutti a uno a uno si sono distaccati da lui come i frutti maturi si distaccano dall'albero. La moglie, una specie di carnefice, è morta. Egli è rimasto solo. I figli l'hanno spogliato e rinnegato. Tutta l'ingratitudine umana s'è accanita contro di lui. Egli non ha esperimentata la perversità degli estranei ma quella delle sue creature. Intendi? Il suo stesso sangue s'è inviperito in altri esseri ch'egli ha sempre amato ed aiutato, che ama ancóra, che non sa maledire, che certamente benedirà nell'ora della morte, anche se lo lasceranno morir solo. Non è straordinaria, quasi incredibile, questa pertinacia d'un uomo nella bontà? Dopo tutto quel che ha sofferto, egli ha potuto conservare il sorriso che tu gli hai veduto! *Farai bene, Tullio, a non dimenticare quel sorriso...*

XV

L'ora della prova, l'ora temuta e desiderata a un tempo, si approssimava. Giuliana era pronta. Ella aveva resistito fermamente al capriccio di Maria; aveva voluto rimanere sola nella sua stanza ad aspettarmi. « Che le dirò? Che mi dirà ella? Quale sarà la mia attitudine verso di lei? » Tutte le prevenzioni, tutti i propositi si disperdevano. Non mi restava se non un'ansietà intollerabile. Chi avrebbe potuto prevedere l'esito del colloquio? Io non mi sentivo padrone di me, non delle mie parole, non dei miei atti. Soltanto sentivo in me un viluppo di cose oscure e contrarie che al minimo urto dovevano insorgere. Mai come in quell'ora avevo avuto chiara e disperata la conscienza delle discordie intestine che mi straziavano, la percezione degli elementi irreconciliabili che si agitavano nel mio essere e si soverchiavano e si distruggevano a vicenda in un perpetuo conflitto, ribelli a qualunque dominio. Alla commozione del mio spirito si aggiungeva un particolare turbamento del senso, promosso dalle imagini che in quel giorno mi avevano torturato senza tregua. Io conoscevo bene, troppo bene, quel turbamento che meglio d'ogni altro rimescola il fango infimo nell'uomo; conoscevo troppo bene quella bassa specie di concupiscenza da cui nulla ci può difendere, quella tremenda febbre sessuale che per alcuni mesi m'aveva tenuto avvinto a una donna odiata e disprezzata, a Teresa Raffo. Ed ora i sentimenti di bontà, di pietà e di forza, che m'erano necessari per sostenere il confronto con Giuliana e per insistere nel proposito primitivo, si movevano in me come vapori vaghi su un fondo limaccioso, pieno di gorgogli sordi, infido.

Mancava poco a mezzanotte, quando io uscii dalla mia stanza per andare verso quella di Giuliana. Tutti i rumori erano cessati. La Badiola riposava in un silenzio profondo. Stetti in ascolto; e mi parve quasi di sentir salire nel silenzio la respirazione calma di mia madre, di mio fratello, delle mie figliuole, degli esseri inconsapevoli e puri. Mi riapparve il volto di Maria addormentata, quale io l'avevo veduto la notte innanzi. Mi apparvero anche gli altri volti; e in ciascuno era un'espressione di riposo, di pace, di bontà. Un intenerimento subitaneo m'invase. La felicità, nel giorno innanzi per un momento intraveduta e scomparsa, ribalenò al mio spirito immensa. Se nulla fosse accaduto, se io fossi rimasto nella piena illusione, che notte sarebbe stata quella! Sarei andato verso Giuliana come verso una persona divina. E quale cosa avrei potuto desiderare più dolce di quel silenzio intorno all'ansietà del mio amore?

Passai per la stanza dove la sera innanzi avevo ricevuto dalla bocca di mia madre la rivelazione improvvisa. Riudii l'orologio a pendolo che aveva segnata l'ora; e, non so perché, quel tic tac sempre eguale aumentò la mia ambascia. Non so perché, mi parve di sentir rispondere alla mia l'ambascia di Giuliana, a traverso lo spazio che ancóra ci divideva, con un'accelerazione di palpiti concorde. Camminai diretto, senza più soffermarmi, senza evitare lo strepito dei passi. Non picchiai all'uscio ma d'un tratto l'apersi; entrai. Giuliana era là, davanti a me, in piedi, con una mano poggiata all'angolo di un tavolo, immobile, più rigida di un'erma.

Vedo ancóra tutto. Nulla mi sfuggì allora; nulla mi sfugge. Il mondo reale era completamente svanito. Non restava più se non un mondo fittizio in cui respiravo ansioso, col cuore compresso, incapace di proferire una sillaba, ma pur tuttavia singolarmente lucido, come davanti a una scena di teatro. Una candela ardeva sul tavolo, aggiungendo evidenza a quell'aspetto di finzione scenica poiché la fiammella mobile pareva agitare intorno a sé quel vago orrore che lasciano nell'aria con un gran gesto disperato o minaccioso gli attori d'un dramma.

La strana sensazione si dissipò quando alfine, non potendo più sopportare quel silenzio e l'immobilità marmorea di Giuliana, proferii le prime parole. Il suono della mia voce fu diverso da quel che credevo al momento d'aprire le labbra. Involontariamente, la mia voce fu dolce, tremula, quasi timida.

— M'aspettavi?

Ella teneva le palpebre abbassate. Senza sollevarle, rispose:

— Sì.

Io guardavo il suo braccio, quel braccio immobile come un puntello, che pareva sempre più irrigidirsi su la mano poggiata all'angolo del tavolo. Temevo che quel sostegno fragile, a cui era affidata tutta la persona, da un momento all'altro cedesse ed ella stramazzasse di schianto.

— Tu sai perché io sono venuto — soggiunsi, con estrema lentezza, svellendomi dal cuore le parole a una a una.

Ella tacque.

— È vero — seguitai — è vero... quel che ho saputo da mia madre?

Ancóra tacque. Parve raccogliere tutte le sue forze. Strana cosa: in quell'intervallo io non credetti assolutamente impossibile che ella rispondesse no.

Rispose (piuttosto che udire le parole io le vidi disegnarsi su le labbra esangui):

— È vero.

Ricevei in mezzo al petto un urto che forse fu più fiero di quel che m'avevan dato le parole di mia madre. Già tutto io sapevo; avevo già vissuto ventiquattro ore nella certezza; eppure quella conferma così chiara e precisa mi atterrò, come se per la prima volta mi si rivelasse la verità incommutabile.

— È vero! — ripetei, istintivamente, parlando a me stesso, avendo una sensazione simile forse a quella che avrei avuta se mi fossi ritrovato vivo e conscio in fondo a una voragine.

Allora Giuliana sollevò le palpebre; fissò le sue pupille nelle mie con una specie di spasmodica violenza.

— Tullio, — disse — ascoltami.

Ma la soffocazione le spense la voce nella gola.

— Ascoltami. Io so quel che debbo fare. Ero risoluta a tutto per risparmiarti quest'ora: ma il destino ha voluto che fino a quest'ora io vivessi per soffrire la cosa più orribile, la cosa di cui avevo uno spavento folle (ah, tu m'intendi) mille volte più che della morte: Tullio, Tullio, il tuo sguardo...

Un'altra soffocazione l'arrestò, nel punto in cui la sua voce diveniva così straziante che mi dava l'impressione fisica d'un dilaceramento delle fibre più segrete. Io mi lasciai cadere su una sedia, accanto al tavolo; e mi presi la testa fra le palme, aspettando ch'ella seguitasse.

— Dovevo morire, prima di giungere a quest'ora. Da tanto tempo dovevo morire! Sarebbe stato meglio, certo, che io non fossi venuta qui. Sarebbe stato meglio che, tornando da Venezia, tu non m'avessi più trovata. Io sarei morta, e tu non avresti conosciuta questa vergogna; mi avresti rimpianta, forse mi avresti sempre adorata. Io sarei rimasta forse per sempre il tuo grande amore, il tuo *unico* amore, come dicevi ieri... Non avevo paura della morte, sai; non ho paura. Ma il pensiero delle nostre bambine, di nostra madre, m'ha fatto differire di giorno in giorno l'esecuzione. Ed è stata un'agonia, Tullio, un'agonia inumana, dove ho consumato non una ma mille vite. E sono ancóra viva!

Soggiunse, dopo una pausa:

— Com'è possibile che, con una salute così miserabile, io abbia tanta resistenza a soffrire? Sono disgraziata anche in questo. Vedi: io pensavo consentendo a venire qui con te, io pensavo: «Certamente mi ammalerò; quando sarò giunta là, mi dovrò mettere a letto; e non mi leverò più. Sembrerà che io muoia di morte naturale. Tullio non saprà mai nulla, non sospetterà mai di nulla. Tutto sarà finito.» Invece, mi veggo ancóra in piedi; e tu sai ogni cosa; e tutto è perduto, senza riparo.

Era sommessa la sua voce, debolissima, eppure lacerante come un grido acuto e iterato. Io mi stringevo le tempie e sentivo il battito così forte che n'avevo quasi ribrezzo come se le arterie fossero scoppiate fuori della cute e aderissero nude alle mie palme con la loro tunica molle e calda.

— La mia unica preoccupazione era di nasconderti la verità, non per me, ma per te, per la tua salvezza. Tu non saprai mai quali terrori mi abbiano agghiacciata, quali angosce mi abbiano soffocata. Tu, dal giorno che siamo giunti qui fino a ieri, hai sperato, hai sognato, sei stato quasi felice. Ma imagina la mia vita qui, col mio segreto, accanto a tua madre, in questa casa benedetta! Mi dicesti ieri a Villalilla, mentre eravamo a tavola, raccontandomi quelle cose tanto dolci che mi straziavano, mi dicesti: « Tu non sapevi nulla, non t'accorgevi di nulla. » Ah, non è vero! Tutto sapevo, tutto indovinavo. E, quando sorprendevo nei tuoi occhi la tenerezza, mi sentivo cadere l'anima. Ascoltami, Tullio. Ho nella bocca la verità, la pura verità. Io sono qui, davanti a te, come una moribonda. Non potrei mentire. Credi a quel che ti dico. Non penso a discolparmi, non penso a difendermi. Oramai tutto è finito. Ma voglio dirti una cosa che è la verità. Tu sai come ti ho amato dal primo giorno che ci vedemmo. Per anni, per anni, ti sono stata devota, ciecamente, e non negli anni della felicità soltanto ma in quelli della sventura, quando in te s'era stancato l'amore. Tu lo sai, Tullio. Hai potuto sempre fare di me quel che hai voluto. Hai trovato sempre in me l'amica, la sorella, la moglie, l'amante, pronta a qualunque sacrificio per il tuo piacere. Non credere, Tullio, non credere che io ti ricordi la mia lunga devozione per accusarti; no, no. Neppure una stilla di amarezza ho nell'anima per te; intendi? neppure una stilla. Ma lascia, in quest'ora, che io ti ricordi la devozione e la tenerezza durate per tanti anni e che io ti parli d'amore, del mio amore *non interrotto, non cessato mai,* intendi?, *non cessato mai.* Credo che la mia passione per te non sia stata mai così intensa come in queste ultime settimane. Tu mi raccontavi ieri tutte quelle cose... Ah se io potessi raccontarti la mia vita di questi ultimi giorni! Tutto sapevo di te, tutto indovinavo; ed ero costretta a fuggirti. Più di una volta sono stata per caderti nelle braccia, per chiudere gli occhi e lasciarmi prendere da te, nei momenti di debolezza e di stanchezza estrema. L'altra mattina, la mattina di sabato, quando tu entrasti qui con quei fiori, io ti guardai e mi sembrasti *quello d'una volta*, così acceso, com'eri, sorridente, gentile, con gli occhi lucidi. E mi mostrasti le scalfitture che avevi nelle mani! Un impeto mi venne, di prenderti le mani e di baciartele... Chi mi diede la forza di contenermi? *Non mi sentivo degna.* E vidi in un lampo tutta la felicità che tu mi offrivi con quei fiori, tutta la felicità a cui dovevo rinunziare per sempre. Ah, Tullio, il mio cuore è a tutta prova se ha potuto resistere a certe strette. Ho la vita tenace.

Ella pronunziò quest'ultima frase con una voce più sorda, con un accento indefinibile, quasi d'ironia e d'ira. Io non osavo alzare il viso e guardarla. Le sue parole mi davano un'atroce sofferenza; eppure io tremavo quando ella faceva una pausa. Temevo che ad un tratto le mancassero le forze e che ella non potesse più continuare. E io aspettavo dalla sua bocca altre confessioni, altri lembi d'anima.

— Grande errore — ella continuò — grande errore non esser morta prima del tuo ritorno da Venezia. Ma la povera Maria, ma la povera Natalia, come le avrei lasciate?

Ella esitò un poco.

— Te anche, forse, avrei lasciato male... Ti

avrei lasciato qualche rimorso. La gente ti avrebbe accusato. Non avremmo potuto nascondere a nostra madre... Ella ti avrebbe domandato: « Perché ha voluto morire? » Sarebbe giunta a conoscere la verità che le abbiamo nascosta fino ad ora... Povera santa!

Le si chiudeva la gola, forse; perché la sua voce si affiochiva, prendeva un tremolio di pianto contenuto. Lo stesso nodo serrava la mia gola.

— Ci pensai. Anche pensai, quando tu volesti condurmi qui, che ero divenuta indegna di lei, indegna d'essere baciata su la fronte, d'essere chiamata figliuola. Ma tu sai come noi siamo deboli, come facilmente ci abbandoniamo alla forza delle cose. Io non speravo più nulla; sapevo bene che, fuori della morte, non c'era altro scampo per me; sapevo bene che ogni giorno più il cerchio si stringeva. Eppure, lasciavo passare i giorni a uno a uno, senza risolvermi. E avevo un mezzo sicuro per morire!

Ella s'arrestò. Obedendo a un impulso repentino, io levai il viso e la guardai fissamente. Un gran fremito la scosse. E tanto fu manifesto il male che io le facevo guardandola, che di nuovo abbassai la fronte. Ripresi la mia attitudine.

Ella stava ancóra in piedi. Sedette.

Seguì un intervallo di silenzio.

— Credi tu — ella mi domandò, con una timidezza penosa — credi tu che la colpa sia grave, quando l'anima non consente?

Bastò quell'accenno alla *colpa* per rimescolare in me d'un tratto il torbido fondo che s'era quietato; e una specie di rigurgito amaro mi salì alla bocca. Involontariamente mi uscì dalle labbra il sarcasmo. Dissi, facendo segno di sorridere:

— Povera anima!

Apparve sul volto di Giuliana un'espressione di dolore così intensa che io subito provai una fitta di pentimento acutissima. M'accorsi che non avrei potuto farle una ferita più cruda e che l'ironia in quell'ora, contro quella creatura sommessa, era la peggiore delle viltà.

— Perdonami — ella disse con l'aspetto di una donna colpita a morte (e mi parve proprio ch'ella avesse l'occhio dolce, triste, quasi infantile che avevo veduto qualche volta ai feriti adagiati nelle barelle) — perdonami. Anche tu ieri parlasti di anima... Tu pensi ora: « *Queste sono le cose che le donne dicono, per farsi perdonare.* » Ma io non cerco di farmi perdonare. So che il perdono è impossibile, che l'oblio è impossibile. So che non c'è scampo. Intendi? Volevo soltanto farmi perdonare da te i baci che ho presi da tua madre...

Ancóra era sommessa la sua voce, debolissima, eppure lacerante come un grido acuto e iterato.

— Mi sentivo su la fronte un peso di dolore così grande che non per me, Tullio, ma per quel dolore, soltanto per quel dolore accettavo su la fronte i baci di tua madre. E se io ero indegna, quel dolore era degno. Tu puoi perdonarmi.

Ebbi un moto di bontà, di pietà, ma non cedetti. Io non la guardavo negli occhi. Il mio sguardo andava involontariamente al grembo, come per scoprire i segni della cosa tremenda; e facevo sforzi enormi per non contorcermi negli accessi di spasimo, per non darmi ad atti insensati.

— Certi giorni differivo d'ora in ora l'esecuzione del mio proposito; e il pensiero di questa casa, di ciò che sarebbe accaduto dopo in questa casa, mi toglieva il coraggio. E così svanì anche la speranza di poterti nascondere la verità, di poterti salvare; perché fin dai primi giorni la mamma indovinò il mio stato. Ti ricordi tu di quel giorno che là alla finestra per l'odore delle violacciocche, ebbi un disturbo? Fin da allora, la mamma se ne accorse. Imagina i miei terrori! Io pensavo: « Se mi uccido, Tullio avrà la rivelazione dalla madre. Chi sa fin dove giungeranno le conseguenze del male che ho fatto! » E mi divoravo l'anima, giorno e notte, per trovare il modo di salvarti. Quando tu domenica mi domandasti: « Vuoi che andiamo martedì a Villalilla? » io acconsentii senza riflettere, mi abbandonai al destino, mi affidai alla forza del caso, alla ventura. Ero certa che quello sarebbe stato il mio ultimo giorno. Questa certezza mi esaltava, mi dava una specie di demenza. Ah, Tullio, ripensa alle tue parole di ieri e dimmi se comprendi ora il mio martirio... Lo comprendi?

Ella si chinò, si protese verso di me, come per spingermi dentro l'anima la sua domanda angosciosa; e, tenendo le dita intrecciate, si torceva le mani.

— Non m'avevi mai parlato così; non avevi mai avuta quella voce. Quando là, al sedile, tu mi domandasti: « *È troppo tardi, forse?* » io ti guardai e il tuo viso mi fece paura. Potevo risponderti: « Sì, è troppo tardi »? Potevo spezzarti il cuore a un tratto? Che sarebbe accaduto di noi? E allora volli concedermi l'ultima ebrezza, diventai folle, non vidi più che la morte e la mia passione.

Ella era divenuta stranamente rauca. Io la guardavo; e mi pareva di non riconoscerla, tanto era trasfigurata. Una convulsione contraeva tutte le linee del suo viso; il labbro inferiore le tremava forte; gli occhi le ardevano d'un ardore febrile.

— Mi condanni? — domandò rauca ed acre. — Mi disprezzi per quel che feci ieri?

Si coprì il viso con le mani. Poi, dopo una pausa, con un accento indefinibile di strazio, di voluttà e di orrore, con un accento venutole chi sa da quale abisso dell'essere, ella soggiunse:

— Iersera, *per non distruggere quel che di te m'era rimasto nel sangue*, indugiavo a prendere il veleno.

Le mani le ricaddero. Ella scosse da sé la debolezza, con un atto risoluto. La sua voce divenne più ferma.

— Il destino ha voluto che io vivessi fino a quest'ora. Il destino ha voluto che tu sapessi da tua madre la verità: da tua madre! Iersera, quando tu rientrasti qui, sapevi tutto. E tacesti, e davanti a tua madre mi baciasti la guancia che io ti offrivo. Lascerai che prima di morire io ti baci le mani. Non ti chiedo altro. T'ho aspettato per obedirti. Sono pronta a tutto. Parla.

Io dissi:

— È necessario che tu viva.

— Impossibile, Tullio; impossibile — ella esclamò. — Hai tu pensato *a quel che accadrebbe se io vivessi?*

— Ho pensato. È necessario che tu viva.

— Orrore!

Ed ella ebbe un sussulto violento, un moto istintivo di raccapriccio, forse perché sentì nelle sue viscere *quell'altra vita,* il nascituro.

— Ascoltami, Tullio. Oramai tu sai tutto; oramai non debbo uccidermi per nasconderti una vergogna, per evitare di ritrovarmi innanzi a te. Tu sai tutto; e siamo qui, e possiamo ancóra guardarci, possiamo ancóra parlare! Si tratta di ben altro. Io non penso di eludere la tua vigilanza per darmi la morte. Io voglio anzi che tu mi aiuti a scomparire nel modo più naturale che sia possibile per non destare sospetti qui nella casa. Ho due veleni: la morfina e il sublimato corrosivo. Forse non servono. Forse è difficile tener celato un avvelenamento. E bisogna che la mia morte sembri involontaria, cagionata da un caso qualunque, da una disgrazia. Intendi? In questo modo noi raggiungeremo lo scopo. Il segreto rimarrà fra noi due...

Ella ora parlava rapidamente, con una espressione di serietà ferma, come se ragionasse per persuadermi ad accettare un accordo utile, non un patto di morte, non una parte di complice nell'attuazione d'un proposito insensato. Io lasciavo ch'ella continuasse. Una specie di fascino strano mi faceva rimaner là a guardare, ad ascoltare quella creatura così fragile, così pallida, così malata, in cui entravano onde di energia morale così veementi.

— Ascoltami, Tullio. Ho un'idea. Federico m'ha raccontato la tua follia di oggi, il pericolo che hai corso oggi su l'argine dell'Assòro, m'ha raccontato tutto. Io pensavo, tremando: « Chi sa per quale impeto di dolore s'è gittato a quel rischio! » E, ancóra pensando, m'è parso di comprendere. Ho avuta una divinazione. E tutte le altre tue sofferenze future mi si sono affacciate all'anima: sofferenze da cui nulla ti potrebbe difendere, sofferenze che aumenterebbero di giorno in giorno, inconsolabili, intollerabili. Ah, Tullio, certo tu le hai già presentite e pensi che non potresti sostenerle. Un solo mezzo c'è per salvare te, me, le nostre anime, il nostro amore; sì, lasciami dire: *il nostro amore*. Lasciami ancóra credere alle tue parole di ieri e lasciami ripetere che io ti amo ora come non t'ho amato mai. Appunto per questo, appunto perché noi ci amiamo, bisogna che io sparisca dal mondo, bisogna che tu non mi veda più.

Fu straordinaria l'elevazione morale che rialzò la voce, tutta la persona di lei, in quell'istante. Un gran fremito mi agitò; un'illusione fugace si impadronì del mio spirito. Credetti che veramente in quell'istante il mio amore e l'amore di quella donna si trovassero di fronte alti d'una smisurata altezza ideale e scevri di miseria umana, non macchiati di colpa, intatti. Riebbi per pochi attimi la stessa sensazione provata in principio quando il mondo reale m'era parso completamente vanito. Poi, come sempre, il fenomeno inevitabile si compì. Quello stato di conscienza non mi appartenne più, si fece obbiettivo, mi diventò *estraneo*.

— Ascoltami — seguitò ella, abbassando la voce, come per tema che qualcuno udisse. — Ho mostrato a Federico un gran desiderio di rivedere il bosco, le carbonare, tutti quei luoghi. Domattina Federico non potrà accompagnarci perché dovrà tornare a Casal Caldore. Andremo noi due soli. Federico m'ha detto che potrò montare *Favilla*. Quando saremo su l'argine... farò quel che tu hai fatto stamani. Accadrà una disgrazia. Federico m'ha detto che è impossibile salvarsi dall'Assòro... Vuoi?

Sebbene ella proferisse parole coerenti, sembrava in preda a una specie di delirio. Un rossore insolito le accendeva la sommità delle gote, e gli occhi le splendevano straordinariamente.

Una visione del fiume sinistro mi passò nello spirito, rapida.

Ella ripeté, tendendosi verso di me:

— Vuoi?

Io m'alzai, le presi le mani. Volevo calmare la sua febbre. Una pena e una pietà immense mi premevano. E la mia voce fu dolce, fu buona; tremò di tenerezza.

— Povera Giuliana! Non t'agitare così. Tu soffri troppo; il dolore ti fa insensata, povera anima! Bisogna che tu abbia molto coraggio; bisogna che tu non pensi più alle cose che hai dette... Pensa a Maria, a Natalia... Io ho accettato questo castigo. Per tutto il male che ho fatto, forse meritavo questo castigo. L'ho accettato; lo sopporterò. Ma è necessario che tu viva. Mi prometti, Giuliana, per Maria, per Natalia, per quanto hai cara la mamma, per le cose che io ti dissi ieri, mi prometti che in nessun modo cercherai di morire?

Ella teneva il capo chino. E d'un tratto, liberando le sue mani, afferrò le mie e si mise a baciarmele furiosamente; e io sentii su la mia pelle il caldo della sua bocca, il caldo delle sue lacrime. E, come io tentavo di sottrarmi, ella dalla sedia cadde in ginocchio, senza lasciarmi le mani, singhiozzando, mostrandomi la sua faccia sconvolta, dove il pianto colava a rivi, dove la contrazione della bocca rivelava l'indicibile spasimo da cui tutto l'essere era convulso. E, senza poterla rialzare, senza poter più parlare, soffocato da un accesso violento d'ambascia, soggiogato dalla forza dello spasimo che contraeva quella povera bocca smorta, abbandonato da qualunque rancore, da qualunque orgoglio, non provando se non la cieca paura della vita, non sentendo nella donna prostrata e in me se non la sofferenza umana, l'eterna miseria umana, il danno delle trasgressioni inevitabili, il peso della nostra carne bruta, l'orrore delle fatalità inscritte nelle radici stesse del nostro essere e inabolibili, tutta la corporale tristezza del nostro amore, anch'io caddi in ginocchio d'innanzi a lei per un bisogno instintivo di prostrarmi, di uguagliarmi anche nell'attitudine alla creatura che soffriva e che mi faceva soffrire. E anch'io ruppi in singhiozzi. E ancóra una volta, dopo tanto, rimescolammo le nostre lacrime, ahimè!, che erano così cocenti e che non potevano mutare il nostro destino.

XVI

Chi saprà mai rendere con le parole quel senso di aridità desolata e di stupore, che resta nell'uomo dopo uno spargimento inutile di pianto, dopo un parosismo d'inutile disperazione? Il pianto è un fenomeno passeggero, ogni crisi deve risolversi, ogni eccesso è breve; e l'uomo si ritrova esausto, quasi direi disseccato, più che mai convinto della propria impotenza, corporalmente stupido e triste, d'innanzi alla realtà impassibile.

Io primo terminai di piangere; io primo riebbi negli occhi la luce; io primo feci attenzione alla positura della mia persona, a quella di Giuliana, alle cose circostanti. Eravamo ancóra in ginocchio l'uno di fronte all'altra, sul tappeto; e ancóra qualche singulto scoteva Giuliana. La candela ardeva sul tavolo, e la fiammella si moveva a quando a quando come inchinata da un soffio. Nel silenzio il mio orecchio percepì il piccolo rumore d'un orologio che doveva essere nella stanza, posato in qualche luogo. La vita scorreva, il tempo fuggiva. La mia anima era vuota e sola.

Passata la veemenza del sentimento, passata quell'ebrietà di dolore, le nostre attitudini non avevano più significato, non avevano più ragion d'essere. Bisognava che io mi alzassi, che io sollevassi Giuliana, che io dicessi qualche cosa, che quella scena avesse una chiusura definitiva; ma io provavo per tutto ciò una strana ripugnanza. Mi pareva di non essere più capace del minimo sforzo materiale e morale. M'incresceva di trovarmi là, in quelle necessità, in quelle difficoltà, costretto a quella continuazione. E una specie di rancore sordo incominciò a muoversi vagamente in fondo a me, contro Giuliana.

M'alzai. L'aiutai ad alzarsi. Ciascun singulto, che ancóra a quando a quando la scoteva, aumentava in me quel rancore inesplicabile.

È proprio vero dunque che qualche parte di odio si cela in fondo ad ogni sentimento che accomuna due creature umane, cioè che ravvicina due egoismi. È proprio vero dunque che questa parte d'odio immancabile disonora sempre i nostri più teneri abbandoni, i nostri migliori impeti. Tutte le belle cose dell'anima portano in loro un germe di corruzione latente, e devono corrompersi.

Io dissi (e temevo che la voce mio malgrado non fosse abbastanza dolce):

— Càlmati, Giuliana. Ora bisogna che tu sii forte. Vieni, siedi qui. Càlmati. Vuoi un poco d'acqua da bere? Vuoi qualche cosa da odorare? Dimmi tu.

— Sì, un poco d'acqua. Cerca là, nell'alcova, sul tavolo da notte.

Ella aveva ancora una voce di pianto; e si asciugava la faccia con un fazzoletto, seduta su un divano basso, di contro al grande specchio d'un armario. Il singulto le durava ancóra.

Entrai nell'alcova per prendere il bicchiere. Nella penombra scorsi il letto. Era già preparato: un lembo delle coperte era rialzato e discostato, una lunga camicia bianca era posata presso il guanciale. Sùbito il mio senso acuto e vigile percepì il fievole odore della batista, un odore svanito d'ireos e di mammola che conoscevo. La vista del letto, l'odore noto mi diedero un turbamento profondo. In fretta versai l'acqua ed uscii per portare il bicchiere a Giuliana che aspettava.

Ella bevve qualche sorso, a riprese, mentre io, in piedi davanti a lei, la guardavo notando l'atto della sua bocca. Disse:

— Grazie, Tullio.

E mi rese il bicchiere non vuotato se non a metà. Come avevo sete, io bevvi il resto dell'acqua. Bastò quel piccolo fatto irriflessivo per aumentare in me il turbamento. Sedetti anch'io sul divano. E tacemmo, ambedue assorti nel nostro pensiero, separati da un breve spazio.

Il divano con le nostre figure si rifletteva nello specchio dell'armario. Senza guardarci noi potevamo vedere i nostri volti ma non bene distinti perché la luce era scarsa e mobile. Io consideravo fissamente nel fondo vago dello specchio la figura di Giuliana che prendeva a poco a poco nella sua immobilità un aspetto misterioso, l'inquietante fascino di certi ritratti femminili oscurati dal tempo, l'intensa vita fittizia degli esseri creati da una allucinazione. Ed accadde che a poco a poco quell'imagine discosta mi sembrò più viva della persona reale. Accadde che a poco a poco in quell'imagine io vidi la donna delle carezze, la donna di voluttà, l'amante, l'infedele.

Chiusi gli occhi. L'Altro comparve. Una delle note visioni si formò.

Io pensavo: « Ella non ha finora mai alluso direttamente alla sua caduta, al modo della sua caduta. Una sola frase significante ella ha proferito: — Credi tu che la colpa sia grave, *quando l'anima non consente?* — Una frase! E che ha voluto ella significare? Si tratta d'una delle solite distinzioni sottili che servono a scusare e ad attenuare tutti i tradimenti e tutte le infamie. Ma, insomma, quale specie di relazione è corsa tra lei e Filippo Arborio, oltre quella carnale innegabile? E in quali circostanze ella s'è abbandonata? » Un'atroce curiosità mi pungeva. Le suggestioni mi venivano dalla mia stessa esperienza. Mi tornavano alla memoria, precise, certe particolari maniere di cedere usate da alcune delle mie antiche amanti. Le imagini si formavano, si mutavano, si succedevano lucide e rapide. Rivedevo Giuliana, quale l'avevo veduta in giorni lontani, sola nel vano d'una finestra, con un libro su le ginocchia, tutta languida, pallidissima, nell'attitudine di chi sia per venir meno, mentre un'alterazione indefinibile, come una violenza di cose soffocate, passava ne' suoi occhi troppo neri. - Era stata sorpresa da colui in uno di quei languori, nella mia casa stessa, ed aveva patita la violazione in una specie d'inconsapevolezza, e risvegliandosi aveva provato orrore e disgusto dell'atto irreparabile, e aveva scacciato colui e non l'aveva più riveduto? Oppure aveva consentito a recarsi in qualche luogo segreto, in un piccolo appartamento remoto, forse in una delle camere mobiliate per ove passano le sozzure di cento adulterii, e aveva ricevuto e prodigato sul medesimo guanciale tutte le carezze, non una sola volta, ma più volte, ma molti giorni di séguito, ad ore stabilite, nella sicurtà procuratale dalla mia incuranza? - E rividi Giuliana davanti allo specchio nel giorno di novembre, la sua attitudine nell'appuntare il velo al cappello, il colore del suo abito, e poi il suo passo leggero « sul marciapiede dalla parte del sole ». Quella mattina era andata a un ritrovo forse?

Io soffrivo una tortura senza nome. La smania di sapere mi torceva l'anima; le imagini fisiche mi esasperavano. Il rancore contro Giuliana diveniva più acre; e il ricordo delle voluttà recenti, il ricordo del letto nuziale di Villalilla, quel che di lei m'era rimasto nel sangue, alimentavano una cupa fiamma. Dalla sensazione che mi dava la vicinanza del corpo di Giuliana, da uno speciale tremito io m'accorsi che ero già caduto in preda alla ben nota febbre della gelosia sessuale e che per non cedere a un impeto odioso bisognava fuggire. Ma la mia volontà pareva colpita da paralisi; io non ero padrone di me. Rimanevo là, tenuto da due forze contrarie, da una repulsione e da una attrazione interamente fisiche, da una concupiscenza mista a disgusto, da un oscuro contrasto che io non potevo sedare perché si svolgeva nell'infimo della mia sostanza bruta.

L'Altro, dall'istante in cui era comparso, era rimasto di continuo innanzi a me. Era Filippo

Arborio? Avevo proprio indovinato? Non m'ingannavo?

Mi voltai verso Giuliana all'improvviso. Ella mi guardò. La domanda repentina mi rimase strozzata nella gola. Abbassai gli occhi, piegai il capo; e, con la stessa tensione spasmodica che avrei provato nello strapparmi da una parte del corpo un lembo di carne viva, osai chiedere:

— Il nome di *quell'uomo?*

La mia voce era tremante e roca, e faceva male a me medesimo.

Alla domanda inaspettata, Giuliana trasalì; ma tacque.

— Non rispondi? — incalzai, sforzandomi di comprimere la collera che stava per invasarmi, quella collera cieca che già la notte innanzi nell'alcova era passata sul mio spirito come una raffica.

— Oh mio Dio! — ella gemette angosciosamente, abbattendosi sul fianco, nascondendo la faccia in un cuscino. — Mio Dio, mio Dio!

Ma io volevo sapere; io volevo strapparle la confessione ad ogni costo.

— Ti ricordi — seguitai — ti ricordi tu di quella mattina che entrai nella tua stanza all'improvviso, su i primi di novembre? Ti ricordi? Entrai non so perché: perché tu cantavi. Cantavi *l'aria* di Orfeo. Eri quasi pronta per uscire. Ti ricordi? Io vidi un libro su la tua scrivania, l'apersi, lessi sul frontespizio una dedica... Era un romanzo: *Il Segreto...* Ti ricordi?

Ella rimaneva abbattuta sul cuscino, senza rispondere. Mi chinai verso di lei. Tremavo d'un ribrezzo simile a quello che precede il freddo della febbre. Soggiunsi:

— È forse colui?

Ella non rispose, ma si sollevò con un impeto disperato. Pareva demente. Fece l'atto di gettarsi su me, poi si trattenne.

— Abbi pietà! Abbi pietà! — proruppe. — Lasciami morire! Questo che tu mi fai soffrire è peggiore di qualunque morte. Tutto ho sopportato, tutto potrei sopportare; ma questo non posso, non posso... Se io vivrò, sarà per noi un martirio di tutte l'ore, ed ogni giorno più sarà terribile. E tu mi odierai: tutto il tuo odio mi verrà sopra. Lo so, lo so. Ho già sentito l'odio nella tua voce. Abbi pietà! Lasciami prima morire!

Pareva demente. Aveva il bisogno smanioso di aggrapparsi a me; e, non osando, si torceva le mani per trattenersi, con un orgasmo di tutta la persona. Ma io la presi per le braccia, l'attirai a me.

— Non saprò dunque nulla? — le dissi quasi su la bocca, divenuto anch'io demente, incitato da un istinto crudele che rendeva rudi le mie mani.

— T'amo, t'ho amato sempre, sono stata sempre tua, sconto con quest'inferno un minuto di debolezza, intendi?, *un minuto di debolezza...* È la verità. Non senti che è la verità?

Ancóra un attimo lucido; e poi l'effetto d'un impulso cieco, selvaggio, inarrestabile.

Ella cadde sul cuscino rovescia. Le mie labbra soffocarono il suo grido.

XVII

Molte cose quella stretta violenta aveva soffocate. « Selvaggio! Selvaggio!» Io rivedevo le lacrime mute che avevano riempito a Giuliana il cavo degli occhi; riudivo il rantolo ch'ella aveva emesso nel sussulto supremo, un rantolo d'agonizzante. E mi ripassava per l'anima un'onda di quella tristezza, non somigliante a nessun'altra, che dopo l'atto m'era piombata sopra. « Ah, veramente selvaggio!» La prima suggestione del delitto non era entrata in me proprio allora? Non s'era affacciata alla mia conscienza, durante la furia, un'intenzione micidiale?

E ripensavo alle amare parole di Giuliana: « Ho la vita tenace.» Non la tenacità della sua vita mi pareva straordinaria ma quella dell'*altra vita* ch'ella portava dentro; e contro quella appunto io m'esasperavo, contro quella incominciavo a macchinare.

Non erano ancóra manifesti nella persona di Giuliana i segni esterni: l'allargamento dei fianchi, l'aumento del volume del ventre. Ella si trovava dunque ancóra ai primi mesi: forse al terzo, forse al principio del quarto. Le aderenze che univano il feto alla matrice dovevano esser deboli. L'aborto doveva essere facilissimo. Come mai le violente commozioni della giornata di Villalilla e di quella notte, gli sforzi, gli spasimi, le contratture, non l'avevano provocato? Tutto m'era avverso, tutti i casi congiuravano contro di me. E la mia ostilità diveniva più acre.

Impedire che il figlio nascesse era il mio segreto proposito. Tutto l'orrore della nostra condizione veniva dalla antiveggenza di quella natività, dalla minaccia dell'intruso. Come mai Giuliana, al primo sospetto, non aveva tentato ogni mezzo per distruggere il concepimento infame? Era stata ella trattenuta da un pregiudizio, da una paura, da una ripugnanza istintiva di madre? Aveva ella un senso materno anche per il feto adulterino?

E io consideravo la vita avvenire, divinata con una specie di chiaroveggenza. - Giuliana dava alla luce un maschio, unico erede del nostro antico nome. Il figliuolo non mio cresceva, incolume; usurpava l'amore di mia madre, di mio fratello; era careggiato, adorato a preferenza di Maria e Natalia, delle mie creature. La forza dell'abitudine quietava i rimorsi in Giuliana, ed ella si abbandonava al suo sentimento materno, senza ritegno. E il figliuolo non mio cresceva protetto da lei, per le cure assidue di lei; si faceva robusto e bello; diveniva capriccioso come un piccolo despota; s'impadroniva della mia casa. — Queste visioni a poco a poco si particolarizzavano. Certe rappresentazioni fantastiche assumevano il rilievo e il movimento di una scena reale; e qualche tratto d'una tal vita fittizia si imprimeva così forte nella mia coscienza da restarvi notato per un certo tempo con tutti i caratteri di una realtà. La figura del fanciullo era infinitamente variabile; i suoi atti, i suoi gesti erano diversissimi. Ora io me lo figuravo esile, pallido, taciturno, con una grossa testa pesante inchinata sul petto; ora tutto roseo, rotondo, gaio, loquace, pieno di vezzi e di blandizie, singolarmente amorevole verso di me, buono; ora invece tutto nervi, bilioso, un po' felino, pieno d'intelligenza e d'istinti malvagi, duro con le sorelle, crudele verso gli animali, incapace di tenerezze, indisciplinabile. A poco a poco questa ultima figurazione si sovrappose alle altre, le eliminò permanendo, si raffermò in un tipo preciso, si animò di una intensa vita fittiva, prese perfino un nome: il nome già da tempo stabilito per l'erede mascolino, il nome di mio padre: Raimondo.

Il piccolo fantasma perverso era una emanazione diretta del mio odio; aveva contro di me la stessa inimicizia che io avevo contro di lui; era un nemico, un avversario col quale stavo per impegnare la lotta. Egli era la mia vittima ed io ero la sua. Ed io non potevo sfuggirgli, egli non poteva sfuggirmi. Eravamo ambedue chiusi in un cerchio d'acciaio.

I suoi occhi erano grigi come quelli di Filippo Arborio. Tra le varie espressioni del suo sguardo una mi colpiva più spesso, in una scena imaginaria che ogni tanto si ripeteva. La scena era questa: - Io entrava senza sospetto in una stanza immersa nell'ombra, piena d'un silenzio singolare. Credevo d'esser solo, là dentro. A un tratto, volgendomi, m'accorgevo della presenza di Raimondo che mi guardava fiso con i suoi occhi grigi e malvagi. M'assaliva subitamente la tentazione del delitto, così forte che, per non gittarmi sul piccolo essere malefico, fuggivo.

XVIII

Il patto dunque tra me e Giuliana pareva concluso. Ella viveva. Ambedue seguitavamo a vivere simulando, dissimulando. Avevamo, come i dipsomani, due vite alterne: una tranquilla, tutta composta di dolci apparenze, di tenerezze filiali, di affetti puri, di atti benigni; l'altra agitata, febrile, torbida, incerta, senza speranza, dominata dall'idea fissa, incalzata sempre da una minaccia, precipitante verso una catastrofe ignota.

Io avevo qualche raro momento in cui l'anima, sfuggendo all'assedio di tante cattive cose, liberandosi dal male che la avvolgeva come di mille tentacoli, si slanciava con un grande anelito verso l'alto ideale di bontà più volte intraveduto. Mi tornavano alla memoria le singolari parole da mio fratello dette sul limite del bosco d'Assòro, riguardanti Giovanni di Scòrdio: « *Farai bene, Tullio, a non dimenticare quel sorriso.* » E quel sorriso su la bocca appassita del vecchio prendeva un significato profondo, diventava straordinariamente luminoso, m'esaltava come la rivelazione d'una suprema verità.

Quasi sempre, in quei rari momenti, un altro sorriso mi riappariva: quello di Giuliana ancóra inferma su i guanciali, il sorriso impreveduto che « s'attenuava, s'attenuava senza estinguersi ». E il ricordo del lontano pomeriggio quieto in cui avevo inebriato d'un'ebrezza ingannevole la povera convalescente dalle mani così bianche; il ricordo della mattina in cui ella s'era levata per la prima volta e a mezzo della stanza m'era caduta fra le braccia ridendo e ansando; il ricordo del gesto veramente divino con cui ella m'aveva offerto l'amore, l'indulgenza, la pace, il sogno, l'oblio, tutte le cose belle e tutte le cose buone, mi davano rimpianti e rimorsi senza fine disperati. La dolce e terribile domanda che Andrea Bolkonsky aveva letto sul viso estinto della principessa Lisa, io la leggevo di continuo sul viso ancor vivente di Giuliana: « Che avete fatto di me? » Nessun rimprovero era uscito dalla sua bocca; per diminuire la gravità della sua colpa ella non aveva saputo rinfacciarmi nessuna delle mie infamie, ella era stata umile d'innanzi al suo carnefice, non una stilla di amaro aveva inasprito le sue parole; eppure i suoi occhi mi ripetevano: « Che hai tu fatto di me? »

Uno strano ardore di sacrificio m'infiammava subitamente, mi spingeva ad abbracciare la mia croce. La grandezza dell'espiazione mi pareva degna del mio coraggio. Mi sentivo una sovrabbondanza di forze, l'anima eroica, l'intelletto illuminato. Andando verso la *sorella* dolorosa, io pensavo: « Troverò la buona parola per consolarla, troverò l'accento fraterno per mitigare il suo dolore, per rialzare la sua fronte. » Ma, giunto alla presenza di lei, non parlavo più. Le mie labbra parevano premute da un suggello infrangibile; tutto il mio essere pareva colpito da un malefizio. La luce interiore si spengeva a un tratto, come per un soffio gelido, d'ignota origine. E nella oscurità incominciava a muoversi, vagamente, quel sordo rancore che io già troppo conoscevo e non potevo reprimere.

Era l'indizio d'un accesso. Balbettavo qualche parola, smarrito, evitando di guardare Giuliana negli occhi; e andavo via, fuggivo.

Più d'una volta rimasi. Perdutamente, quando l'orgasmo diventava insostenibile, io cercavo la bocca di Giuliana; ed erano baci prolungati fino alla soffocazione, erano strette quasi rabbiose, che ci lasciavano più affranti, più tristi, divisi da un abisso più cupo, avviliti da una macchia di più.

« Selvaggio! Selvaggio! » Un'intenzione miciciale era in fondo a quegli impeti, un'intenzione che non osavo confessare a me stesso. - Se una volta alfine le contratture dello spasmo, in una di quelle strette, avessero distaccato dalla matrice il germe tenace! - Io non consideravo il mortale pericolo a cui esponevo Giuliana. Era evidente che, se un caso simile fosse avvenuto, la vita della madre avrebbe corso un grave rischio. Ebbene io da prima, nella mia demenza, non pensai se non alla probabilità di distruggere il figlio. Soltanto più tardi considerai che l'una vita era schiava dell'altra e che con i miei folli tentativi insidiavo l'una e l'altra insieme.

Giuliana infatti, che forse sospettava di quali elementi ignobili si formasse il mio desiderio, non mi resisteva. Le mute lacrime dell'anima calpestata non più le riempivano il cavo degli occhi. Ella rispondeva al mio ardore con un ardore quasi lugubre. Veramente ella aveva talvolta « sudori d'agonizzante e aspetti di cadavere », che mi atterrivano. E una volta mi gridò, fuori di sé, con la voce soffocata:

— Sì, sì, uccidimi!

Compresi. Ella sperava la morte, l'aspettava da me.

XIX

Era incredibile la sua forza nel dissimulare, alla presenza degli inconsapevoli. Ella riusciva ancóra a sorridere! I noti timori per la salute di lei mi davano modo di giustificare certe tristezze che non sapevo nascondere. Tali timori appunto, comuni a mia madre e a mio fratello, facevano sì che nella casa la nuova concezione non fosse festeggiata come le altre e fossero evitati i soliti pronostici ed ogni discorso allusivo. Ed era fortuna.

Ma giunse finalmente alla Badiola il dottor Vebesti.

La sua visita fu rassicurante. Egli trovò Giuliana molto indebolita, osservò in lei qualche disordine nervoso, l'impoverimento del sangue, un disturbo nutritivo generale dell'organismo; ma affermò che il processo della gravidanza non presentava anomalie notevoli e che, migliorate le condizioni generali, anche il processo del parto avrebbe potuto compiersi regolarmente. Inoltre egli mostrò di confidar molto nella tempra eccezionale di Giuliana, dalla quale anche pel passato aveva avuto prove straordinarie di resistenza. Ordinò una cura igienica e dietetica atta a ricostituirla, approvò il soggiorno alla Badiola, raccomandò il metodo, l'esercizio moderato, la tranquillità di spirito.

— Conto specialmente su voi — mi disse, con serietà.

Io rimasi deluso. Avevo riposta in lui una speranza di salvezza ed ecco, la perdevo. Prima del suo arrivo, avevo sperato: « Se dichiarasse necessario, per guarentire la madre, sacrificare il figlio ancóra informe e non vitale! Se dichiarasse necessario provocare ad arte l'aborto per evitare la catastrofe all'epoca della maturità!... Giuliana sarebbe salva, guarirebbe; ed io anche sarei salvo, mi sentirei rinascere. Credo che potrei quasi dimenticare, o, almeno, rassegnarmi. Il tempo chiude tante piaghe e il lavoro consola di tante tristezze. Credo che potrei conquistare la pace, a poco a poco, ed emendarmi, seguire l'esempio di mio fratello, diventar migliore, diventare un Uomo, vivere per gli altri, abbracciare la religione nuova. Credo che potrei ritrovare in questo stesso dolore la mia dignità. — L'uomo a cui è dato soffrire più degli altri, è *degno* di soffrire più degli altri. — Non è un versetto del vangelo di mio fratello? C'è dunque una elezione di dolore. Giovanni di Scòrdio, per esempio, è un eletto. Chi possiede quel sorriso possiede un dono divino. Credo che potrei meritare quel dono... » Avevo sperato. Contraddicendo al mio fervore espiatorio, avevo sperato in una diminuzione di pena!

In fatto, volendo rigenerarmi nella sofferenza, avevo paura di soffrire: un'atroce paura d'affrontare il vero dolore. La mia anima era già sfinita; e, pur avendo intraveduta la grande via ed essendo agitata da aspirazioni cristiane, si metteva per un sentiero obliquo in fondo al quale era l'abisso inevitabile.

Parlando col dottore, mostrando un po' d'incredulità per le sue previsioni rassicuranti, mostrando qualche inquietudine, io trovai il modo di esporgli il mio pensiero. Gli feci intendere che desideravo allontanato per Giuliana il pericolo a qualunque costo e che, se fosse stato necessario, avrei rinunziato al terzogenito senza rammarico. Lo pregai di non nascondermi nulla.

Egli di nuovo mi rassicurò. Mi dichiarò che, anche in un caso disperato, non avrebbe ricorso all'aborto perché, nelle condizioni in cui trovavasi Giuliana, una emorragia sarebbe stata perniciosissima. Mi ripeté che bisognava anzitutto promuovere e sostenere la rigenerazione del sangue, ricostruire l'organismo infiacchito, cercare con ogni mezzo che l'incinta giungesse all'epoca del parto restaurata di forze, fiduciosa, tranquilla. Soggiunse:

— Credo che la signora abbia specialmente bisogno di consolazioni morali. Io sono un vecchio amico. So che ella ha molto sofferto. Voi potrete sollevarla.

XX

Mia madre rianimata moltiplicò versò Giuliana le sue tenerezze. Manifestò il suo caro sogno e il suo presentimento. Ella aspettava il nipote, il piccolo Raimondo.

Era *sicura*, questa volta.

Mio fratello anche aspettava Raimondo.

Maria e Natalia rivolgevano spesso a me, alla madre, alla nonna, domande ingenue e graziose sul compagno futuro.

Così con presagi, con augurii, con speranze l'amor familiare incominciava ad avvolgere il frutto invisibile, l'essere ancóra informe. E i fianchi di Giuliana incominciavano ad ingrossarsi.

Un giorno eravamo rimasti io e Giuliana seduti sotto gli olmi. Mia madre ci aveva lasciati da poco. Nei suoi discorsi affettuosi ella aveva nominato Raimondo; aveva anzi rinnovato il diminutivo: Mondino, richiamando lontanissimi ricordi di mio padre morto. Io e Giuliana le avevamo sorriso. Ella aveva creduto che il suo sogno fosse il nostro sogno. Ci aveva lasciati là perché continuassimo a sognare.

Era l'ora che segue lo scomparire del sole, un'ora lucida e calma. I fogliami sul nostro capo non si movevano. A quando a quando uno stormo di rondini veemente fendeva l'aria con un rombo d'ali, con uno scoppio di gridi come a Villalilla.

Seguimmo con gli occhi la santa finché disparve. Allora ci guardammo, in silenzio, costernati. Rimanemmo in silenzio per qualche tempo, oppressi dall'immensità della nostra tristezza. E io, con una terribile intensione di tutto il mio essere, astraendo da Giuliana, sentii vivere accanto a me la creatura isolata come se null'altro in quel momento vivesse accanto a me, null'altro. E non fu una sensazione illusoria ma reale e profonda. Fu un raccapriccio che mi pervase tutte le fibre. Sussultai forte; e levai di nuovo lo sguardo al viso della mia compagna, per dissipare quella sensazione d'orrore. Ci guardammo, perduti, non sapendo che dire, che fare contro l'eccesso dello spasimo. E io vedevo nel viso di lei riflessa la mia angoscia, indovinavo il mio aspetto. E, poiché i miei occhi andarono istintivamente al grembo, come li rialzai scorsi nel viso di lei quell'espressione di terror pànico che hanno gli infermi d'una infermità mostruosa quando qualcuno osserva la parte difformata dal male incurabile.

Ella disse, a voce bassa, dopo un intervallo in cui ambedue avevamo tentato di misurare la nostra pena e non avevamo trovato un termine; ella disse:

— Hai tu pensato che questo potrebbe durare tutta la vita?

Io non aprii le labbra; ma la risposta sonò dentro di me risoluta: « No, questo non durerà. »

Ella soggiunse:

— Ricòrdati che con una parola tu puoi troncare ogni cosa, liberarti. Io sono pronta. Ricordatene.

Ancóra tacqui; ma pensai: « Non tu devi morire. »

Ella soggiunse, con una voce che tremava di desolata tenerezza:

— Io non posso consolarti! Non c'è consolazione per te né per me; non ci potrà essere mai... Hai tu pensato che *qualcuno* starà sempre fra noi due? Se il vóto di tua madre fosse esaudito... Pensa! Pensa!

Ma la mia anima fremeva sotto il balenìo sinistro d'un solo pensiero. Io dissi:

— Tutti già l'amano.

Esitai. Guardai Giuliana rapidamente. Riabbassando sùbito le palpebre, chinando il capo, le chiesi con una voce che mi si spense fra le labbra:

— L'ami tu?

— Ah, che mi domandi!

Non potei non insistere, sebbene soffrissi fisicamente come per riconficcare l'unghia in una lacerazione viva.

— L'ami?

— No no. L'ho in orrore.

Ebbi un moto istintivo di gioia come se per quella confessione avessi ottenuto il consenso al mio pensiero segreto e quasi la complicità. Ma aveva ella risposto il vero? O aveva mentito per misericordia di me?

M'assalì una cruda smania d'insistere ancóra, di costringerla a una confessione lunga ed intera, di penetrarla bene a dentro. Ma il suo aspetto mi trattenne. Rinunziai. Mi sentivo ora disacerbato verso di lei, benché ella portasse dentro di sé la vita su cui pendeva la mia condanna. Inclinavo ora verso di lei con un sentimento di gratitudine. Mi pareva che quell'orrore, da lei confessato con un fremito, la distaccasse dalla creatura che ella nutriva e la ravvicinasse a me. E provavo il bisogno di farle intendere queste cose, di aumentare in lei l'avversione contro il nascituro come contro un nemico d'entrambi inconciliabile.

Io le presi la mano; le dissi:

— Tu mi sollevi un poco. Ti son grato. Tu intendi...

Soggiunsi, mascherando di speranza cristiana la mia intenzione micidiale:

— C'è una Provvidenza. Chi sa! Ci può essere per noi una liberazione... Tu intendi quale. Chi sa! Prega Iddio.

Era un augurio di morte al nascituro; era un vóto. E, inducendo Giuliana a pregare Iddio che l'esaudisse, io la preparavo all'avvenimento funebre, ottenevo da lei una specie di complicità spirituale. Perfino pensai: «Se, dopo le mie parole, entrasse in lei la suggestione del delitto e divenisse a poco a poco tanto forte da trascinarla!... Certo, ella potrebbe convincersi della terribile necessità, esaltarsi al pensiero di liberarmi, avere un impeto di energia selvaggia, compiere il sacrifizio estremo. Non ha ripetuto anche dianzi che ella è pronta sempre a morire? La sua morte implica la morte del fanciullo. Ella dunque non è trattenuta da un pregiudizio religioso, dalla paura del peccato; perché, essendo disposta a morire, ella è disposta a commettere un delitto duplice, contro sé stessa, e contro il frutto del suo ventre. Ma ella è convinta che la sua esistenza è utile su la terra, anzi necessaria, alle persone che l'amano e ch'ella ama; ed è convinta che l'esistenza del figliuolo non mio renderà la nostra vita un supplizio insostenibile. Anche, sa che noi potremmo ricongiungerci, che potremmo forse nel perdono e nell'oblio ritrovare qualche dolcezza, che potremmo sperare dal tempo la guarigione della piaga, se tra me e lei non si levasse l'intruso. Basterebbe dunque che ella considerasse queste cose perché un vóto inutile, una preghiera inefficace si mutassero a un tratto in un proposito e in un'azione. » Pensavo; ed ella anche taceva e pensava, a capo chino, tenendo ancóra la sua mano nella mia, mentre cadeva su noi l'ombra dai grandi olmi immobili.

Che pensava ella? La sua fronte era pur sempre tenue e pallida come un'ostia. Cadeva forse su lei un'altra ombra, oltre quella della sera?

Io vedevo Raimondo: non più in forma del fanciullo perverso e felino dagli occhi grigi ma in forma d'un corpicciuolo rossiccio e molle, appena appena respirante, che una lieve pressione poteva far morire.

La campana della Badiola diede il primo tocco dell'*Angelus*. Giuliana ritrasse la sua mano dalla mia; e si fece il segno della croce.

XXI

Passato il quarto mese, passato il quinto, la gravidanza si svolgeva rapidamente. La figura di Giuliana, alta, snella e flessibile, s'ingrossava, si difformava come quella d'una idropica. Ella n'era umiliata, innanzi a me, come d'una infermità vergognosa. Un'acuta sofferenza appariva nel suo volto, quando ella sorprendeva i miei occhi fissi sul suo ventre gonfio.

Io mi sentivo sfinito, incapace di trascinare più oltre il peso di quell'esistenza miserabile. Ogni mattina, veramente, quando aprivo gli occhi dopo un sonno agitato, era come se qualcuno mi presentasse una coppa profonda, dicendomi: «Se tu vuoi bere, oggi, se tu vuoi vivere, bisogna che tu sprema qui dentro, fino all'ultima goccia, il sangue del tuo cuore.» Una ripugnanza, un disgusto, un ribrezzo indefinibili mi salivano dall'intimo dell'essere, a ogni risveglio. E, intanto, bisognava vivere!

I giorni erano d'una lentezza crudele. Il tempo non fluiva ma stillava, pigro e pesante. E avevo ancóra d'innanzi a me l'estate, una parte dell'autunno, una eternità. Mi sforzavo di seguire mio fratello, d'aiutarlo nella grande opera agraria ch'egli aveva intrapreso, d'infiammarmi alla sua fede. Rimanevo a cavallo intere giornate come un buttero; mi stancavo in un lavoro manuale, in qualche bisogna facile e monotona; cercavo di ottundere l'acuità della mia conscienza stando a contatto con la gente della gleba, con gli uomini semplici e diritti, con quelli in cui poche norme morali ereditate compivano le loro funzioni naturalmente come gli organi del corpo. Più d'una volta visitai Giovanni di Scòrdio, il santo solitario; e volli udire la sua voce, volli interrogarlo su le sue sciagure, volli rivedere i suoi occhi tanto tristi e il suo sorriso tanto dolce. Ma egli era taciturno, un poco timido verso di me; rispondeva appena qualche parola vaga, non amava parlare di sé, non amava lamentarsi, non interrompeva il lavoro a cui era intento. Le sue mani ossute, asciutte, brune, che parevano fuse in un bronzo animato, non si fermavano mai, non conoscevano forse la stanchezza. Un giorno esclamai:

— Ma quando si riposeranno le tue mani?

L'uomo probo se le guardò, sorridendo; ne considerò il dorso e il cavo, rivolgendole prone e poi supine al sole. Quello sguardo, quel sorriso, quel sole, quel gesto conferivano a quelle grosse mani incallite una nobiltà sovrana. Incallite su gli strumenti dell'agricoltura, santificate dal bene che avevano sparso, dalla vasta opera che avevano fornita, ora quelle mani erano degne di portare la palma.

Il vecchio le incrociò sul suo petto, secondo l'uso mortuario cristiano; e rispose, pur sempre sorridendo:

— Fra poco, signore, se Dio vorrà. Quando me le metteranno così, nella cassa. Così sia.

XXII

Tutti i rimedi erano vani. Il lavoro non mi giovava, non mi consolava; perché era eccessivo, ineguale, disordinato, febrile, interrotto spesso da periodi d'inerzia invincibile, d'abbattimento, d'aridità.

Mio fratello ammoniva:

— Non è questa la regola. Tu consumi in una settimana l'energia di sei mesi; poi ti lasci ricadere nell'indolenza; poi di nuovo ti getti alla fatica, senza ritegno. Non è questa la regola. Bisogna che la nostra opera sia calma, concorde, armonica, per essere efficace. Intendi? Bisogna che noi ci prescriviamo un metodo. Ma già tu hai il difetto di tutti i novizii: un eccesso di ardore. Ti calmerai, in séguito.

Mio fratello diceva:

— Tu non hai ancóra trovato l'equilibrio. Tu non ti senti ancóra sotto i piedi *la terra ferma.* Non temere di nulla. O prima o poi tu potrai afferrare la tua legge. Questo t'accadrà all'improvviso, inaspettatamente, nel tempo.

Anche diceva:

— Giuliana questa volta, certo, ti darà un erede: Raimondo. Io ho già pensato al patrino. Tuo figlio sarà tenuto a battesimo da Giovanni di Scòrdio. Non potrebbe avere un patrino più degno. Giovanni gli infonderà la bontà e la forza. Quando Raimondo potrà comprendere, noi gli parleremo di questo gran vecchio. E tuo figlio sarà quel che noi non abbiamo potuto e saputo essere.

Egli tornava spesso su l'argomento; nominava spesso Raimondo; augurava che il nascituro incarnasse l'ideal tipo umano da lui meditato, l'Esemplare. Non sapeva che ognuna delle sue parole era per me una fitta e rendeva più acre il mio odio e più violenta la mia disperazione.

Inconsapevoli, tutti congiuravano contro di me, tutti facevano a gara nel ferirmi. Quando mi avvicinavo a qualcuno dei miei, mi sentivo ansioso e pauroso come se fossi costretto a rimanere al fianco d'una persona che, avendo tra le mani armi terribili, non ne conoscesse l'uso e la terribilità. Stavo in continua attesa d'un colpo.

Dovevo cercare la solitudine, fuggire lontano da tutti, per avere un po' di tregua; ma nella solitudine mi ritrovavo a faccia a faccia col mio nemico peggiore: con me medesimo.

Mi sentivo segretamente perire; mi pareva di perdere la vita da tutti i pori. Si riproducevano in me talvolta sofferenze appartenute al periodo più oscuro del mio passato omai remotissimo. Non altro conservavo in me talvolta se non il sentimento della mia esistenza isolata tra i fantasmi inerti di tutte le cose. Per lunghe ore non altro sentivo se non la fissità grave, schiacciante, della vita e il piccolo battito di un'arteria nella mia testa.

Poi sopravvenivano le ironie, i sarcasmi contro me stesso, improvvise smanie di demolire e di distruggere, derisioni spietate, malignità feroci, un fermento acre del fecciume più basso. Mi pareva di non saper più che cosa fossero indulgenza, misericordia, tenerezza, bontà. Tutte le buone sorgenti interiori si chiudevano, s'inaridivano, come fonti colpite di maledizione. E allora in Giuliana non vedevo più se non il fatto brutale, il ventre gonfio, l'effetto dell'escrezione d'un altro maschio; non vedevo in me se non il ridicolo, il marito gabbato, lo stupido eroe sentimentale d'un cattivo romanzo. Il sarcasmo interiore non risparmiava nessuno dei miei atti, nessuno degli atti di Giuliana. Il dramma si mutava per me in una comedia amara e beffarda. Nulla più mi riteneva; tutti i legami si spezzavano; avveniva un distacco violento. E io pensavo: « Perché rimaner qui a recitare questa parte odiosa? Me ne andrò, tornerò al mondo, alla vita di prima, alla licenza. Mi stordirò, mi perderò. Che importa? Non voglio essere se non quel che sono: fango nel fango. Puah!»

XXIII

In uno di tali accessi risolsi di lasciare la Badiola, di partire per Roma, di andare alla ventura.

Mi si offriva il pretesto. Non prevedendo un'assenza tanto lunga, noi avevamo lasciata la casa in condizioni provvisorie. Bisognava dare assetto a molte cose; bisognava disporre tutto in modo che la nostra assenza potesse prolungarsi fuor d'un termine fisso.

Annunziai la mia partenza. Persuasi di questa necessità mia madre, mio fratello, Giuliana. Promisi di sbrigarmi in pochi giorni. Mi preparai.

Alla vigilia, la sera, tardi, mentre chiudevo una valigia, udii battere all'uscio della camera. Gridai:

— Avanti!

Vidi entrare Giuliana, sorpreso.

— Oh, sei tu?

Le mossi incontro. Ella ansava un poco, forse affaticata dalle scale. La feci sedere. Le offersi una tazza di tè freddo con un sottile disco di limone, una bevanda a lei grata un tempo, che era pronta per me. Ella vi bagnò appena le labbra e me la rese. I suoi occhi rivelavano l'inquietudine. Disse alfine, timidamente:

— Dunque parti?

— Sì, — io risposi — domattina, come sai.

Seguì un intervallo di silenzio, lungo. Dalle finestre aperte entrava una frescura deliziosa; su i davanzali batteva la luna piena; giungeva il canto corale dei grilli, simile al suono d'un flauto un po' roco e indefinitamente lontano.

Ella mi domandò, con la voce alterata:

— Quando tornerai? Dimmi la verità.

— *Non so* — risposi.

Seguì un'altra pausa. Il vento leggero ricorreva a volta a volta, e le tende si gonfiavano. Ogni àsolo recava nella stanza, fino a noi, la voluttà della notte d'estate.

— Mi abbandoni?

Nella sua voce era uno scoramento così profondo che i nodi aspri dentro di me si sciolsero a un tratto; e il rammarico e la pietà mi invasero.

— No, — risposi — non temere, Giuliana. Ma ho bisogno di una tregua. Non ne posso più. Ho bisogno d'un respiro.

Ella disse:

— Hai ragione.

— Credo che tornerò presto, come ho promesso. Ti scriverò. Anche tu, forse, non vedendomi soffrire, avrai un sollievo.

Ella disse:

— Nessun sollievo mai.

Un pianto soffocato tremava nelle sue parole. Ella soggiunse a un tratto, con un accento di lacerante angoscia:

— Tullio, Tullio, dimmi la verità. Mi odii? Dimmi la verità!

Ella m'interrogava con gli occhi, assai più angosciosi delle sue parole. Parve fissare in me per un istante la sua stessa anima. E quei poveri occhi dilatati, quella fronte così pura, quella bocca convulsa, quel mento smagrito, tutto quel tenue viso dolente a contrasto con la difformità inferiore ignominiosa, e quelle mani, quelle tenui mani dolenti che si tendevano verso di me con un gesto supplichevole, mi fecero pena come non mai, e m'impietosirono e m'intenerirono.

— Credimi, Giuliana, credimi per sempre. Non ho nessun rancore contro di te, non ne avrò mai. Non dimentico che ti debbo il contraccambio; non dimentico nulla. Non ne hai già le prove? Rassicùrati. Pensa ora a *liberarti*. E poi... chi sa! Ma, in qualunque caso, io non ti mancherò, Giuliana. Ora lascia che io parta. Forse qualche giorno di lontananza mi farà bene. Tornerò calmato. Sarà necessaria molta calma, poi. Tu avrai bisogno di tutto il mio aiuto...

Ella disse:

— Grazie. Farai di me quel che vorrai.

Un canto umano ora giungeva nella notte, coprendo il suono roco del flauto silvestre: — forse un coro di trebbiatori, da qualche aia remota, sotto la luna.

— Senti? — io dissi.

Ascoltammo. Il vento asolava. Tutta la voluttà della notte d'estate veniva a gonfiarmi il cuore.

— Vuoi che andiamo a sedere di là, sul terrazzo? — chiesi a Giuliana dolcemente.

Ella acconsentì, si levò. Passammo nell'altra stanza, ove non era altro lume che quello del plenilunio. Un gran flutto candido, qualche cosa come un latte immateriale, inondava il pavimento. In quel flutto ella camminò davanti a me, per uscire sul terrazzo; e io potei vedere la sua ombra difforme disegnarsi cupa nel chiarore.

Ah dov'era la creatura esile e pieghevole che avrei stretta fra le mie braccia? Dov'era l'amante che avevo rinvenuta sotto i fiori di lilla in un meriggio d'aprile? — Ebbi nel cuore, in un attimo, tutti i rimpianti, tutti i desiderii, tutte le disperazioni.

Giuliana s'era seduta e aveva poggiata la testa al ferro della ringhiera. La sua faccia illuminata in pieno era più bianca di qualunque cosa intorno, più bianca del muro. Ella teneva le palpebre socchiuse. I cigli le spandevano a sommo delle gote un'ombra che mi turbava più d'uno sguardo.

Come avrei potuto parlare?

Mi volsi verso la valle, mi piegai su la ringhiera stringendo il ferro freddo tra le dita. Vidi sotto di me un'immensa massa di apparenze confuse, dove non distinsi se non lo scintillio dell'Assòro. Il canto giungeva or sì or no, secondo l'alito della frescura; e nelle pause si riudiva il suono di quel flauto un po' roco e indefinitamente lontano. Nessuna notte m'era parsa mai tanto piena di dolcezza e d'affanno. Dall'estremo fondo della mia anima irruppe un grido, altissimo sebbene non udibile, verso la felicità perduta.

XXIV

Appena giunsi in Roma, mi pentii d'esser partito. Trovai la città infocata, fiammeggiante, quasi deserta; e n'ebbi sgomento. Trovai la casa muta come un sepolcro, dove le medesime cose, le cose da me ben conosciute, avevano un aspetto diverso, strano; e n'ebbi sgomento. Mi sentii solo, in una solitudine spaventevole; ma non andai in cerca di amici, non volli ricordare né riconoscere amici. Solo mi misi alla caccia di un uomo contro il quale mi spingeva un odio implacabile: alla caccia di Filippo Arborio.

Speravo d'incontrarlo sùbito in qualche luogo publico. Andai alla trattoria che sapevo da lui frequentata. L'aspettai tutta una sera premeditando il modo dell'affronto. Il passo d'ogni nuovo venuto mi rimescolava il sangue. Ma egli non comparve. Interrogai i camerieri. Da lungo tempo non l'avevano visto.

Feci una visita alla sala d'armi. La sala era vuota, immersa nell'ombra verdognola prodotta dalle persiane chiuse, piena di quel particolare odore che l'innaffio solleva da un pavimento di tavole. Il maestro, abbandonato dagli allievi, mi accolse con grandi effusioni di benevolenza. Io ascoltai attentamente il racconto minuto dei trionfi riportati nelle gare dell'ultima academia. Poi gli chiesi notizie di alcuni amici frequentatori della sala; infine gli chiesi notizie di Filippo Arborio.

— Non è più a Roma da quattro o cinque

mesi — mi rispose il maestro. — Ho sentito dire
che è malato, d'una malattia nervosa molto grave, e che difficilmente guarirà. Lo diceva il conte Galiffa. Ma non so altro.

Soggiunse:

— Era molto fiacco, infatti. Qui da me ha
preso poche lezioni. Temeva la stoccata; non poteva vedersi la punta davanti agli occhi...

— È ancora a Roma Galiffa? — gli domandai.

— No, è a Rimini.

Dopo alcuni momenti mi accomiatai.

La notizia inaspettata mi aveva colpito. Pensai: « Fosse vera! » E m'augurai che si trattasse
d'una di quelle terribili malattie del midollo spi-
nale o della sostanza cerebrale, che conducono un
uomo alle infime degradazioni, all'idiotismo, alle più tristi forme della follia e quindi alla morte. Le nozioni apprese dai libri di scienza, i ricordi d'una visita a un manicomio, le imagini anche più precise lasciatemi impresse dal caso speciale di un mio amico, del povero Spinelli, ora
mi tornavano alla memoria rapidamente. E rivedevo il povero Spinelli seduto su la gran poltrona di cuoio rosso, pallido d'un pallor terreo,
con tutti i lineamenti della faccia irrigiditi, con
la bocca dilatata e aperta, piena di saliva e d'un
balbettio incomprensibile. E rivedevo il gesto
ch'egli faceva ad ogni tratto per raccogliere nel
fazzoletto quella saliva continua che gli colava
dagli angoli della bocca. E rivedevo la figura
bionda e smilza e dolente della sorella che metteva all'infermo un tovagliolo sotto il mento, come a

un bambino, e con la sonda faringea gli introduceva nello stomaco i cibi ch'egli non avrebbe potuto inghiottire.

Pensavo: « Ho tutto da guadagnare. Se avessi un duello con un avversario così celebre, se lo ferissi gravemente, se l'uccidessi, il fatto, certo, non rimarrebbe segreto; correrebbe su tutte le bocche, sarebbe divulgato, comentato da tutte le gazzette. E potrebbe anche venire in chiaro la causa vera del duello! Invece questa malattia provvidenziale mi salva da ogni pericolo, da ogni fastidio, da ogni pettegolezzo. Io posso ben rinunziare a una voluttà sanguinaria, a un castigo inflitto con la mia mano (e sono poi certo dell'esito?), quando so paralizzato dalla malattia, ridotto all'impotenza l'uomo che detesto. Ma la notizia sarà vera? E se si trattasse d'un disturbo transitorio? » Mi venne una buona idea. Saltai in una vettura e mi feci condurre alla libreria dell'editore. Nella strada consideravo mentalmente (con un vóto sincero) i due disturbi cerebrali più terribili per un uomo di lettere, per un artefice della parola, per uno stilista: — l'afasia e l'agrafia. E avevo la visione fantastica dei sintomi.

Entrai nella libreria. Da prima non distinsi nulla, con gli occhi abbacinati dalla luce esterna. Udii una voce nasale, dall'accento straniero, che mi chiedeva:

— Il signore desidera?...

Scorsi dietro il banco un uomo d'età inconoscibile, biondiccio, scarno, dilavato, una specie d'albino; e mi rivolsi a lui, indicandogli i titoli di alcuni libri. Ne comprai parecchi. Poi domandai l'ultimo romanzo di Filippo Arborio. L'albino mi porse *Il Segreto*. Allora m'atteggiai ad ammiratore fanatico del romanziere.

— Questo è l'ultimo?

— Sì, signore. La nostra casa ne ha annunziato un nuovo, da qualche mese: — *Turris eburnea*.

— Ah, *Turris eburnea*!

Il cuore mi diede un balzo.

— Ma credo che non potremo publicarlo.

— Perché mai?

— Il romanziere è molto malato!

— Malato! Di che male?

— D'una paralisi bulbare progressiva — rispose l'albino distaccando le tre parole terribili l'una dall'altra, con una certa affettazione di saccente.

« Ah, il male di Giulio Spinelli! »

— Il caso è grave, dunque.

— Gravissimo — sentenziò l'albino. — Ella sa che la paralisi non si arresta.

— Ma ora è al principio.

— Al principio; ma su la natura del male non c'è più dubbio. L'ultima volta che fu qui, io l'udii parlare. Già pronunziava con difficoltà alcune parole.

— Ah, voi l'udiste?

— Sì, signore. Aveva già la pronunzia indecisa, un po' tremolante in alcune parole...

Io incitavo l'albino con l'estrema attenzione, quasi ammirativa, che prestavo alle sue risposte. Credo ch'egli mi avrebbe volentieri distinte le consonanti contro le quali s'era incagliata la lingua del romanziere illustre.

— E ora dov'è?

— È a Napoli. I medici l'hanno sottoposto a una cura elettrica.

— Ah, a una cura elettrica! — ripetevo io con uno stupore ingenuo, come un uomo ignaro, volendo solleticare la vanità dell'albino e prolungare la conversazione.

Veramente, nella libreria stretta e lunga come un corridoio spirava un filo di frescura, per un riscontro. La luce era mite. Un commesso dormiva in pace, su una sedia, col mento sul petto, all'ombra d'un globo terraqueo. Nessuno entrava. Il libraio aveva qualche lato ridicolo che mi divertiva, così bianchiccio com'era, con quella bocca di rosicante, con quella voce nasale. E in una quiete di biblioteca era assai gradevole sentir dichiarare con tanta sicurezza l'infermità incurabile dell'uomo detestato.

— I medici hanno dunque speranza di salvarlo — dicevo, per incitare l'albino.

— Impossibile.

— Dobbiamo sperare che sia possibile, per la gloria delle lettere...

— Impossibile.

— Ma io credo che, nella paralisi progressiva, si dieno casi di guarigione.

— No, signore, no. Egli potrà vivere ancora due, tre, quattro anni; ma non guarire.

— Eppure, io credo...

Non so da che mi venissero quella leggerezza d'animo nel prendermi gioco del mio informatore e quella curiosa compiacenza nell'assaporare un mio sentimento crudele. Certo, io godevo. E l'albino, punto dalla mia contraddizione, senza opporre altro, montò su una scaletta di legno posta contro uno scaffale elevato. Gracile com'era, pareva uno di quei gatti randagi, scarsi di carne e di pelo, che si spenzolano all'orlo dei tetti. Montando, urtò col capo un nastro ch'era teso da un angolo all'altro della libreria pel riposo delle mosche. Un nuvolo di mosche mi turbinò intorno con un ronzio fierissimo. Egli discese portando un volume: l'autorità da addurre in favore della morte. E le mosche implacabili discendevano con lui.

Mi mostrò il frontespizio. Era un trattato di patologia speciale medica.

— Ora sentirà.

Cercò nelle pagine. Poiché il volume era intonso, discostò con le dita due fogli congiunti; e aguzzando i suoi occhi bianchicci; lesse per entro: « *La prognosi della paralisi bulbare progressiva è sfavorevole...* » Soggiunse:

— Ora è persuaso?

— Sì. Ma che peccato! Un'intelligenza così rara!

Le mosche non si quietavano. Facevano tutte insieme un ronzio irritante. Assalivano me, l'albino, il commesso addormentato sotto il globo terraqueo.

— Quanti anni *aveva*? — chiesi io, sbagliando involontariamente il tempo del verbo, come se parlassi d'un defunto.

— Chi, signore?

— Filippo Arborio.

— Trentacinque anni, credo.

— Così giovine!

Avevo una strana voglia di ridere, una voglia puerile di ridere sul naso all'albino e di lasciarlo là stupefatto. Era una eccitazione singolarissima, un po' convulsiva, non mai provata, indefinita. Mi agitava lo spirito qualche cosa di simile a quella ilarità bizzarra e irrefrenabile che ci agita qualche volta tra le sorprese d'un sogno incoerente. Il trattato era rimasto aperto sul banco; e io mi chinai a guardare su una pagina una vignetta: un volto umano contorto da una smorfia atroce e grottesca. « *Emiatrofia sinistra della faccia.* » E le mosche implacabili ronzavano, ronzavano senza posa.

Ma una preoccupazione mi tornò. Domandai:

— L'editore non ha ricevuto ancóra il manoscritto della *Turris eburnea?*

— No, signore. L'annunzio fu dato; ma non esiste se non il titolo.

— Solo il titolo?

— Sì, signore. L'annunzio infatti è stato soppresso.

— Grazie. Vi prego di mandarmi questi libri a casa, dentr'oggi.

Diedi il mio indirizzo e uscii.

Sul marciapiede ebbi una sensazione particolare di smarrimento. Mi pareva d'aver lasciato dietro di me un lembo di vita artificiale, fittizia, falsa. Quel che avevo fatto, quel che avevo detto, quel che avevo provato, e la figura dell'albino, e la sua voce, e il suo gesto: tutto mi pareva artificiale, assumeva l'inesistenza d'un sogno, il carattere d'una impressione avuta da una lettura recente, non dal contatto della realtà.

Montai in vettura; tornai a casa. La sensazione vaga si dissipò. Mi raccolsi per riflettere. Mi assicurai che tutto era reale, indubitabile. Si formarono facilmente dentro di me imagini dell'infermo a similitudine di quelle che mi dava il ricordo del povero Spinelli. Mi punse una nuova curiosità. « Se andassi a Napoli per vederlo? » E mi rappresentai lo spettacolo miserevole di quell'uomo intellettuale degradato dal morbo, balbuziente come un mentecatto. Non provavo più alcuna gioia. Ogni eccitazione d'odio era estinta. Una tristezza cupa mi piombò sopra. — La ruina di quell'uomo non influiva sul mio stato, non riparava alla mia ruina. Nulla era mutato in me, nella mia esistenza, nella previsione del mio avvenire.

E ripensai il titolo dell'annunziato libro di Filippo Arborio: *Turris eburnea*. I dubbii mi si affollarono nello spirito. — Si trattava d'un riscontro puramente casuale con l'appellativo della nota dedica? O lo scrittore aveva inteso creare un personaggio letterario a simiglianza di Giuliana Hermil, narrare la sua avventura recente? — E di nuovo la torturante interrogazione mi si ripresentò. — In che modo s'era svolta quell'avventura dal principio alla fine?

E riudii le parole gridate da Giuliana nella notte indimenticabile: « T'amo, t'ho amato sempre, sono stata sempre tua, sconto con quest'inferno un minuto di debolezza, intendi?, *un minuto di debolezza...* È la verità. Non senti che è la verità? »

Ahimè, quante volte noi crediamo sentire la verità in una voce che mentisce! Nulla ci può difendere dall'inganno. Ma se quella che io avevo sentita nella voce di Giuliana era la verità pura, allora dunque veramente ella era stata sorpresa da colui in un languore dei sensi, nella mia casa stessa, ed aveva patita la violazione in una specie d'inconsapevolezza, e risvegliandosi aveva provato orrore e disgusto dell'atto irreparabile, e aveva scacciato colui e non l'aveva più riveduto?

Questa imaginazione, infatti, non aveva contro di sé nessuna delle apparenze; le quali appunto davano a supporre che qualunque legame tra Giuliana e colui fosse stato troncato da gran tempo decisamente.

« Nella mia casa stessa! » io ripensavo, intanto. E nella casa muta come un sepolcro, nelle stanze deserte e piene d'afa, ero perseguitato dall'imagine inevitabile.

XXV

Che fare? Rimanere ancóra in Roma ad aspettare un'esplosione di follia dal mio cervello, in mezzo a quel fuoco, sotto quella rabbiosa canicola? Partire per il mare, per la montagna, andare a bevere l'oblio fra la gente, nei ritrovi eleganti d'estate? Risvegliare in me l'antico uomo voluttuario, alla ricerca di un'altra Teresa Raffo, di una qualunque amante vana?

Due o tre volte m'indugiai nel ricordo della Biondissima; che pure m'era caduta interamente dal cuore e anche, per un lungo periodo, dalla memoria. « Dove sarà ella? Sarà ancóra legata con Eugenio Egano? Che proverei nel rivederla? » Era una curiosità fiacca. M'accorsi che il mio desiderio unico e profondo e invincibile era di tornare laggiù, alla mia casa di pena, al supplizio.

Presi con la massima sollecitudine i provvedimenti necessarii; feci una visita al dottor Vebesti, telegrafai alla Badiola il mio ritorno; e partii.

L'impazienza mi divorava; un'ansia acuta mi pungeva, quasi che io andassi incontro a straordinarie novità. Il viaggio mi parve interminabile. Disteso su i cuscini, oppresso dal caldo, soffocato dalla polvere che penetrava per gli interstizi, mentre il romore monotono del treno si accordava al canto monotono delle cicale senza sopire il mio fastidio, io pensavo agli eventi prossimi, consideravo le possibilità future, cercavo di scrutare la grande ombra. Il *padre* era mortalmente colpito. Quale sorte attendeva il *figlio*?

XXVI

Nessuna novità, alla Badiola. La mia assenza era stata brevissima. Il mio ritorno fu festeggiato. Il primo sguardo di Giuliana mi espresse un'infinita gratitudine.

— Hai fatto bene a tornar sùbito — mi disse mia madre sorridendo. — Giuliana non aveva requie. Ora non ti moverai più, speriamo.

Soggiunse, accennando al ventre dell'incinta:

— Non vedi un progresso? Oh, a proposito, ti sei ricordato dei merletti? No? Smemorato!

Sùbito, fin dai primi momenti, ricominciava il supplizio.

Appena io e Giuliana rimanemmo soli, ella mi disse:

— Non speravo che tu tornassi tanto presto. Come ti sono grata!

Nell'attitudine, nella voce ella era timida, umile, teneramente. Mi apparve anche più vivo il contrasto fra il suo volto e il resto della sua persona. Era per me visibile di continuo sul suo volto una particolare espressione penosa che rivelava in lei la continua insofferenza della deturpante e disonorante gravezza da cui il suo corpo era afflitto. Quell'espressione non l'abbandonava mai; era visibile anche a traverso le altre espressioni transitorie che, per quanto forti, non valevano a cancellarla; era inerente e fissa; e m'impietosiva; e mi scioglieva i rancori, e mi velava la brutalità troppo talora manifesta dei momenti d'ironica perspicacia.

— Che hai fatto in questi giorni? — io le chiesi.

— T'ho aspettato. E tu?

— Nulla. Ho desiderato di tornare.

— Per me? — ella mi domandò, timida e umile.

— Per te.

Ella socchiuse le palpebre, e un barlume di sorriso le tremolò sul volto. Sentii che io non ero mai stato amato come in quell'ora.

Disse, dopo una pausa, guardandomi con gli occhi umidi:

— Grazie.

L'accento, il sentimento espresso mi ricordarono un altro *grazie*: quello da lei proferito in un mattino lontanissimo della convalescenza, nel mattino del mio primo delitto.

XXVII

E così ricominciò la mia fatica alla Badiola e continuò trista, senza episodii notevoli, mentre l'ora s'indugiava nel quadrante solare aggravata dalla monotonia delle cicale che frinivano su gli olmi. *Hora est benefaciendi!*

E nel mio spirito si avvicendarono i soliti fermenti, le solite inerzie, i soliti sarcasmi, le solite vane aspirazioni, le solite crisi contraddittorie: l'abondanza e l'aridità. E più d'una volta, considerando quella cosa grigia neutra mediocre fluida e onnipossente che è la vita, pensai: « Chi sa! L'uomo è, sopra tutto, un animale accomodativo. Non c'è turpitudine o dolore a cui non s'adatti. Può anche essere che io finisca con un accomodamento. Chi sa! »

Mi sterilivo a furia d'ironie. « Chi sa che il figlio di Filippo Arborio non sia, come si dice, *tutto il mio ritratto*. L'accomodamento allora sarà anche più facile. » E ripensavo alla triste voglia di ridere che m'era venuta una volta sentendo dire d'un bimbo (che io sapevo sicuramente adulterino) alla presenza dei legittimi coniugi: — Tutto suo padre! — E la somiglianza era straordinaria, per quella misteriosa legge che i fisiologi chiamano *eredità d'influenza*.

Per quella legge il figlio talvolta non somiglia né al padre né alla madre, ma somiglia all'uomo che ha avuto con la madre un contatto anteriore alla fecondazione. Una donna maritata in seconde nozze, tre anni dopo la morte del primo marito, genera figli che hanno tutti i lineamenti del marito defunto e non somigliano in nulla a colui che li ha procreati.

« Può essere dunque che Raimondo porti la mia impronta e sembri un Hermil autentico » pensavo. « Può essere che io riceva speciali congratulazioni per avere impresso con tanto vigore all'Erede il suggello gentilizio! »

« E se l'aspettazione di mia madre, di mio fratello fosse delusa? Se Giuliana desse alla luce una terza femmina? » Questa probabilità mi quietava. Mi pareva che avrei avuta una repulsione minore verso la neonata e che avrei potuto forse anche sopportarla. Ella col tempo si sarebbe allontanata dalla mia casa, avrebbe preso un altro nome, avrebbe vissuto in mezzo a un'altra famiglia.

Intanto, come più s'avvicinava il termine, l'impazienza diveniva più fiera. Ero stanco di aver sempre avanti agli occhi quel ventre enorme che cresceva senza misura. Ero stanco di dibattermi sempre nella medesima sterile agitazione, tra i medesimi timori e le medesime perplessità. Avrei voluto che gli eventi precipitassero, che infine una qualunque catastrofe si producesse. Qualunque catastrofe era preferibile a quell'orribile agonia.

Un giorno, mio fratello domandò a Giuliana:

— Ebbene? Quanto tempo ancóra?

Ella rispose:

— Ancóra un mese!

Io pensai: « Se la storia del minuto di debolezza è vera, ella deve conoscere il giorno preciso del concepimento. »

Eravamo in settembre. L'estate era per morire. Era prossimo l'equinozio d'autunno, il più dolce tempo dell'anno, quel tempo che sembra portare in sé una specie di ebrietà aerea diffusa dalle uve mature. L'incanto mi penetrava a poco a poco, mi ammolliva l'anima; qualche volta mi dava un bisogno smanioso di tenerezze, di espansioni delicate. Maria e Natalia passavano lunghe ore con me, sole con me, nelle mie stanze o fuori per la campagna. Io non le avevo mai amate d'un amore così profondo e così gentile. Da quegli occhi impregnati di pensiero appena consciente mi scendeva qualche volta nell'intimo spirito un raggio di pace.

XXVIII

Un giorno andavo in cerca di Giuliana, per la Badiola. Erano le prime ore del pomeriggio. Non avendola trovata nelle sue stanze, non avendola trovata altrove, entrai nell'appartamento di mia madre. Le porte erano aperte; non si udivano voci né rumori; le tende leggère delle finestre palpitavano; s'intravedeva pei vani il verde degli olmi; una lene aura di rezzo spirava fra le pareti chiare.

Mi avanzai verso il santuario, con cautela. Prevedendo il caso che mia madre dormisse, camminavo piano per non disturbarla. Discostai le portiere, mi affacciai dalla soglia. Udii infatti un respiro di dormiente. Vidi mia madre addormentata su una poltrona accanto alla finestra; vidi, fuor della spalliera d'un'altra poltrona, i capelli di Giuliana. Entrai.

Stavano l'una di contro all'altra, e in mezzo a loro stava un tavolo basso con sopra una canestra piena di cuffie minuscole. Mia madre teneva ancóra fra le dita una di quelle cuffie, in cui riluceva un ago. Il sonno era venuto a inchinarle il capo, nell'atto del lavoro. Col mento sul petto, ella dormiva; sognava forse. La gugliata bianca era rimasta a mezzo, ma ella filava forse nel sogno un filo più prezioso.

Giuliana anche dormiva, ma con la testa abbandonata alla spalliera, con le mani posate lungo i bracciuoli. I suoi lineamenti s'erano come distesi nella dolcezza del sonno; ma la sua bocca conservava una piega triste, un'ombra d'afflizione: socchiusa, mostrava un poco della gengiva esangue; ma alla radice del naso, tra i sopraccigli, rimaneva il piccolo solco scavato dal grande dolore. E la fronte era madida: una stilla rigava lenta una tempia. E le mani, più bianche della mussolina da cui escivano, parevano confessare con la loro posa esse sole una immensa stanchezza. Su nessuna di queste spirituali apparenze io mi fermai come sul grembo che conteneva ormai l'essere già completo. E ancóra una volta, astraendo da quelle apparenze, astraendo da Giuliana, sentii vivere quella creatura isolata come se null'altro in quel momento vivesse accanto a me, intorno a me, null'altro. E ancóra una volta non fu una sensazione illusoria ma reale e profonda; fu un raccapriccio che mi agitò tutte le fibre.

Girai gli occhi; e rividi tra le dita di mia madre la cuffia in cui riluceva l'ago; rividi nella canestra tutti quei merletti leggeri e quei nastri rosei e cilestri che tremolavano al soffio del vento. Mi si strinse il cuore così forte che credetti mancare. Quanta tenerezza rivelavano le dita di mia madre sognante su quella gentile cosa bianca che doveva coprire il capo del figliuolo non mio!

Restai là qualche minuto. Quel luogo era veramente il santuario della casa, il penetrale. Su una parete pendeva il ritratto di mio padre, che somigliava molto a Federico; su l'altra, il ritratto di Costanza, che somigliava un poco a Maria. Le due figure, esistenti dell'esistenza superiore che danno le memorie dei cari ai cari scomparsi, avevano gli occhi magnetici e seguaci, una specie d'onniveggenza. Altre reliquie dei due scomparsi santificavano quel luogo. In un angolo, su un plinto, stava chiusa in cristalli, coperta d'un velo nero, la maschera formata sul cadavere dell'uomo che mia madre amava d'un amore più forte della morte. Eppure nulla era lugubre là dentro. Una sovrana pace vi regnava e pareva diffondersi per tutta la casa come da un cuore si diffonde la vita, armonicamente.

XXIX

Ricordo la gita a Villalilla, con Maria e Natalia e Miss Edith, in una mattina un po' velata. È un ricordo velato, infatti, indistinto, confuso, come d'un lungo sogno straziante e dolce.

Il giardino non aveva più le sue miriadi di grappoli turchinicci, non aveva più la sua delicata selva di fiori né il suo profumo triplice armonioso come una musica, né il suo riso aperto, né il clamore continuo delle sue rondini. Non altro aveva di lieto se non le voci e le corse delle due bambine inconsapevoli. Molte rondini erano partite; altre partivano. Eravamo giunti in tempo per salutare l'ultimo stormo.

Tutti i nidi erano abbandonati, vacui, esanimi. Qualcuno era infranto, e su gli avanzi della creta tremolava qualche piuma esile. L'ultimo stormo era adunato sul tetto lungo le gronde, e aspettava ancóra qualche compagna dispersa. Le migratrici stavano in fila su l'orlo del canale, talune rivolte col becco altre col dorso, per modo che le piccole code forcute e i piccoli petti candidi si alternavano. E, così aspettando, gittavano nell'aria calma i richiami. E di tratto in tratto, a due, a tre, giungevano le compagne in ritardo. E s'approssimava l'ora della dipartita. I richiami cessavano. Un'occhiata di sole langui-da scendeva su la casa chiusa, su i nidi deserti. Nulla era più triste di quelle esili piume morte che qua e là, trattenute dalla creta, tremolavano.

Come sollevato da un colpo di vento subitaneo, da una raffica, lo stormo si levò con un gran frullo di ali, sorse nell'aria in guisa d'un vortice, rimase un istante a perpendicolo su la casa; poi, senza incertezze, quasi che davanti gli si fos-se disegnata una traccia, si mise compatto in viaggio, si allontanò, si dileguò, disparve.

Maria e Natalia, ritte in piedi su un sedile per seguire più a lungo con lo sguardo le fuggiti-ve, tendevano le braccia e gridavano:

— Addio, addio, addio, rondinelle!

Ho di tutto il resto un ricordo indistinto, co-me d'un sogno.

Maria volle entrare nella casa. Io stesso aprii la porta. Là, su per quei tre gradini, Giuliana m'aveva seguito furtiva, leggera come un'om-bra, e m'aveva allacciato e m'aveva bisbigliato: « Entra, entra. » Nell'andito ancóra pendeva il nido fra le grottesche della volta. « Ora sono tua, tua, tua! » ella aveva bisbigliato, senza distac-carsi dal mio collo ma girando flessuosamente per venirmi sul petto, per incontrare la mia bocca. — L'andito era muto, le scale erano mute; il si-lenzio occupava tutta la casa. Là avevo udito il rombo cupo e remoto, simile a quello che con-servano in loro certe conchiglie profonde. Ma ora il silenzio era simile a quello delle tombe. Là stava sepolta la mia felicità.

Maria, Natalia cianciavano senza tregua, non cessavano mai d'interrogarmi, si mostravano curiose di tutto, andavano ad aprire i cassetti dei canterani, gli armari. Miss Edith le seguiva per moderarle.

— Guarda, guarda che ho trovato! — gridò Maria correndomi incontro.

Aveva trovato in fondo a un cassetto un mazzo di spigo e un guanto. Era un guanto di Giuliana; era macchiato di nero su la punta delle dita; nel rovescio, presso all'orlo, portava una scritta ancóra leggibile: « *Le more: 27 agosto 1880. Memento!* » Mi tornò chiaro alla memoria, in un lampo, l'episodio delle more, uno dei più lieti episodii della nostra felicità primitiva, un frammento d'idillio.

— Non è un guanto della mamma? — mi domandò Maria. — Rendimelo, rendimelo. Voglio portarlo io alla mamma...

Ho di tutto il resto un ricordo indistinto, come d'un sogno.

Calisto, il vecchio guardiano, mi parlò di tante cose; e io non capii quasi nulla. Più volte mi ripeté un augurio:

— Un maschio, un bel maschio, e Dio lo benedica! Un bel maschio!

Quando noi fummo fuori, Calisto chiuse la casa.

— E questi benedetti nidi? — egli disse scotendo la bella testa canuta.

— Non li toccare, Calisto.

Tutti i nidi erano abbandonati, vacui, esanimi. Le ultime ospiti erano partite. Un'occhiata di sole languida scendeva su la casa chiusa, su i nidi deserti. Nulla era più triste di quelle esili piume morte che qua e là, trattenute dalla creta, tremolavano.

XXX

Il termine s'approssimava. La prima metà di ottobre era trascorsa. Il dottor Vebesti era stato avvertito. Da un giorno all'altro potevano sopraggiungere le doglie estreme.

La mia ansietà cresceva di ora in ora, diveniva intollerabile. Spesso ero assalito da qualche impeto di follia simile a quello che un giorno mi aveva travolto su l'argine dell'Assòro. Fuggivo lontano dalla Badiola, restavo lunghe ore a cavallo, costringevo Orlando a saltare le siepi e i fossi, lo spingevo al galoppo per sentieri perigliosi. Tornavamo, io e il povero animale, grondanti, sfiniti, ma sempre incolumi.

Il dottor Vebesti giunse. Tutti, alla Badiola, trassero un respiro, ripresero fiducia, sperarono bene. Giuliana soltanto non si rianimò. Più d'una volta io sorpresi nei suoi occhi il passaggio d'un pensiero sinistro, la cupa luce dell'idea fissa, l'orrore d'un presentimento lugubre.

Le doglie del parto incominciarono; durarono per un giorno intero con qualche intervallo di riposo, ora più forti ora più deboli, ora sopportabili ora laceranti. Ella stava in piedi appoggiata a un tavolo, addossata a un armario, stringendo i denti per non gridare; o si sedeva su una poltrona e rimaneva là quasi immobile, col viso tra le mani, emettendo di tratto in tratto un gemito fioco: o mutava continuamente di luogo, andava da un angolo all'altro, si soffermava qua e là per stringere un qualunque oggetto tra le dita convulse. Lo spettacolo della sua sofferenza mi dilaniava. Non potendo più reggere, uscivo dalla stanza, mi allontanavo per qualche minuto; poi rientravo, quasi involontariamente, attirato; e restavo là a guardarla soffrire, senza poterla aiutare, senza poterle dire una parola di conforto.

— Tullio, Tullio, che cosa orribile! Ah, che cosa orribile! Non ho mai sofferto tanto, mai, mai.

Era verso sera. Mia madre, Miss Edith, il dottore erano discesi nella sala da pranzo. Io e Giuliana eravamo rimasti soli. Non avevano ancóra portato i lumi. Entrava il crepuscolo violaceo d'ottobre; il vento scoteva i vetri a quando a quando.

— Aiutami, Tullio! Aiutami! — ella gridò, fuori di sé per lo spasimo, tendendo le braccia verso di me, guardandomi con gli occhi dilatati ove il bianco era straordinariamente bianco in quella penombra che rendeva livido il viso.

— Dimmi tu! Dimmi tu! Come potrei fare per aiutarti? — balbettavo, smarrito, non sapendo che fare, accarezzandole i capelli su le tempie con un gesto in cui avrei voluto mettere un potere soprannaturale. — Dimmi tu! Dimmi tu! Che cosa?

Ella non si lamentava più; mi guardava, mi

ascoltava, come dimentica del suo dolore, quasi attonita, colpita forse dal suono della mia voce, dall'espressione del mio smarrimento e della mia angoscia, dal tremito delle mie dita su i suoi capelli, dalla desolata tenerezza di quel gesto inefficace.

— Tu mi ami; non è vero? — ella disse, non cessando di guardarmi come per non perdere nessun segno della mia commozione. — Tu mi perdoni tutto.

Ella proruppe, esaltandosi di nuovo:

— Bisogna che tu mi ami, bisogna che tu mi ami molto, ora, perché domani non ci sarò più, perché stanotte morirò, forse stasera morirò; e tu ti pentiresti di non avermi amata, di non avermi perdonata, oh certo ti pentiresti...

Ella pareva tanto sicura di morire che io rimasi agghiacciato dal terrore subitamente.

— Bisogna che tu mi ami. Vedi: può essere che tu non abbia creduto a quel che ti dissi una notte, può essere che tu non mi creda ora; ma certo mi crederai quando non ci sarò più. Allora ti si farà la luce, allora conoscerai la verità; e ti pentirai di non avermi amata a bastanza, di non avermi perdonata...

Un nodo di pianto la soffocò.

— Sai tu perché mi dispiace di morire? Perché muoio senza che tu sappia quanto t'ho amato... quanto t'ho amato *dopo*, specialmente... Ah che castigo! Meritavo questa fine?

Ella si nascose la faccia tra le mani. Ma sùbito si scoperse. Mi fissò, pallidissima. Pareva che un'idea più terribile ancóra l'avesse fulminata.

— E se io morissi — balbettò — se io morissi *lasciando vivo...*

— Taci!

— Tu intendi...

— Taci, Giuliana!

Io ero più debole di lei. Il terrore m'aveva sopraffatto e non mi lasciava neppure la forza di proferire una parola consolante, di opporre a quelle imaginazioni di morte una parola di vita. Anch'io ero sicuro dell'atroce fine. Guardavo, nell'ombra violacea, Giuliana che mi guardava; e mi parve di scorgere in quel povero viso estenuato i segni dell'agonia, i segni d'un disfacimento già avanzato e inarrestabile. Ed ella non poté soffocare una specie di ululo che non aveva nulla di umano; e si aggrappò al mio braccio.

— Aiutami, Tullio! Aiutami!

Stringeva forte, assai forte, ma non abbastanza per me che avrei voluto sentirmi penetrare nel braccio le sue unghie, smanioso di uno spasimo fisico che mi accomunasse allo spasimo di lei. E, tenendo puntata la fronte contro il mio òmero, metteva un mugolio continuo. Era quel suono che rende irriconoscibile la voce nostra nell'eccesso della sofferenza corporea, quel suono che agguaglia l'uomo che soffre al bruto che soffre: il lamento istintivo d'ogni carne addolorata, umana o bestiale.

Ogni tanto ella ritrovava la sua voce per ripetere:

— Aiutami!

E mi comunicava le vibrazioni violente del suo strazio. E io sentivo il contatto del suo ventre ove il piccolo essere malefico si agitava contro la vita della madre, implacabile, senza darle tregua. Un'onda di odio mi sorse dalle radici più profonde, mi parve affluire alle mani tutta con un impulso micidiale. Era intempestivo l'impulso; ma la visione del delitto già consumato mi balenò dentro. « Tu non vivrai. »

— Oh, Tullio, Tullio, soffocami, fammi morire! Non posso, non posso, intendi? non posso più reggere; non voglio più soffrire.

Ella gridava esasperata, guardandosi intorno con occhi di pazza, come per cercare qualche cosa o qualcuno che le desse l'aiuto che io non potevo darle.

— Càlmati, càlmati, Giuliana... Forse è venuto il momento. Coraggio! Siediti qui. Coraggio, anima! Ancóra un poco! Sono io qui, con te. Non aver paura.

E corsi a suonare il campanello.

— Il dottore! Che venga sùbito il dottore!

Giuliana non si lamentava più. Ella pareva a un tratto aver cessato di soffrire o almeno d'accorgersi del suo male, colpita da un nuovo pensiero. Visibilmente, ella considerava qualche cosa dentro di sé; era assorta. Io ebbi appena il tempo di notare la mutazione istantanea.

— Ascolta, Tullio. Se mi venisse il delirio...

— Che dici?

— Se dopo, nella febbre, mi venisse il delirio e io morissi delirando...

— Ebbene?

Ella aveva tale accento di terrore, le sue reticenze erano così affannose che io tremavo a verga a verga come preso dal pànico, non comprendendo ancóra dove ella volesse giungere.

— Ebbene?

— Tutti saranno là, intorno a me... Se nel delirio io parlassi, io *rivelassi*... Intendi? Intendi? Una parola basterebbe. E nel delirio non si sa quel che si dice. Tu dovresti...

Mia madre, il dottore, la levatrice sopraggiunsero, in quel punto.

— Ah dottore, — sospirò Giuliana — credevo di morire.

— Coraggio, coraggio! — fece il dottore, con la sua voce cordiale. — Senza paura. Tutto andrà bene.

E mi guardò.

— Credo — soggiunse sorridendo — che vostro marito stia peggio di voi.

E mi accennò la porta.

— Via, via. Non bisogna star qui.

Incontrai gli occhi inquieti, sbigottiti e pietosi di mia madre.

— Sì, Tullio; è meglio che tu vada — ella disse. — Federico t'aspetta.

Guardai Giuliana. Senza curarsi degli altri, ella mi guardava fissamente, con gli occhi lucidi, pieni d'un bagliore straordinario. Era in quello sguardo tutta l'intensione dell'anima disperata.

— Non mi moverò dalla stanza accanto — dichiarai con fermezza, seguitando a guardare Giuliana.

Mentre uscivo, scorsi la levatrice che disponeva i guanciali sul letto del travaglio, sul letto di miseria; e rabbrividii, come a un soffio di morte.

XXXI

Fu tra le quattro e le cinque del mattino. Le doglie s'erano protratte fino a quell'ora, con qualche intervallo di riposo. Verso le tre il sonno m'aveva colto, all'improvviso, sul divano dove stavo seduto, nella stanza contigua. Cristina mi svegliò; mi disse che Giuliana voleva vedermi.

Nella confusione del risveglio, balzai in piedi ancóra abbacinato dal sonno.

— Ho dormito? Che accade mai? Giuliana...

— Non si spaventi. Non è accaduto nulla. I dolori si sono calmati. Venga a vedere.

Entrai. Vidi sùbito Giuliana.

Ella era adagiata su i guanciali, pallida come la sua camicia, quasi esanime. Incontrai sùbito i suoi occhi, perché erano volti alla porta in attesa di me. I suoi occhi mi sembrarono più larghi, più profondi, più cavi, cerchiati d'un maggior cerchio d'ombra.

— Vedi, — ella disse con voce spirante — sto ancóra così.

E non cessò di guardarmi. I suoi occhi, come quelli della principessa Lisa, dicevano: « Aspettavo un aiuto da te, e tu non mi aiuti, neppur tu! »

— Il dottore? — domandai a mia madre, ch'era là con un'aria abbattuta.

Ella mi accennò una porta. Io mi diressi verso quella. Entrai. Vidi il dottore presso a un tavolo su cui erano varii medicinali, una busta nera, un termometro, fasce, compresse, fiaschi, alcuni tubi di forma speciale. Il dottore aveva tra le mani un tubo elastico a cui stava adattando un catètere; e dava istruzioni a Cristina, sottovoce.

— Ma dunque? — io gli chiesi bruscamente. — Che c'è?

— Nulla di allarmante, per ora.

— E tutti questi preparativi?

— Precauzioni.

— Ma quanto durerà ancóra quest'agonia?

— Siamo alla fine.

— Parlatemi franco; vi prego. Prevedete una disgrazia? Parlatemi franco.

— Non si annuncia per ora nessun pericolo grave. Temo però una emorragia; e prendo le mie precauzioni. L'arresterò. Abbiate fiducia in me e siate calmo. Ho notato che la vostra presenza agita molto Giuliana. In quest'ultimo breve periodo ella ha bisogno di tutte le forze che le rimangono. È necessario che voi vi allontaniate. Promettetemi d'obbedirmi. Entrerete quando vi chiamerò.

Ci giunse un grido.

— Ricominciano i dolori — egli disse. — Ci siamo. Calma, dunque!

E si diresse verso la porta. Io lo seguii. Ambedue ci avvicinammo a Giuliana. Ella m'afferrò il braccio e me lo strinse come in una morsa. Le restava dunque ancóra quella forza?

— Coraggio! Coraggio! Ci siamo. Tutto andrà bene. È vero, dottore? — balbettai.

— Sì, sì. Non c'è tempo da perdere. Lasciate, Giuliana, che vostro marito esca di qui.

Ella guardò il dottore e me, con gli occhi spalancati. Lasciò il mio braccio.

— Coraggio! — ripetei soffocato.

La baciai su la fronte molle di sudore, mi volsi per andarmene.

— Ah, Tullio! — ella gridò dietro di me con un grido lacerante che significava: « Non ti vedrò più. »

Io feci l'atto di tornare a lei.

— Via, via — ordinò il dottore, con un gesto imperioso.

Volli obedire. Qualcuno serrò l'uscio dietro di me. Rimasi qualche minuto là, in piedi, ad ascoltare; ma le ginocchia mi vacillavano, ma il battito del cuore soverchiava qualunque altro strepito. Andai a gittarmi sul divano; mi misi il fazzoletto tra i denti, affondai la faccia in un cuscino. Soffrivo anch'io uno strazio fisico, simile forse a quello d'un'amputazione mal praticata e lentissima. Gli urli della partoriente mi giungevano a traverso l'uscio. E ad ognuno di quegli urli io pensavo: « Questo è l'ultimo. » Negli intervalli udivo un mormorio di voci feminili: forse i conforti di mia madre, della levatrice. Un urlo più acuto e più inumano degli altri. « Questo è l'ultimo. » E balzai in piedi esterrefatto.

Non potevo dare un passo. Alcuni minuti trascorsero; trascorse un tempo incalcolabile. Come lampi velocissimi, m'attraversarono il cervello pensieri, imagini. « È nato? E se ella fosse morta? E se ambedue fossero morti? la madre e il figlio? No, no. Ella certamente è morta; ed egli è vivo. Ma perché nessun vagito? L'emorragia, il sangue... » Vidi il lago rosso, e, in mezzo, Giuliana boccheggiante. Vinsi il terrore che m'irrigidiva e mi slanciai contro l'uscio. L'apersi, entrai.

Udii sùbito la voce del chirurgo che mi gridava aspra:

— Non v'accostate! Non la scuotete! Volete ucciderla?

Giuliana pareva morta, più pallida del suo guanciale, immobile. Mia madre stava china sopra di lei reggendo una compressa. Grandi macchie di sangue rosseggiavano sul letto, macchie di sangue tingevano il pavimento. Il chirurgo preparava un « irrigatore » con una sollecitudine calma ed esatta: — le sue mani non tremavano, sebbene la sua fronte fosse corrugata. Un bacino d'acqua bollente fumigava in un angolo. Cristina aggiungeva acqua con una brocca in un altro bacino, tenendovi immerso il termometro. Un'altra donna portava nella stanza contigua un fascio d'ovatta. C'era nell'aria l'odore dell'ammoniaca e dell'aceto.

Le minime particolarità della scena, abbracciata con un solo sguardo, mi rimasero impresse indelebilmente.

— A cinquanta gradi — disse il dottore, volgendosi verso Cristina. — Attenta!

Io cercavo intorno, non udendo il vagito. *Qualcuno* mancava là dentro.

— E il bambino? — chiesi tremando.

— È di là, nell'altra stanza. Andate a vederlo — mi rispose il dottore. — Rimanete là.

Gli indicai Giuliana con un gesto disperato.

— Non temete. Qua l'acqua, Cristina.

Entrai nell'altra stanza. Mi giunse all'orecchio un vagito fievolissimo, appena udibile. Vidi su uno strato d'ovatta un corpicciuolo rossastro, qua e là violaceo, sotto le mani scarne della levatrice, che lo stropicciavano nel dorso e nelle piante dei piedi.

— Venga, venga, signore; venga a vedere — disse la levatrice continuando a stropicciare. — Venga a vedere che bel maschio. Non respirava; ma ora non c'è più pericolo. Guardi che maschio!

Ella rivoltò il bambino, lo coricò sul dorso, mi mostrò il sesso.

— Guardi!

Afferrò il bambino e lo agitò nell'aria. I vagiti divennero un po' più forti.

Ma io avevo negli occhi uno scintillìo strano che m'impediva di veder bene; avevo in tutto l'essere una ottusità strana che m'impediva la percezione esatta di tutte quelle cose reali e violente.

— Guardi! — mi ripeté ancóra la levatrice coricando di nuovo su l'ovatta il bambino che vagiva.

Ora vagiva forte. Respirava, viveva! Mi chinai su quel corpicciuolo palpitante che odorava di licopodio; mi chinai a guardarlo, a esaminarlo, per riconoscere la somiglianza aborrita. Ma la piccola faccia turgida, ancóra un po' livida, con i globi oculari sporgenti, con la bocca gonfia, col mento obliquo, difforme, quasi non aveva aspetto umano; e non m'inspirò se non ribrezzo.

— Appena nato — balbettai — appena nato, non respirava...

— No, signore. Un po' d'apoplessia...

— Come mai?

— Aveva il cordone attorcigliato intorno al collo. E poi, forse il contatto del sangue nero...

Ella parlava attendendo alla cura del bambino; e io guardavo quelle mani scarne che lo avevano salvato e che ora avviluppavano delicatamente il cordone ombelicale in una pezzetta spalmata di burro.

— Giulia, dammi la fascia.

E, fasciando il ventre del bambino, soggiunse:

— Questo oramai è assicurato. Dio lo benedica!

E le sue mani esperte presero la testina molliccia come per plasmarla. Il bambino vagiva sempre più forte; vagiva con una specie di rabbia, agitandosi tutto, conservando quell'apparenza apoplettica, quel rossore paonazzo, quell'aspetto di cosa ributtante. Vagiva sempre più forte come per darmi una prova della sua vitalità, come per provocarmi, per esasperarmi.

Viveva, viveva. E la madre?

Rientrai nell'altra stanza, all'improvviso, demente.

— Tullio!

Era la voce di Giuliana, debole come quella d'un'agonizzante.

XXXII

La corrente continua di acqua ad alta temperatura aveva arrestata l'emorragia, in circa dieci minuti. Ora la puerpera riposava nel suo letto, dentro l'alcova. Era giorno chiaro.

Io stavo seduto al capezzale; e la consideravo in silenzio, dolorosamente. Ella non dormiva, forse. Ma l'estrema debolezza le toglieva ogni moto, ogni segno di vita; la faceva sembrare esanime. Considerando il suo funereo pallore di cera, io vedevo ancóra quelle macchie di sangue, tutto quel povero sangue sparso che aveva inzuppato i lenzuoli, attraversato i materassi, arrossato le mani del chirurgo. « Chi le renderà tutto quel sangue? » Iniziavo un gesto istintivo per toccarla, poiché mi pareva che ella dovesse essere diventata fredda, di gelo. Ma mi tratteneva il timore di disturbarla. Più d'una volta, nella mia contemplazione continua, assalito da una paura repentina, feci l'atto di levarmi per andare a chiamare il dottore. Pensando, rivolgevo tra le dita un fiocco di bambagia, lo disfilavo minutamente; e, di tratto in tratto, per una inquietudine invincibile, lo avvicinavo con infinita cautela alle labbra di Giuliana e dal palpito dei fili leggeri misuravo la forza del respiro.

Ella giaceva supina, con la testa su un guanciale basso. I capelli castagni un poco rilasciati le circondavano il volto, rendevano più tenui e più cerei i lineamenti. Aveva una camicia chiusa intorno al collo, chiusa intorno ai polsi; e le sue mani posavano sul lenzuolo, prone, così pallide che soltanto le vene azzurre le distinguevano dal lino. Una bontà soprannaturale emanava da quella povera creatura dissanguata e immobile; una bontà che mi penetrava tutto l'essere, mi colmava il cuore. Ed ella pareva ripetere: « Che hai tu fatto di me? » La sua bocca disfiorata, dagli angoli cadenti, rivelatrice d'una mortale stanchezza, e arida, che tanti spasimi avevano tòrta, che avevano sforzata tanti gridi, sempre pareva ripetere: « Che hai tu fatto di me? »

Io consideravo l'esilità della persona che appena formava rilievo sul piano del letto. Poiché l'evento s'era compiuto, poiché ella s'era alfine liberata dell'orribile peso, poiché alfine l'*altra vita* s'era distaccata dalla sua vita per sempre, quei moti istintivi di repulsione, quelle improvvise ombre di rancore non più sorgevano a turbare la mia tenerezza e la mia pietà. Ora non avevo per lei se non un sentimento di tenerezza immensa, d'immensa pietà, come per la più buona e per la più sventurata delle creature umane. Ora tutta la mia anima era sospesa a quelle povere labbra che da un momento all'altro avrebbero potuto rendere il respiro estremo. Con una sincerità profonda pensavo, guardando quel pallore: « Come sarei felice se potessi trasfondere la metà del mio sangue nelle sue vene! »

Pensavo, udendo il battito lieve d'un orologio posato sul tavolo da notte, sentendo il tempo scorrere per quella fuga di minuti eguali: « Ma *egli* vive. » E la fuga del tempo mi dava un'ansietà singolare, assai diversa da quella altre volte provata, indefinibile.

Pensavo: « *Egli* vive, e la sua vita è tenace. Appena nato, non respirava. Aveva ancóra sul corpo, quando io l'ho veduto, tutti i segni dell'asfissia. Se le cure della levatrice non l'avessero salvato, ora non sarebbe più se non un piccolo cadavere livido, una cosa innocua, trascurabile, forse dimenticabile. Io non d'altro dovrei occuparmi che della guarigione di Giuliana. Non mi moverei di qui, sarei il più assiduo e il più dolce degli infermieri, riuscirei a compiere la trasfusione vitale, a compiere il miracolo, per forza di amore. Ella non potrebbe non guarire. Ella risorgerebbe a poco a poco, rigenerata, con un sangue nuovo. Parrebbe una creatura nuova, scevra d'ogni impurità. Ambedue ci sentiremmo purificati, degni l'uno dell'altra, dopo una espiazione così lunga e così dolorosa. La malattia, la convalescenza darebbero al triste ricordo una lontananza indefinita. E io vorrei cancellare dall'anima di lei perfino l'ombra del ricordo; vorrei darle il perfetto oblio, nell'amore. Qualunque altro amore umano parrebbe futile al confronto del nostro, dopo questa grande prova. » Io m'esaltavo nella luce quasi mistica di quell'avvenire imaginato, mentre sotto il mio sguardo fisso il volto di Giuliana assumeva una specie d'immaterialità, un'espressione di bontà soprannaturale, quasi che ella fosse già distaccata dal mondo, quasi che con quel gran flutto di sangue ella avesse espulso quanto ancóra eravi d'acre e d'impuro nella sua sostanza e si fosse ridotta a una mera essenza spirituale in conspetto della morte. La muta domanda non più mi feriva, non più mi sembrava terribile: « Che hai tu fatto di me? » Io rispondevo: « Non sei tu divenuta, per opera mia, *la sorella del Dolore?* Non è salita la tua anima, nella sofferenza, a un'altezza vertiginosa da cui ha potuto vedere il mondo in una luce insolita? Non hai tu avuta da me la rivelazione della verità suprema? Che valgono i nostri errori, le nostre cadute, le nostre colpe, se siamo giunti a strappare dai nostri occhi qualche velo, se siamo giunti a sprigionare quanto v'è di men basso nella nostra sostanza miserabile? A noi sarà dato il più alto gaudio a cui possano ambire sulla terra gli eletti: rinascere conscientemente. »

Io m'esaltavo. L'alcova era silenziosa, l'ombra era misteriosa, il volto di Giuliana mi pareva trasumanato; e la mia contemplazione mi pareva solenne, poiché sentivo nell'aria la presenza della morte invisibile. Tutta la mia anima era sospesa a quelle pallide labbra che da un attimo all'altro avrebbero potuto rendere il respiro estremo. E quelle labbra si contrassero, misero un gemito. La contrattura dolorosa alterò le linee del volto, vi si fermò per qualche tempo. Le pieghe della fronte si approfondirono, la pelle delle palpebre ebbe un tremolio leggero, un po' del bianco apparve tra i cigli.

Io mi chinai su la sofferente. Ella aprì gli occhi e li richiuse sùbito. Pareva ch'ella non mi avesse veduto. Gli occhi non avevano avuto sguardo, come colpiti da cecità. Era sopravvenuta forse l'amaurosi anemica? Era ella diventata cieca a un tratto?

M'accorsi che entrava gente nella stanza: «Fosse il dottore!» Uscii dall'alcova. Vidi infatti il dottore, mia madre e la levatrice che entravano adagio. Li seguiva Cristina.

— Riposa? — mi domandò il dottore sottovoce.

— Si lagna. Chi sa quanto soffre ancóra!

— Ha parlato?

— No.

— Non bisogna in nessun modo eccitarla. Ricordatevene.

— Ha aperto gli occhi, dianzi, per un momento. Pareva che non ci vedesse.

Il dottore entrò nell'alcova, accennandoci di restare indietro. Mia madre mi disse:

— Vieni. Ora debbono rinnovare le medicature. Vieni via. Andiamo a vedere Mondino. C'è di là Federico.

Ella mi prese una mano. Mi lasciai condurre.

— S'è addormentato — soggiunse. — Dorme placidamente. Oggi, dopo mezzogiorno, arriverà la nutrice.

Benché ella fosse triste e inquieta per lo stato di Giuliana, gli occhi le sorridevano mentre parlava del bambino; tutto il viso le s'illuminava di tenerezza.

Per ordine del dottore era stata scelta una stanza lontana da quella della puerpera: una grande stanza ariosa che custodiva molte memorie della nostra infanzia. Entrando, vidi sùbito intorno alla culla Federico, Maria e Natalia, che insieme chini guardavano il piccolo dormente. Federico si volse e mi domandò, prima d'ogni altra cosa:

— Come sta Giuliana?

— Male.

— Non riposa?

— Soffre.

Rispondevo quasi duramente, mio malgrado. Una specie d'aridità m'aveva d'un tratto occupata l'anima. Non altro provavo se non un'avversione indomabile e innascondibile contro l'intruso, e rammarico e impazienza per la tortura che le persone inconsapevoli m'infliggevano. Per quanto mi sforzassi, non riuscivo a dissimulare. Eravamo ora io, mia madre, Federico, Maria e Natalia, intorno alla culla, a guardare il sonno di Raimondo.

Egli era stretto nelle fasce ed aveva la testa coperta d'una cuffia ornata di pizzi e di nastri. Il viso appariva meno gonfio ma ancóra rossiccio, lucido su le gote come la cuticola delle piaghe cicatrizzate di recente. Un po' di bava gli usciva dagli angoli della bocca chiusa; le palpebre senza cigli, enfiate agli orli, coprivano i globi oculari sporgenti; una lividura segnava la radice del naso ancóra deforme.

— Ma a chi somiglia? — disse mia madre. — Non so ancóra trovare una somiglianza...

— È ancóra piccolo — disse Federico. — Bisogna aspettare qualche giorno.

Mia madre due o tre volte guardò me e il bambino, come per meglio confrontarne le fattezze.

— No — disse. — Somiglia forse più a Giuliana.

— Ora non somiglia a nessuno — interruppi.

— È orribile. Non vedi?

— Orribile! È bellissimo! Guarda quanti capelli!

Ed ella sollevò con le dita la cuffia, adagio adagio, e scoprì il cranio molliccio su cui stavano appiccicati pochi capelli bruni.

— Lasciami toccare, nonna! — pregò Maria, stendendo la mano verso il capo del fratello.

— No, no. Vuoi svegliarlo?

Quel cranio pareva composto d'una cera un po' ammollita dal calore, untuosa, nerigna; e pareva che il minimo tocco vi avrebbe lasciata una traccia. Mia madre lo ricoprì. Poi si chinò a baciare la fronte, con infinita delicatezza.

— Anch'io, nonna — pregò Maria.

— Ma piano, per carità!

La culla era troppo alta.

— Tirami su! — disse Maria a Federico.

Federico la sollevò nelle sue braccia; e io vidi la bella bocca rosea di mia figlia atteggiarsi al bacio prima di giungere a sfiorare quella fronte, e vidi i lunghi riccioli piovere su le fasce bianche.

Anche Federico depose il suo bacio. Poi mi guardò. Non sorrisi.

— E io? E io?

Era Natalia, che s'attaccava alla sponda della culla.

— Piano, per carità!

Federico sollevò anche lei. E di nuovo io vidi i lunghi riccioli piovere su le fasce bianche, in quell'ultima dolce reclinazione. Stavo là quasi irrigidito: e il mio sguardo doveva certo esprimere il sentimento cupo che mi possedeva. Quei baci di labbra a me tanto care non avevano tolto all'intruso quell'aspetto di cosa ributtante ma me l'avevano anzi reso più odioso. Io sentivo che mi sarebbe stato impossibile toccare quella carne estranea, piegarmi a un qualunque atto apparente di amore paterno. Mia madre mi guardava, inquieta.

— Tu non lo baci? — mi domandò.

— No, mamma, no. Ha fatto troppo male a Giuliana. Non so perdonargli...

E mi ritrassi, con un moto istintivo, con un moto di manifesta ripugnanza. Mia madre restò un momento attonita, senza parola.

— Ma che dici, Tullio? Che colpa ne ha questo povero bambino? Sii giusto!

Mia madre aveva certo notata la sincerità della mia avversione. Non riuscivo a dominarmi. Tutti i miei nervi si ribellavano.

— Non posso ora, non posso... Lasciami stare, mamma. Mi passerà.

La mia voce era aspra e risoluta. Io ero tutto convulso. Un nodo mi serrava la gola, i muscoli della faccia mi si contorcevano. Dopo tante ore d'orgasmo violento, tutto il mio essere aveva bisogno di una distensione. Credo che un grande scoppio di pianto mi avrebbe giovato: ma il nodo era durissimo.

— Mi fai molta pena, Tullio — disse mia madre.

— Vuoi che lo baci? — ruppi io, fuori di me.

E m'accostai alla culla, mi chinai sul bambino, lo baciai.

Il bambino si svegliò; si mise a vagire, da prima fioco, poi con una specie di furore crescente. Vidi che la pelle del volto gli diveniva più rossa e gli si raggrinzava nello sforzo, mentre la lingua bianchiccia gli tremolava nella bocca dilatata. Benché fossi al colmo della disperazione, m'accorsi dell'errore commesso. Sentii gli sguardi di Federico, di Maria, di Natalia fissi sopra di me, intollerabili.

— Perdonami, mamma — balbettai. — Non so più quel che faccio. Sono irragionevole. Perdonami.

Ella aveva tolto dalla culla il bambino e lo reggeva su le braccia, senza poterlo quietare. I vagiti mi ferivano acutamente, mi laceravano.

— Andiamo, Federico.

Uscii in fretta. Federico mi seguì.

— Giuliana sta molto male. Non comprendo come si possa pensare ad altri che a lei, in questi momenti — dissi, come per giustificarmi. — Tu non l'hai veduta. Sembra che muoia.

XXXIII

Per alcuni giorni Giuliana vacillò tra la vita e la morte. La sua debolezza era tale che qualunque più lieve sforzo era seguito da un deliquio. Ella doveva mantenersi costantemente supina, in una immobilità perfetta. Qualunque tentativo di sollevarsi provocava segni di anemia cerebrale. Nulla valeva a vincere le nausee da cui ella era assalita, a toglierle di sul petto l'incubo, ad allontanare il rombo che ella udiva di continuo.

Io rimasi giorno e notte al suo capezzale, sempre vigile, tenuto in piedi da una energia instancabile di cui ero meravigliato io stesso. Con tutte le potenze della mia vita io sostenni quella vita che stava per spegnersi. Mi pareva che dall'altra parte del capezzale fosse la Morte in agguato pronta a cogliere l'attimo opportuno per strappare la preda. Io aveva talora veramente la sensazione di trasfondermi nel corpo fragile dell'inferma, di comunicarle un po' della mia forza, di dare un impulso al suo cuore stanco. Le miserie della malattia non m'ispirarono mai alcuna ripugnanza, mai alcun disgusto. Nessuna materialità offese mai la delicatezza dei miei sensi. I miei sensi acutissimi non ad altro erano intenti che a percepire le più piccole mutazioni nello stato dell'inferma. Prima ch'ella proferisse una parola, prima ch'ella facesse un cenno, io indovinavo il suo desiderio, il suo bisogno, il grado della sua sofferenza. Per divinazione, fuori d'ogni suggerimento del medico, ero giunto a trovare modi nuovi e ingegnosi di alleviarle un dolore, di calmarle uno spasimo. Io solo sapevo persuaderla al cibo, persuaderla al sonno. Ricorrevo a tutte le arti della preghiera e della blandizia per farle inghiottire qualche sorso di cordiale. L'assediavo così ch'ella, non potendo più rifiutarsi, doveva risolversi allo sforzo salutare, vincere la nausea. E nulla era per me più dolce del sorriso tenuissimo con cui ella si piegava alla mia volontà. Ogni suo più piccolo atto d'obedienza mi dava al cuore una commozione profonda. Quando ella diceva con quella voce tanto debole : — Va bene così? Sono buona? — la gola mi si chiudeva, gli occhi mi si velavano.

Spesso ella si lamentava d'un dolore pulsatile alle tempie, che non le dava tregua. Io le passavo lungo le tempie l'estremità delle mie dita, per magnetizzare il suo dolore. Le accarezzavo piano piano i capelli, per addormentarla. Quando m'accorgevo che ella dormiva, dal suo respiro, io avevo una sensazione illusoria di ristoro quasi che il beneficio del sonno si spandesse anche su me. D'innanzi a quel sonno io diventavo religioso, ero invaso da un fervore indefinito, provavo il bisogno di credere in un qualche Essere superiore, onniveggente, onnipotente, a cui rivolgevo i miei vóti. Salivano spontanei dall'intimo della mia anima preludii di orazioni, nella forma cristiana. Talvolta l'eloquenza interiore m'esaltava fino alle sommità della vera Fede. Si risvegliavano in me tutte le tendenze mistiche trasmessemi da un lungo ordine di progenitori cattolici.

Mentre si svolgeva la mia orazione interna, io contemplavo la dormente. Ella era pur sempre pallida come la sua camicia. Per la trasparenza della pelle, io avrei potuto numerar le sue vene su le guance, sul mento, sul collo. La contemplavo quasi sperando di cogliere gli effetti benefici del riposo, il diffondersi lento del sangue nuovo generato dal cibo, i primi segni iniziali della guarigione. Avrei voluto per una facoltà soprannaturale assistere al misterioso lavorio riparatore che si compieva in quel corpo affranto. E speravo sempre: « Quando si sveglierà, si sentirà più forte. »

Pareva ch'ella provasse un gran sollievo quando teneva fra le sue mani fredde la mia mano. Talvolta ella me la prendeva e la metteva sul guanciale e sopra ci posava la gota, con un atto infantile; e, così rimanendo, a poco a poco si assopiva. Ero capace di conservare a lungo a lungo l'immobilità del braccio intormentito, per non risvegliarla.

Talvolta ella diceva:

— Perché non dormi anche tu qui, con me? Tu non dormi mai!

E voleva che io posassi la testa sul suo guanciale.

— Dormiamo dunque.

Io fingevo di addormentarmi, per darle il buon esempio. Quando riaprivo gli occhi, incontravo i suoi occhi sbarrati che mi guardavano.

— Ebbene? — esclamavo. — Che fai?

— E tu? — rispondeva ella.

Nei suoi occhi era un'espressione di tenerezza così buona che io mi sentivo struggere dentro. Tendevo le labbra e la baciavo su le palpebre. Ella voleva fare la stessa cosa a me. Poi ripeteva:

— Ora dormiamo.

E scendeva un velo d'oblio su la nostra sventura, talvolta.

Spesso i suoi poveri piedi erano gelati. Io li toccavo di sotto alle coperte, e mi parevano di marmo. Ella diceva infatti:

— Sono morti.

Erano scarni, sottili, così minuti che quasi mi entravano nel pugno. Avevo per loro una grande pietà. Io stesso riscaldavo per loro sul braciere il panno di lana, non mi stancavo di prenderne cura. Avrei voluto intiepidirli con l'alito, coprirli di baci. Si mescolavano alla mia nuova pietà ricordi lontani d'amore, ricordi del tempo felice quando io non tralasciavo mai di calzarli al mattino e di nudarli a sera con le mie proprie mani per una consuetudine quasi votiva, stando in ginocchio.

Un giorno, dopo lunghe veglie, ero così stanco che un sonno irresistibile mi colse appunto mentre tenevo le mani sotto le coperte e avvolgevo nel panno caldo i piccoli piedi *morti*. Reclinai la testa, e restai là addormentato nell'atto.

Come mi svegliai, vidi nell'alcova mia madre, mio fratello, il dottore, che mi guardavano sorridendo. Rimasi confuso.

— Povero figliuolo! Non ne puoi più — disse mia madre ravviandomi i capelli con uno dei suoi gesti più affettuosi.

E Giuliana:

— Mamma, portalo via tu. Federico, portalo via.

— No, no, non sono stanco — io ripetevo. — Non sono stanco.

Il dottore annunziò la sua partenza. Dichiarò la puerpera fuor di pericolo, in via di miglioramento accertato. — Bisognava seguitare a promuovere con tutti i mezzi la rigenerazione del sangue. Il suo collega Jemma di Tussi, col quale aveva conferito e s'era trovato d'accordo, avrebbe seguitata la cura, che, del resto, era semplicissima. Più che nei medicinali egli aveva fiducia nell'osservanza rigorosa delle diverse norme igieniche e dietetiche da lui stabilite.

— In verità — soggiunse accennando a me — non potrei desiderare un infermiere più intelligente, più vigile, più devoto. Ha fatto miracoli e ne farà ancóra. Io parto tranquillo.

Mi sembrò che il cuore mi balzasse alla gola e mi soffocasse. L'elogio inaspettato di quell'uomo severo, alla presenza di mia madre, di mio fratello, mi diede una commozione profonda; fu un compenso straordinario. Guardai Giuliana e vidi che i suoi occhi s'erano empiti di lacrime. E, sotto il mio sguardo, all'improvviso ella ruppe in un pianto. Feci uno sforzo sovrumano per frenarmi, ma non riuscii. Mi parve che l'anima mi si stemprasse. Tutte le bontà del mondo erano nel mio petto, raccolte, in quell'ora indimenticabile.

XXXIV

Giuliana andava ricuperando le forze di giorno in giorno, con lentezza. La mia assiduità non veniva meno. Delle dichiarazioni fatte dal dottor Vebesti io anzi mi valevo per moltiplicare le mie vigilanze, per non lasciare che altri prendesse le mie veci, per resistere a mia madre e a mio fratello che mi consigliavano il riposo. Il mio corpo s'era ormai abituato alla dura disciplina e non si stancava quasi più. Tutta la mia vita era tra le pareti di quella stanza, nell'intimità di quell'alcova, nel cerchio in cui respirava la cara malata.

Avendo ella bisogno d'una calma assoluta, dovendo ella parlar poco per non stancarsi, io m'adoperavo ad allontanar dal suo letto anche le persone familiari. Quell'alcova dunque rimaneva segregata dal resto della casa. Per ore ed ore io e Giuliana rimanemmo soli. E poiché ella era tenuta dal male ed io ero intento al mio ufficio pietoso, talvolta ci avveniva di dimenticare la nostra sventura, di smarrire la nozione della realtà e di non serbare altra conscienza che quella del nostro immenso amore. Mi pareva talvolta che nulla più esistesse di là dalle cortine, tanta era l'intensione di tutto il mio essere verso la sofferente. Nulla veniva a ricordarmi la cosa tremenda. Io vedevo d'innanzi a me una sorella che soffriva e non avevo altra sollecitudine che di alleggerire la sua pena.

Non di rado questi veli d'oblio furono lacerati con violenza. Mia madre parlò di Raimondo. Le cortine si aprirono per lasciar passare l'intruso.

Lo portò mia madre sulle braccia. Ed io ero là. Sentii d'esser divenuto pallido, perché tutto il sangue m'affluì al cuore. Che provò Giuliana?

Io guardavo quel viso rossiccio, grosso come il pugno di un uomo, mezzo nascosto dalla cuffia trapunta; e con un'avversione feroce, che annullava nella mia anima qualunque altro sentimento, pensai: « Come farò a liberarmi di te? Perché non moristi soffocato? » Il mio odio non aveva ritegno; era istintivo, cieco, indomabile, quasi direi carnale; pareva infatti che avesse la sua sede nella mia carne, che sorgesse da tutte le mie fibre, da tutti i miei nervi, da tutte le mie vene. Nulla poteva reprimerlo, nulla poteva distruggerlo. Bastava la presenza dell'intruso, in qualunque ora, in qualunque congiuntura, perché dentro di me avvenisse una specie d'annullazione istantanea ed io fossi posseduto da un solo unico sentimento: dall'odio contro di lui.

Disse mia madre a Giuliana:

— Guarda, in pochi giorni, come è già mutato! Somiglia più a te che a Tullio; ma non molto a nessuno dei due. È ancóra troppo piccolo. Vedremo in séguito... Gli vuoi dare un bacio?

Ella accostò la fronte del bambino alle labbra dell'inferma. Che provò Giuliana?

Ma il bambino cominciò a piangere. Io ebbi la forza di dire a mia madre, senza acredine:

— Portalo via; ti prego. Giuliana ha bisogno di calma. Queste scosse le fanno molto male.

Mia madre uscì dall'alcova. I vagiti crescevano e mi davano pur sempre la stessa sensazione di laceramento doloroso e la voglia di correre a soffocarli per non udirli più. Li udimmo per qualche istante mentre si allontanavano. Quando alfine cessarono, il silenzio mi parve enorme; mi cadde sopra come un macigno, mi oppresse. Ma non m'indugiai in quella pena, perché sùbito pensai che Giuliana aveva bisogno di soccorso.

— Ah, Tullio, Tullio, non è possibile...

— Taci, taci, se tu mi ami, Giuliana. Taci; ti prego.

Io la supplicavo, con la voce, col gesto. Tutto il mio orgasmo ostile era caduto; e io non d'altro

mi dolevo se non del dolore di lei, non altro temevo se non il danno recato all'inferma, l'urto
ricevuto da quella vita così fragile.

— Se tu mi ami, non devi pensare a null'altro
che a guarire. Vedi? Io non penso che a te, non
soffro che per te. Bisogna che tu non ti tormenti;
bisogna che tu ti abbandoni tutta alla mia tenerezza, per guarire...

Ella disse con la sua voce tremante e fièvole:

— Ma chi sa quel che tu provi dentro! Povera
anima!

— No, no, Giuliana, non ti tormentare! Io
non soffro che per te, nel vederti soffrire. Io dimentico tutto, se tu sorridi. Se tu ti senti bene,
io sono felice. Se tu mi ami, dunque, devi guarire, devi essere calma, ubbidiente, paziente. Quando sarai guarita, quando sarai più forte, allora...
chi sa! Dio è buono.

Ella mormorò:

— Dio, abbi misericordia di noi.

« In che modo? » Io pensai: « Facendo morire
l'intruso. » Ambedue alzavamo dunque un augurio di morte, anch'ella dunque non vedeva altro
scampo che nella distruzione del figliuolo. Non
v'era altro scampo. E mi tornò alla memoria il
breve dialogo che avevamo avuto in un tramonto lontano, sotto gli olmi; e mi tornò alla memoria la confessione dolorosa. « Ma ora ch'*egli*
è nato, l'aborre ella ancóra? Può ella provare
un'avversione sincera contro la carne della sua
carne? Prega ella sinceramente Iddio perché si
riprenda la sua creatura? » E mi tornò la folle
speranza che mi era balenata in quella sera tra-

gica: « Se entrasse in lei la suggestione del delitto e divenisse a poco a poco tanto forte da trascinarla!... » Non avevo io pensato per un attimo a un mal riuscito tentativo delittuoso, vedendo la levatrice stropicciare sul dorso e su le piante dei piedi il corpicciuolo paonazzo del bimbo tramortito? Era stato, anche quello, un pensiero folle. Certo Giuliana non avrebbe mai osato...

E io guardai le sue mani lungo il lenzuolo, prone, così pallide che soltanto le vene azzurre le distinguevano dal lino.

XXXV

Uno strano rammarico mi pungeva, ora che l'inferma andava di giorno in giorno migliorando. Mi si moveva in fondo al cuore un vago rimpianto verso i tristi giorni grigi passati dentro l'alcova, mentre giungeva cupa dalle campagne autunnali la monotonia della pioggia. Quelle mattine, quelle sere, quelle notti, benché penose, avevano una loro grave dolcezza. La mia opera di carità mi pareva ogni giorno più bella. Un'abondanza d'amore m'inondava l'anima e sommergeva talvolta i pensieri oscuri, mi dava talvolta l'oblio della cosa tremenda, mi suscitava qualche illusione consolante, qualche sogno indefinito. Provavo io talvolta là dentro un sentimento simile a quello che si prova nell'ombra delle cappelle segrete: mi sentivo in un rifugio contro le violenze della vita, contro le occasioni del peccato. Mi pareva talvolta che le cortine leggère mi separassero da un abisso. M'assalivano repentine paure dell'ignoto. Ascoltavo nella notte il silenzio di tutta la casa intorno a me; e vedevo, con gli occhi dell'anima, in fondo a una stanza remota, al lume d'una lampada, la culla ove dormiva l'intruso, il diletto di mia madre, il mio erede. Mi scoteva un gran brivido di orrore; e rimanevo a lungo sbigottito sotto il balenìo sinistro d'un solo pensiero. Le cortine mi separavano da un abisso.

Ma ora che Giuliana di giorno in giorno andava migliorando, venivano a mancare le ragioni dell'isolamento; e a poco a poco la comune vita domestica invadeva la stanza tranquilla. Mia madre, mio fratello, Maria, Natalia, Miss Edith entravano assai più spesso, si trattenevano assai più a lungo. Raimondo s'imponeva alla tenerezza materna. Non era più possibile né a me né a Giuliana evitarlo. Bisognava prodigargli i baci, sorridergli. Bisognava simulare e dissimulare con arte, patire tutte le più raffinate crudeltà del caso, lentamente perire.

Nutrito d'un latte, sano e sostanziale, circondato d'infinite cure, Raimondo perdeva a poco a poco quel suo aspetto di cosa ributtante, incominciava a ingrossarsi, a sbiancarsi, a prendere forme più chiare, a tenére bene aperti i suoi occhi grigi. Ma tutti i suoi moti m'erano odiosi, dall'atto delle labbra intorno il capezzolo all'agitazione confusa delle piccole mani. Mai gli riconobbi una grazia, un vezzo; mai ebbi per lui un pensiero che non fosse ostile. Quando ero costretto a toccarlo, quando mia madre me lo porgeva perché io lo baciassi, provavo per tutta la pelle lo stesso raccapriccio che m'avrebbe dato il contatto d'un animale immondo. Tutte le fibre si ribellavano; e i miei sforzi erano disperati.

Ogni giorno mi recava un supplizio nuovo; e mia madre era il gran carnefice. Una volta, rientrando nella stanza all'improvviso e discostando le cortine dell'alcova, scorsi sul letto il bambino posato a fianco di Giuliana. Non c'era nessuno presente. Eravamo là riuniti noi tre soli. Il bambino, stretto nelle fasce bianche, dormiva tranquillo.

— L'ha lasciato qui la mamma — balbettò Giuliana.

Io fuggii come un pazzo.

Un'altra volta Cristina venne a chiamarmi. La seguii nella camera della culla. Mia madre stava là seduta tenendo su le ginocchia il bambino ignudo.

— Te l'ho voluto far vedere prima d'infasciarlo — ella mi disse. — Guarda!

Il bambino sentendosi libero agitava le gambe e le braccia, stravolgeva in qua e in là gli occhi, si ficcava le dita nella bocca sbavazzando. Ai polsi, ai malleoli, dietro le ginocchia, su gli inguini la carne si arrotondava in anelli, velata di cipria; sul ventre gonfio l'ombelico era ancóra sporgente, deforme, bianco di cipria. Le mani di mia madre palpavano con delizia le minute membra, mi mostravano a una a una tutte le particolarità, s'indugiavano su quella pelle nitida e liscia pel bagno recente. E pareva che il bambino ne godesse.

— Senti, senti com'è già sodo! — diceva ella, invitandomi a palparlo.

E bisognò ch'io lo toccassi.

— Senti come pesa!

E bisognò che io lo sollevassi, che io sentissi palpitare quel corpicciuolo tiepido e morbido tra le mie mani invase da un tremito che non era di tenerezza.

— Guarda!

E mia madre sorridendo strinse tra l'indice e il pollice le papille su quel petto delicato che chiudeva la vita tenace degli esseri malefici.

— Amore, amore, amore della nonna! — ella ripeteva, vellicando con un dito il mento del bambino che non sapeva ridere.

La cara testa grigia, che s'era già reclinata col medesimo atto su due culle benedette, ora un poco più canuta si reclinava inconsapevole sul figliuolo d'un altro, su un intruso. Mi pareva che ella non si fosse mostrata così tenera verso Maria, verso Natalia, verso le vere creature del mio sangue.

Ella stessa volle fasciarlo. Gli fece sul ventre il segno della croce.

— Non sei ancóra cristiano!

E volgendosi a me:

— Bisogna che fissiamo oramai il giorno del battesimo.

XXXVI

Il dottor Jemma, cavaliere del Sacro Sepolcro di Gerusalemme, un bel vecchio gioviale, portò a Giuliana in dono mattutino un mazzo di crisantemi bianchi.

— Oh, i fiori che io prediligo! — disse Giuliana. — Grazie.

Prese il mazzo, lo guardò a lungo insinuandovi le dita affilate: e una triste rispondenza correva tra il suo pallore e il pallore dei fiori autunnali. Erano crisantemi ampii come rose aperte, folti, grevi; avevano il colore delle carni malaticce, esangui, quasi disfatte, la bianchezza livida che copre le guance delle piccole mendicanti intirizzite dal gelo. Alcuni portavano lievissime venature violacee, altri pendevano un poco nel giallo, delicatamente.

— Tieni — ella mi disse. — Mettili nell'acqua.

Era di mattina; era di novembre; era di poco trascorso l'anniversario d'un giorno nefasto che quei fiori rammemoravano.

Che farò senza Euridice?...

Mi sonò nella memoria l'*aria* di Orfeo, mentre mettevo in un vaso i crisantemi bianchi. Si risollevarono nel mio spirito alcuni frammenti della scena singolare accaduta un anno innanzi; e rividi Giuliana in quella luce dorata e tepida, in quel profumo così molle, in mezzo a tutti quegli oggetti improntati di grazia feminile, dove il fantasma della melodia antica pareva mettere il palpito d'una vita segreta, spandere l'ombra d'un non so che mistero. — Avevano suscitato anche in lei qualche ricordo quei fiori?

Una mortale tristezza mi pesava su l'anima, una tristezza d'amante inconsolabile. L'Altro ricomparve. I suoi occhi erano grigi come quelli dell'intruso.

Il dottore mi disse, dall'alcova:

— Potete aprire la finestra. È bene che la stanza sia molto aerata, che entri molto sole.

— Oh sì, sì, apri! — esclamò l'inferma.

Apersi. In quel punto entrò mia madre con la nutrice che portava su le braccia Raimondo. Io restai fra le tende, mi chinai sul davanzale, guardai la campagna. Udivo dietro di me le voci familiari.

Era sul finire di novembre, era già passata anche l'estate dei morti. Una grande chiarità vacua si spandeva su la campagna umida, sul lineamento nobile e pacato dei colli. Sembrava che per le cime degli oliveti indistinte vagasse un vapore argenteo. Qualche filo di fumo qua e là biancicava al sole. Ora sì ora no il vento portava un crepito di foglie labili. Il resto era silenzio e pace.

Io pensavo: « Perché ella cantava, quella mattina? Perché udendola provai quel turbamento, quell'ansietà? Ella mi pareva *un'altra donna*. Amava ella dunque colui? A quale stato del suo animo rispondeva quell'effusione insolita? Ella cantava, perché amava. Forse anche m'inganno.

Ma non saprò mai il vero!» Non era più la torbida gelosia dei sensi ma un rammarico più alto, che mi si partiva dal centro dell'anima. Pensavo: «Quale ricordo ha ella di colui? Quante volte il ricordo l'ha punta? Il figlio è un legame vivente. Ella ritrova in Raimondo qualche cosa dell'uomo che l'ha posseduta: ella ritroverà somiglianze più certe. Non è possibile ch'ella dimentichi il padre di Raimondo. Forse ella lo ha sempre davanti agli occhi. Che proverebbe se lo sapesse condannato?»

E m'indugiai nell'imaginare i progressi della paralisi, nel formare dentro di me imagini di colui a similitudine di quelle che mi dava il ricordo del povero Spinelli. E me lo rappresentavo seduto su una gran poltrona di cuoio rosso, pallido d'un pallor terreo, con tutti i lineamenti della faccia irrigiditi, con la bocca dilatata e aperta, piena di saliva e d'un balbettio incomprensibile. E lo vedevo fare ad ogni tratto sempre il medesimo gesto per raccogliere in un fazzoletto quella saliva continua che gli colava dagli angoli della bocca...

— Tullio!

Era la voce di mia madre. Mi volsi, andai verso l'alcova.

Giuliana stava supina, molto abbattuta, silenziosa. Il dottore esaminava sul capo del bambino un principio di crosta lattea.

— Faremo dunque il battesimo dopo domani — disse mia madre. — Il dottore crede che Giuliana dovrà rimanere ancóra qualche tempo a letto.

— Come la trovate, dottore? — domandai al vecchio, accennando l'inferma.

— Mi pare che ci sia un po' di sosta nel miglioramento — rispose, scotendo la bella testa canuta. — La trovo debole, molto debole. Bisogna accrescere la nutrizione, fare qualche sforzo...

Giuliana interruppe, guardandomi con un sorriso stanchissimo:

— M'ha ascoltato il cuore.

— Ebbene? — io chiesi, volgendomi sùbito al vecchio.

Mi parve di vedergli passare su la fronte un'ombra.

— È un cuore sanissimo — rispose sùbito. — Non ha bisogno che di sangue... e di tranquillità. Su, su, animo! Come va l'appetito stamani?

L'anemica mosse le labbra a un atto quasi di disgusto. Fissava la finestra aperta, quel lembo di cielo delicato.

— È una giornata fredda, oggi? — domandò con una specie di timidezza, ritraendo le mani sotto le coperte.

E rabbrividì visibilmente.

XXXVII

Il giorno dopo, io e Federico andammo a visitare Giovanni di Scòrdio. Era l'ultimo pomeriggio di novembre. Andammo a piedi, a traverso i campi arati.

Camminavamo in silenzio, pensosi. Il sole inclinava all'orizzonte, lento. Una polvere d'oro impalpabile fluttuava nell'aria quieta sul nostro capo. La terra umida aveva un color bruno vivace, un aspetto di possanza tranquilla, quasi direi una pacata consapevolezza della sua virtù. Dalle glebe saliva un fiato visibile, simile a quello spirante dalle narici dei buoi. Le cose bianche in quella luce mite assumevano una straordinaria bianchezza, una candidezza di neve. Una vacca di lontano, la camicia d'un agricoltore, un telo spaso, le mura d'una cascina risplendevano come in un plenilunio.

— Sei triste — mi disse Federico dolcemente.

— Sì, amico mio: molto triste. Dispero.

Seguì ancóra un lungo silenzio. Dalle fratte stormi d'uccelli si levavano frullando. Giungeva fioco lo scampanìo d'una mandra lontana.

— Di che disperi? — mi chiese mio fratello, con la stessa benignità.

— Della salvezza di Giuliana, della mia salvezza.

Egli tacque; non proferì nessuna parola di consolazione. Forse il dolore lo stringeva, dentro.

— Ho un presentimento — soggiunsi. — Giuliana non si leverà.

Egli tacque. Passavamo per un sentiero alberato; e le foglie cadute stridevano sotto i nostri piedi; e, dove le foglie non erano, il suolo risonava come per cavità sotterranee, cupo.

— Quando ella sarà morta, — soggiunsi — io che farò?

Uno sgomento repentino m'assalse, una specie di pànico; e guardai mio fratello che taceva accigliato, mi guardai d'intorno per la muta desolazione di quell'ora diurna; e mai come in quell'ora sentii il vuoto spaventevole della vita.

— No, no, Tullio, — disse mio fratello — Giuliana *non può morire*.

Egli affermava una cosa vana, senza valore alcuno d'innanzi alla condanna del Destino. Eppure egli aveva pronunziato quelle parole con una semplicità che mi scosse, tanto mi parve straordinaria. Così talvolta i fanciulli pronuziano a un tratto parole inaspettate e gravi che ci colpiscono nel mezzo dell'anima; e pare che una voce fatidica parli per le loro labbra inconsapevoli.

— Leggi nel futuro? — gli domandai, senz'ombra d'ironia. —

— No. Ma questo è il mio presentimento; e io ci credo.

Ancóra una volta mi venne dal buon fratello un lampo di confidenza; ancóra una volta per lui s'allargò un poco il duro cerchio che mi serrava il cuore. Il respiro fu breve. Nel resto del cammino egli mi parlò di Raimondo.

Come giungemmo in vicinanza del luogo ove abitava Giovanni di Scòrdio, egli scorse nel campo la figura alta del vecchio.

— Guarda! È là. Va seminando. Gli portiamo l'invito in un'ora solenne.

Ci appressammo. Io tremavo forte, dentro di me, come se mi accingessi a una profanazione. Andavo infatti a profanare una bella e grande cosa; andavo a chiedere la paternità spirituale di quel vecchio venerabile per un figliuolo adulterino.

— Guarda che figura! — esclamò Federico

soffermandosi e indicando il seminatore. — Ha l'altezza d'un uomo, eppure sembra un gigante.

Ci soffermammo dietro un albero, sul limite del campo, a guardare. Intento all'opera, Giovanni non ci aveva ancóra veduti.

Egli avanzava pel campo dirittamente, con una lentezza misurata. Gli copriva il capo una berretta di lana verde e nera con due ali che scendevano lungo gli orecchi all'antica foggia frigia. Un sàccolo bianco gli pendeva dal collo per una striscia di cuoio, scendendogli davanti alla cintura pieno di grano. Con la manca egli teneva aperto il sàccolo, con la destra prendeva la semenza e la spargeva.

Il suo gesto era largo, gagliardo e sapiente, moderato da un ritmo eguale. Il grano involandosi dal pugno brillava talvolta nell'aria come faville d'oro, e cadeva su le porche umide egualmente ripartito. Il seminatore avanzava con lentezza, affondando i piedi nudi nella terra cedevole, levando il capo nella santità della luce. Il suo gesto era largo, gagliardo e sapiente; tutta la sua persona era semplice, sacra e grandiosa.

Entrammo nel campo.

— Salute, Giovanni! — esclamò Federico, andando incontro al vecchio. — Sia benedetta la tua semenza. Sia benedetto il tuo pane futuro.

— Salute! — io ripetei.

Il vecchio tralasciò l'opera; si scoperse il capo.

— Copriti, Giovanni, se non vuoi che ci scopriamo — disse Federico.

Il vecchio si coprì, confuso, quasi timido, sorridendo. Domandò, umile:

— Perché tanto onore?

Io dissi, con una voce che mi sforzai di rendere ferma:

— Sono venuto a pregarti di tenere a battesimo il mio figliuolo.

Il vecchio mi guardò attonito, poi guardò mio fratello. La sua confusione crebbe. Egli mormorò:

— A me tanto onore!

— Che mi rispondi?

— Sono il tuo servo. Dio ti renda merito dell'onore che vuoi farmi oggi e Dio sia lodato per questa gioia che dà alla mia vecchiaia. Tutte le benedizioni del cielo scendano sul tuo figliuolo!

— Grazie, Giovanni.

E gli stesi la mano. E vidi che quei tristi occhi profondi s'inumidirono di tenerezza. Il cuore mi si gonfiò d'un'angoscia smisurata.

Il vecchio mi domandò:

— Come lo chiami?

— Raimondo.

— Come tuo padre, di felice memoria. Quello era un uomo! E voi gli somigliate.

Disse mio fratello:

— Sei solo a seminare il grano.

— Solo. Io lo getto e io lo ricopro.

E indicò l'erpice e il bidente che rilucevano su la terra bruna. D'intorno si vedevano i semi non anche ricoperti, i buoni germi delle spiche future.

Disse mio fratello:

— Continua dunque. Ti lasciamo alla tua opera. Tu verrai domattina alla Badiola. Addio, Giovanni. Sia benedetta la tua semenza.

Ambedue stringemmo quelle mani infaticabili, santificate dalla semenza che spargevano, dal bene che avevano sparso. Il vecchio fece l'atto di accompagnarci verso la callaia. Ma si soffermò, esitante. Disse:

— Vi chiedo una grazia.

— Parla, Giovanni.

Egli aprì il sacco che gli pendeva dal collo.

— Prendete un pugno di grano e gettatelo nel mio campo.

Io pel primo affondai la mano nel frumento, ne presi quanto potei, lo sparsi. Mio fratello m'imitò.

— Questo ora vi dico — soggiunse Giovanni di Scòrdio, con la voce commossa, guardando la terra seminata. — Dio voglia che il mio figlioccio sia buono come il pane che nascerà da questa semenza. Così sia.

XXXVIII

La mattina dopo, la cerimonia del battesimo si compì senza festa, senza pompa, per riguardo allo stato di Giuliana. Il bambino fu portato nella cappella per la comunicazione interna. Mia madre, mio fratello, Maria, Natalia, Miss Edith, la levatrice, la nutrice, il cavaliere Jemma andarono ad assistere. Io rimasi al capezzale dell'inferma.

Una grave sonnolenza la teneva. Il respiro le esciva affannato dalla bocca semiaperta, pallida come la più pallida delle rose fiorite all'ombra.

L'ombra occupava l'alcova. Io pensavo, guardandola: « Dunque non la salverò? Avevo allontanata la morte; ed ecco, la morte ritorna. Certo, se non accade un mutamento repentino, ella morirà. Prima, quando riuscivo a tener lontano da lei Raimondo, quando riuscivo a darle qualche illusione e qualche oblio con la mia tenerezza, pareva ch'ella volesse guarire. Ma da che ella vede il figliuolo, da che è ricominciato il supplizio, va di giorno in giorno perdendosi, dissanguandosi peggio che se l'emorragia le continuasse. Io assisto alla sua agonia. Ella non mi ascolta più, non m'obedisce più, come prima. Da chi le verrà la morte? Da *lui*. Egli, egli l'ucciderà, sicuramente... » Un'onda di odio mi sorse dalle radici più profonde, mi parve affluire alle mani tutta con un impulso micidiale. Vidi il piccolo essere malefico che si gonfiava di latte, che prosperava in pace, senza alcun pericolo, circondato d'infinite cure. « Mia madre ama più lui che Giuliana! Mia madre si occupa più di lui che di questa povera morente! Ah, bisogna che io lo tolga di mezzo, ad ogni costo. » E la visione del delitto già consumato mi balenò dentro: la visione del morticino in fasce, del piccolo cadavere innocuo su la bara. « Il battesimo è il suo viatico. E Giovanni lo regge su le sue braccia... »

Una curiosità subitanea mi punse. Lo spettacolo doloroso mi attirò. Giuliana era ancóra assopita. Uscii dall'alcova adagio; uscii dalla stanza, chiamai Cristina, la misi a guardia; poi mi diressi verso il coretto, a passo veloce, con un'ansia che mi soffocava.

L'usciuolo era aperto. Scorsi un uomo inginocchiato d'innanzi alla grata. Riconobbi Pietro, il vecchio servitore fedele, quello che m'aveva veduto nascere ed aveva assistito al mio battesimo. Egli si levò, con un po' di pena.

— Rimani, rimani, Pietro — gli dissi sottovoce, mettendogli una mano su la spalla per costringerlo a inginocchiarsi di nuovo.

E m'inginocchiai al suo fianco, appoggiai la fronte alla grata, guardai nella cappella sottoposta. Vedevo tutto, con una chiarezza perfetta; udivo le formule rituali.

La cerimonia era già incominciata. Seppi da Pietro che il bambino aveva già ricevuto il sale. Era ministro il parroco di Tussi, don Gregorio Artese. Questi e il patrino recitavano ora il Credo: l'uno a voce alta, l'altro a voce bassa di séguito. Giovanni reggeva il bambino sul braccio destro, su la mano che il giorno innanzi aveva seminato il frumento. La sinistra posava tra i nastri e i merletti candidi. E quelle mani ossute, asciutte, brune, che parevano fuse in un bronzo animato, quelle mani incallite su gli strumenti dell'agricoltura, santificate dal bene che avevano sparso, dalla vasta opera che avevano fornita, ora nel reggere quell'infante avevano una delicatezza e quasi una timidezza così gentili che io non potevo desistere dal guardarle. Raimondo non piangeva; moveva di continuo la bocca piena d'una bava liquida che gli colava pel mento sul bavaglio trapunto.

Dopo l'esorcismo, il parroco bagnò il dito nella saliva e toccò i piccoli orecchi rosei proferendo la parola miracolosa:

— *Ephpheta*.

Quindi toccò le nari dicendo:

— *In odorem suavitatis...*

Quindi intinse il pollice nell'olio dei Catecumeni; e, mentre Giovanni teneva supino su le sue braccia l'infante, unse a questi in modo di croce il sommo del petto; e, come Giovanni lo rivolse prono, unse il sommo del dorso tra le scapole, in modo di croce, dicendo:

— *Ego te linio oleo salutis in Christo Jesu Domino nostro...*

E con un fiocco di bambagia deterse le parti che aveva unte.

Allora depose la stola paonazza, il colore della doglia e della tristezza; e prese la stola bianca in segno di gioia, ad annunziare che la macchia originale stava per essere cancellata. E chiamò Raimondo per nome, e gli rivolse le tre domande solenni. E il patrino rispose:

— *Credo, credo, credo.*

La cappella era singolarmente sonora. Da una delle alte finestre ovali entrava una zona di sole andando a ferire una lapide marmorea del pavimento sotto il quale erano i sepolcri profondi ove molti dei miei maggiori dormivano in pace. Mia madre e mio fratello stavano l'una accanto all'altro, dietro a Giovanni; Maria e Natalia si sollevavano su la punta dei piedi per giungere a vedere il piccolo, curiose, di tratto in tratto sorridendo e bisbigliando fra loro. Giovanni si volgeva un poco, qualche volta, a quei bisbigli, con un atto benigno in cui si mostrava tutta l'ineffabile tenerezza senile verso i fanciulli traboccante da quel gran cuore di avo abbandonato.

— *Raymunde, vis baptizari?* — domandò il ministro.

— *Volo* — rispose il patrino, ripetendo la parola suggerita.

Il chierico presentò il bacile d'argento ove luccicava l'acqua battesimale. Mia madre tolse la cuffia al battezzando, mentre il patrino lo porgeva prono all'abluzione. Il capo rotondo, su cui potei distinguere le eruzioni biancastre della crosta lattea, penzolò verso il bacile. E il parroco, attingendo l'acqua con un vàscolo, la versò tre volte su quel capo, facendo ogni volta il segno della croce.

— *Ego te baptizo in nomine Patris, et Filii, et Spiritus sancti.*

Raimondo si mise a vagire forte; più forte mentre gli asciugavano il capo. E, come Giovanni lo risollevò, io vidi quel viso arrossato dall'afflusso di sangue e dallo sforzo, aggrinzato dai moti della bocca, macchiato di bianchiccio anche su la fronte. Ed ebbi dai vagiti pur sempre la stessa sensazione di laceramento doloroso, la stessa esasperazione d'ira. Nulla di lui m'irritava quanto la voce, quanto quel miagolio ostinato che mi aveva ferito così crudamente la prima volta nell'alba lugubre d'ottobre. Era per i miei nervi un urto intollerabile.

Il prete intinse il pollice nel sacro Crisma ed unse la fronte al battezzato, recitando la formula rituale che i vagiti coprivano. Quindi gli impose la veste bianca, il simbolo dell'Innocenza.

— *Accipe vestem candidam...*

Diede quindi al patrino il cero benedetto.

— *Accipe lampadem ardentem...*

L'Innocente si quietò. I suoi occhi si fissarono su la fiammella che tremolava in cima al lungo cero dipinto. Giovanni di Scòrdio reggeva sul braccio destro il nuovo cristiano e nella mano sinistra il simbolo del fuoco divino, con un'attitudine semplice e grave, guardando il sacerdote che recitava la formula. Egli avanzava di tutto il capo gli astanti. Nessuna cosa d'intorno era candida come la sua canizie, neppure la veste dell'Innocente.

— *Vade in pace, et Dominus sit tecum.*

— *Amen.*

Mia madre prese dal braccio del vecchio l'Innocente, se lo strinse al petto, lo baciò. Mio fratello anche lo baciò. Tutti gli astanti, l'un dopo l'altro, lo baciarono.

Pietro, al mio fianco, ancóra in ginocchio, piangeva. Sconvolto, fuori di me, balzai in piedi, uscii, attraversai di corsa gli anditi, entrai all'improvviso nella stanza di Giuliana.

Cristina mi domandò sottovoce, sbigottita:

— Che è accaduto, signore?

— Nulla, nulla. È sveglia?

— No, signore. Pare che dorma.

Discostai le cortine, entrai adagio nell'alcova. Da prima nell'ombra non scorsi se non il biancore del guanciale. M'appressai, mi chinai. Giuliana teneva gli occhi aperti, e mi guardava fissamente. Forse indovinò al mio aspetto tutte le mie angosce; ma non parlò. Richiuse gli occhi, come per non riaprirli più.

XXXIX

Incominciò da quel giorno l'ultimo periodo precipitoso di quella lucida demenza che doveva condurmi al delitto. Incominciò da quel giorno la premeditazione del mezzo più facile e più sicuro per far morire l'Innocente.

Fu una premeditazione fredda, acuta e assidua che assorbì tutte le mie facoltà interiori. L'idea fissa mi possedeva intero, con una forza e una tenacità incredibili. Mentre tutto il mio essere si agitava in un orgasmo supremo, l'idea fissa lo dirigeva allo scopo come su per una lama d'acciaio chiara, rigida, senza fallo. La mia perspicacia pareva triplicata. Nulla mi sfuggiva, dentro e fuori di me. La mia circospezione non si rilasciò mai un istante. Nulla io dissi, nulla io feci che potesse destare sospetto, muovere stupore. Simulai, dissimulai senza tregua, non soltanto verso mia madre, mio fratello, gli altri inconsapevoli, ma anche verso Giuliana.

Io mi mostrai a Giuliana rassegnato, pacificato, talvolta quasi immemore. Evitai studiosamente qualunque allusione all'intruso. Cercai in tutti i modi di rianimarla, inspirarle fiducia, indurla all'osservanza delle norme che dovevano renderle la salute. Moltiplicai le mie premure.

Volli avere per lei tenerezze così profonde e così obliose che ella potesse in quelle rigustare i sapori della vita più freschi e più sinceri. Ancóra una volta ebbi la sensazione di trasfondermi nel corpo fragile dell'inferma, di comunicarle un po' della mia forza, di dare un impulso al suo debole cuore. Pareva che io la spingessi a vivere di giorno in giorno, quasi insufflandole un vigore fittizio, nell'attesa dell'ora tragica e liberatrice. Ripetevo dentro di me: « Domani! » E il domani giungeva, trascorreva, si dileguava senza che l'ora fosse scoccata. Ripetevo: « Domani! »

Ero convinto che la salvezza della madre stesse nella morte del figliuolo. Ero convinto che, scomparso l'intruso, ella sarebbe guarita. Pensavo: « Ella non potrebbe non guarire. Ella risorgerebbe a poco a poco, rigenerata, con un sangue nuovo. Parrebbe una creatura nuova, scevra d'ogni impurità. Ambedue ci sentiremmo purificati, degni l'uno dell'altra, dopo una espiazione così lunga e così dolorosa. La malattia, la convalescenza darebbero al triste ricordo una lontananza indefinita. E io vorrei cancellare dall'anima di lei perfino l'ombra del ricordo; vorrei darle il perfetto oblio, nell'amore. Qualunque altro amore umano parrebbe futile al confronto del nostro, dopo questa grande prova. » La visione dell'avvenire m'accendeva d'impazienza. L'incertezza mi diveniva intollerabile. Il delitto mi appariva scevro di orrore. Io mi rimproveravo acremente le perplessità nelle quali m'indugiavo con troppa prudenza; ma nessun lampo ancóra aveva attraversato il mio cervello, non ero ancor riuscito a trovare il *mezzo* sicuro.

Bisognava che Raimondo sembrasse morire di morte naturale. Bisognava che anche al medico non potesse balenare alcun sospetto. Dei diversi *metodi* studiati nessuno mi parve elegibile, praticabile. E intanto, mentre aspettavo il lampo rivelatore, la trovata luminosa, io mi sentivo attratto da uno strano fascino verso la vittima.

Spesso entravo all'improvviso nella stanza della nutrice, palpitando così forte che temevo ella udisse i battiti. Si chiamava Anna; era una femmina di Montegorgo Pausula; esciva da una grande razza di viragini alpestri. Aveva talvolta l'aspetto d'una Cibele di rame, a cui mancasse la corona di torri. Portava la foggia del suo paese: una gonna di scarlatto a mille pieghe diritte e simmetriche, un busto nero a ricami d'oro, da cui pendevano due maniche lunghe dove ella di rado introduceva le braccia. Il suo capo si levava su dalla camicia bianchissima, oscuro; ma il bianco degli occhi e il bianco dei denti vincevano d'intensità il candore del lino. Gli occhi parevano di smalto, rimanevano quasi sempre immobili, senza sguardo, senza sogno, senza pensiero. La bocca era larga, socchiusa, taciturna, illustrata da una chiostra di denti fitti ed eguali. I capelli, così neri che davano riflessi di viola, partiti su la fronte bassa, terminavano in due trecce dietro gli orecchi attorte come le corna dell'ariete. Ella stava quasi di continuo assisa, reggendo il poppante, in attitudini statuarie, né triste né lieta.

Io entrava. La stanza per lo più era nell'ombra. Io vedevo biancheggiare le fasce di Raimondo su le braccia della cupa femmina possente che mi fissava con quegli occhi d'idolo inanimato senza parlare e senza sorridere.

Rimanevo là, talvolta, a guardare il poppante appeso alla mammella rotonda, singolarmente chiara in confronto del viso, rigata di vene azzurrognole. Poppava ora piano ora forte, ora svogliato ora mosso da un'avidità subitanea. La guancia molle secondava il moto delle labbra, la gola palpitava ad ogni sorso, il naso quasi scompariva premuto dalla mammella gonfia. Mi pareva visibile il benessere sparso per quel tenero corpo dall'onda di quel latte fresco, sano e sostanziale. Mi pareva che ad ogni nuovo sorso la vitalità dell'intruso divenisse più tenace, più resistente, più malefica. Provavo un sordo rammarico nel notare ch'egli cresceva, ch'egli fioriva, ch'egli non portava in sé alcun indizio d'infermità tranne quelle lievi croste biancastre innocue. Pensavo: « Ma tutte le agitazioni, tutte le sofferenze della madre, mentre egli era ancóra nel ventre, non gli hanno nociuto? O egli ha veramente qualche vizio organico non ancóra manifesto, che potrebbe svilupparsi in séguito e ucciderlo? »

Un giorno, vincendo la ripugnanza, avendolo trovato senza fasce nella culla, lo palpai, lo esaminai dal capo alle piante, misi l'orecchio sul suo petto per ascoltargli il cuore. Egli ritraeva le piccole gambe e poi spingeva forte; agitava le mani piene di fossette e di pieghe; si ficcava in bocca le dita terminate da unghie minuscole che sporgevano in fuori per un cerchiolino chiaro. Gli anelli della carne si arrotondavano morbidi ai polsi, ai malleoli, dietro i ginocchi, su le cosce, su gli inguini, sul pube.

Più volte lo guardai anche mentre dormiva, lo guardai a lungo, pensando e ripensando al *mezzo*, distratto dalla visione interiore del morticino in fasce disteso su la bara tra corone di crisantemi bianchi, tra quattro candele accese. Egli aveva il sonno calmissimo. Giaceva supino, tenendo le mani chiuse a pugno col pollice in dentro. A quando a quando le sue labbra umide facevano l'atto di poppare. Se mi giungeva al cuore l'innocenza di quel sonno, se l'atto inconscio di quelle labbra m'impietosiva, io dicevo a me stesso, come per raffermare il mio proposito: « Deve morire. » E mi rappresentavo le sofferenze già patite per lui, le sofferenze recenti, le imminenti, e quanto d'affetto egli usurpava a danno delle mie creature, e l'agonia di Giuliana, e tutti i dolori e tutte le minacce che chiudeva la nuvola ignota sul nostro capo. E così rinfocolavo la mia volontà micidiale, così rinnovavo sul dormente la condanna. In un angolo, all'ombra, stava seduta a custodia la femina di Montegorgo, taciturna, immobile come un idolo; e il bianco degli occhi e il bianco dei denti non lucevano meno dei larghi cerchi d'oro.

XL

Una sera (fu il 14 di dicembre), mentre io e Federico tornavamo alla Badiola, scorgemmo d'innanzi a noi sul viale un uomo che riconoscemmo per Giovanni di Scòrdio.

— Giovanni! — gridò mio fratello.

Il vecchio si fermò. Noi ci avvicinammo.

— Buona sera, Giovanni. Che novità?

Il vecchio sorrideva peritoso, impacciato, quasi che noi l'avessimo còlto in fallo.

— Venivo — balbettò — venivo... pel mio figlioccio.

Era timidissimo. Pareva che stesse lì lì per chiedere perdono di quell'ardire.

— Vorresti vederlo? — gli chiese Federico, a bassa voce, come per fargli una proposta in confidenza, avendo certo compreso il sentimento dolce e triste che moveva il cuore di quell'avo abbandonato.

— No, no... Venivo soltanto per domandare...

— Non vuoi vederlo dunque.

— No... sì... troppo disturbo forse... a quest'ora...

— Andiamo — concluse Federico, prendendolo per la mano come un fanciullo. — Vieni a vederlo.

Rientrammo. Salimmo fino alla stanza della nutrice.

Mia madre era là. Sorrise con benignità a Giovanni. Ci accennò di non far rumore.

— Dorme — disse.

Volgendosi a me, soggiunse con inquietudine:

— Oggi, verso sera, ha tossito un poco.

La notizia mi turbò; e il mio turbamento apparve così che mia madre credette di rassicurarmi soggiungendo:

— Ma poco, sai?, appena appena: una cosa da nulla.

Federico e il vecchio già s'erano appressati alla culla e guardavano il piccolo dormente, alla luce della lampada. Il vecchio stava tutto chino. E nessuna cosa d'intorno era candida come la sua canizie.

— Bacialo — bisbigliò Federico.

Egli si sollevò, guardò me e mia madre con un'aria smarrita; poi si passò una mano su la bocca, sul mento dove la barba era mal rasa.

Disse sottovoce a mio fratello col quale aveva maggior confidenza:

— Se lo bacio, lo pungo. Certo, si sveglia.

Mio fratello, vedendo che il povero vecchio diserto si struggeva dal desiderio di baciare il bambino, lo incorò con un gesto. E allora quel grosso capo canuto si piegò su la culla piano piano, piano piano.

XLI

Quando rimanemmo soli io e mia madre nella stanza, davanti alla culla dove Raimondo ancóra dormiva col bacio in fronte, ella disse pietosa:

— Povero vecchio! Sai tu che viene quasi tutte le sere? Ma di nascosto. Me l'ha detto Pietro che l'ha veduto gironzare intorno alla casa. Il giorno del battesimo, volle che gli indicassero di fuori la finestra di questa stanza, forse per venire a guardarla... Povero vecchio! Come mi fa pena!

Io ascoltavo il respiro di Raimondo. Non mi parve mutato. Il suo sonno era tranquillo. Dissi:

— Dunque oggi ha tossito...

— Sì, Tullio, un poco. Ma non t'impensierire.

— Ha preso freddo, forse...

— Non mi par possibile che abbia preso freddo; con tante cautele!

Un lampo mi attraversò il cervello. Un gran tremito interno mi assalì all'improvviso. La vicinanza di mia madre mi divenne a un tratto insopportabile. Mi smarrii, mi confusi, ebbi paura di tradirmi. Il pensiero mi balenava dentro con tale lucidità, con tale intensità che io temetti: «Qualche cosa dalla mia faccia deve trasparire.» Era un timore vano, ma non riuscivo a dominarmi. Feci un passo avanti, e mi chinai su la culla.

Di qualche cosa mia madre s'accorse ma in mio favore, perché soggiunse:

— Come sei apprensivo tu! Non senti che respiro calmo? Non vedi come dorme bene?

Ma pur dicendomi questo, ella aveva nella voce l'inquietudine e non sapeva nascondermi la sua apprensione.

— Sì, è vero; non sarà nulla — risposi comprimendomi. — Rimani qui?

— Finché non torna Anna.

— Io vado.

Me n'andai. Andai da Giuliana. Ella m'aspettava. Tutto era pronto per la sua cena a cui solevo prender parte affinché la piccola tavola da malata le sembrasse meno uggiosa e il mio esempio e le mie premure la spingessero a mangiare. Io mi mostrai negli atti, nelle parole, eccessivo, quasi allegro, diseguale. Ero in preda a una particolare sovreccitazione, e n'avevo un'esatta conscienza, e potevo sorvegliarmi ma non moderarmi. Bevvi, contro la mia consuetudine, due o tre bicchieri del vino di Borgogna prescritto a Giuliana. Volli che ella anche bevesse qualche sorso di più.

— Ti senti un poco meglio; è vero?

— Sì, sì.

— Se tu sarai obediente, io ti prometto che per Natale ti farò levare. Ci sono ancóra dieci giorni. In dieci giorni, se tu vorrai, diventerai forte. Bevi ancóra un sorso, Giuliana!

Ella mi guardava un po' attonita, un po' curiosa, facendo qualche sforzo per prestarmi tutta la sua attenzione. Ella era già affaticata, forse; le palpebre incominciavano forse a pesarle. Quella positura elevata, dopo un certo tempo, provocava in lei ancóra talvolta i sintomi dell'anemia cerebrale.

Bagnò le labbra nel bicchiere che le porgevo.

— Dimmi, — io seguitai — dove ti piacerebbe di passare la convalescenza?

Ella sorrise debolmente.

— Su la Riviera? Vuoi che scriva ad Augusto Arici perché ci trovi una villa? Se Villa Ginosa fosse disponibile! Ti ricordi?

Ella sorrise più debolmente ancóra.

— Sei stanca? T'affatica forse la mia voce...

M'avvidi ch'ella stava per cadere in deliquio. La sostenni, le tolsi i guanciali che la rialzavano, l'adagiai mettendole il capo più basso, la soccorsi nei modi consueti. Dopo un poco, parve ch'ella riacquistasse i sensi. Mormorò come in sogno:

— Sì, sì, andiamo...

XLII

Un'irrequietudine strana mi teneva. Talvolta era come un godimento, come un assalto di gioia confusa. Talvolta era come un'impazienza acutissima, una smania insofferibile. Talvolta era come un bisogno di vedere qualcuno, d'andare in cerca di qualcuno, di parlare, di espandermi. Talvolta era come un bisogno di solitudine, di correre a rinchiudermi in un luogo sicuro per rimanere solo con me stesso, per guardarmi bene a dentro, per sviluppare il mio pensiero, per considerare e studiare tutte le particolarità dell'evento prossimo, per prepararmi. Questi moti diversi e contrarii, ed altri innumerevoli moti indefinibili inesplicabili, si avvicendavano nel mio spirito rapidamente, con una straordinaria accelerazione della mia vita interiore.

Il lampo che aveva attraversato il mio cervello, quel guizzo di luce sinistra, pareva che avesse illuminato a un tratto uno stato di conscienza preesistente sebbene immerso nell'oscurità, pareva che avesse risvegliato uno strato profondo della mia memoria. Sentivo di *ricordarmi* ma, per quanti sforzi io facessi, non giungevo a rintracciare le origini del ricordo né a scoprirne la natura. Certo, *mi ricordavo*. Era il ricordo d'una lettura lontana? Avevo trovato descritto in qualche libro un caso analogo? O qualcuno, un tempo, m'aveva narrato quel caso come occorso nella vita reale? Oppure quel sentimento del *ricordo* era illusorio, non era se non l'effetto d'una associazione d'idee misteriosa? Certo, mi pareva che il *mezzo* mi fosse stato suggerito da qualcuno estraneo. Mi pareva che qualcuno a un tratto fosse venuto a togliermi da ogni perplessità dicendomi: « *Bisogna che tu faccia così, come fece quell'altro nel tuo caso.* » Ma chi era *quell'altro*? In qualche modo, certo, io dovevo averlo conosciuto. Ma, per quanti sforzi io facessi, non riuscivo a distaccarlo da me, a rendermelo obiettivo. M'è impossibile definire con esattezza il particolare stato di conscienza in cui mi trovavo. Io avevo la nozione completa d'un fatto in tutti i punti del suo svolgimento, avevo cioè la nozione d'una serie di azioni per cui era passato un uomo nel ridurre ad effetto un dato proposito. Ma quell'uomo, il predecessore, m'era ignoto; e io non potevo associare a quella nozione le imagini relative senza mettere me stesso nel luogo di colui. Io dunque vedevo me stesso compiere quelle speciali azioni già compiute da un altro, imitare la condotta tenuta da un altro in un caso simile al mio. Il sentimento della spontaneità originale mi mancava.

Quando uscii dalla stanza di Giuliana, passai qualche minuto nell'incertezza girando per gli anditi alla ventura. Non incontrai nessuno. Mi diressi verso la stanza della nutrice. Origliai alla porta; udii la voce sommessa di mia madre; mi allontanai.

Ella non s'era mossa forse di là? Il bambino aveva avuto forse qualche accesso di tosse più grave? Io conoscevo bene il catarro bronchiale dei neonati, la malattia terribile dalle apparenze ingannevoli. Mi ricordai del pericolo corso da Maria nel suo terzo mese di vita, mi ricordai di tutti i sintomi. Anche Maria da principio aveva alcune volte sternutato, tossito leggermente: aveva mostrato molta tendenza al sonno. Pensai: « Chi sa! Se aspetto, se non mi lascio trascinare, forse *il buon Dio* interviene a tempo, io sono salvo. » Tornai indietro; origliai di nuovo; udii ancóra la voce di mia madre; entrai.

— Dunque, come sta Raimondo? — chiesi, senza nascondere il mio tremito.

— Bene. È quieto; non ha più tossito: ha il respiro regolare, il calore naturale. Guarda. Sta poppando.

Mia madre mi parve infatti rassicurata, tranquilla.

Anna, seduta sul letto, dava il latte al bambino che lo beveva con avidità, mettendo di tratto in tratto un piccolo rumore con le labbra nel suggere. Anna aveva il volto reclinato, gli occhi fissi al pavimento, un'immobilità bronzea. La fiammella oscillante della lampada le gittava luci ed ombre su la gonna rossa.

— Non fa troppo caldo qui dentro? — dissi, provando un po' di soffocazione.

La camera infatti era caldissima. In un angolo, su la cupola d'un braciere si scaldavano alcune pezzuole, una fascia. Si udiva anche un gorgoglìo d'acqua in bollore. Si udiva a quando a quando il tintinno dei vetri sotto le ventate che fischiavano o rugghiavano.

— Senti che tramontana si rivolta! — mormorò mia madre.

Io non avvertii più gli altri rumori. Ascoltai il vento, con un'attenzione ansiosa. Mi corse qualche brivido per le ossa, quasi che m'avesse penetrato un filo di quel freddo. Andai verso la finestra. Nell'aprire uno scuretto, le dita mi tremavano. Appoggiai la fronte contro il vetro gelido e guardai di fuori, ma l'appannatura prodotta sùbito dall'alito m'impediva di vedere. Levai gli occhi e scorsi a traverso il vetro più alto scintillare il cielo stellato.

— È sereno — dissi, uscendo dal vano della finestra.

Avevo dentro di me l'imagine della notte adamantina e micidiale, mentre gli occhi mi correvano a Raimondo che pendeva ancóra dalla poppa.

— Ha mangiato stasera Giuliana? — mi domandò mia madre, con un accento amorevole.

— Sì — le risposi, senza dolcezza; e pensai: « In tutta la sera tu non hai trovato un minuto per venire a vederla! Non è la prima volta che la trascuri. Hai dato il cuore a Raimondo. »

XLIII

La mattina dopo, il dottor Jemma osservò il bambino e lo dichiarò perfettamente sano. Non diede alcuna importanza al fatto della tosse addotto da mia madre. Pur sorridendo delle cure e delle apprensioni eccessive, raccomandò la cautela in quei giorni di freddo crudo, raccomandò la massima prudenza per le lavande e pel bagno.

Ero presente mentre egli parlava di queste cose davanti a Giuliana. Due o tre volte i miei occhi s'incontrarono con quelli di lei, in lampi fuggevoli.

Dunque non veniva aiuto dalla *Provvidenza.* Bisognava operare, bisognava profittare del momento opportuno, affrettare l'evento. Io mi risolsi. Aspettai la sera, deliberato a compiere il delitto.

Raccolsi quanto di energia ancóra mi rimaneva, aguzzai la mia perspicacia, studiai tutte le mie parole, tutti i miei atti. Nulla io dissi, nulla io feci che potesse destare sospetto, muovere stupore. La mia circospezione non si rilasciò mai un istante. Non ebbi un istante di debolezza sentimentale. La mia sensibilità interiore era compressa, soffocata. Il mio spirito concentrava tutte le sue facoltà utili nel preparativo per arrivare allo scioglimento di un problema materiale. Bisognava che nella sera per alcuni minuti io fossi lasciato solo con l'intruso, e in certe date condizioni di sicurtà.

Durante il giorno entrai più volte nella stanza

della nutrice. Anna era sempre al suo posto, come una custode impassibile. Se io le rivolgevo qualche domanda, ella mi rispondeva con monosillabi. Aveva una voce roca, d'un timbro singolare. Il suo silenzio, la sua inerzia mi irritavano.

Per lo più ella non s'allontanava se non nell'ora dei suoi pasti. Ma era sostituita per lo più da mia madre o da Miss Edith o da Cristina o da qualche altra donna di servizio. In quest'ultimo caso io avrei potuto facilmente liberarmi della testimone, dandole un ordine. Ma rimaneva sempre il pericolo che qualcuno sopraggiungesse all'improvviso nel frattempo. E inoltre io ero in balìa della ventura, non potendo io stesso scegliere la persona subentrante. Era probabile che tanto in quella sera quanto nelle sere successive fosse mia madre. D'altronde, mi pareva impossibile prolungare indefinitamente le mie vigilanze e le mie ansietà, stare in agguato per un tempo incerto, vivere nell'aspettazione continua dell'ora funesta.

Mentre ero là perplesso, entrò Miss Edith con Maria e Natalia. Le due piccole Grazie, animate dalla corsa all'aria aperta, chiuse nei loro mantelli di zibellino, con su' capelli il tòcco della stessa pelliccia, con le mani guantate, con le guance invermigliate dal freddo, appena mi videro si gettarono su di me allegre e leggère. E per alcuni minuti la stanza fu piena del loro cinguettìo.

— Sai, sono arrivati i montanari — m'annunziò Maria. — Stasera comincia la novena di Natale, nella cappella. Se tu vedessi il presepe che ha fatto Pietro! Sai che la nonna ci ha promesso l'Albero? È vero, Miss Edith? Bisogna metterlo nella stanza della mamma... La mamma sarà guarita per Natale; è vero? Oh, falla guarire!

Natalia s'era fermata a guardare Raimondo; e di tratto in tratto rideva alle smorfie di lui che agitava le gambe senza posa come se volesse liberarsi dalle fasce. Le venne un capriccio.

— Voglio tenerlo in braccio!

E strepitò per averlo. Raccolse tutta la sua forza per reggere il peso; e il suo volto divenne grave, come quando ella faceva da madre alla sua bambola.

— Ora io! — gridò Maria.

E il fratellastro passò dall'una all'altra, senza piangere. Ma a un certo punto, mentre Maria lo portava in giro sorvegliata da Edith, pericolò, fu per sfuggirle dalle mani. Edith lo sostenne, lo riprese, lo restituì alla nutrice che pareva profondamente assorta, lontanissima dalle persone e dalle cose che la circondavano.

Seguendo un mio pensiero segreto, io dissi:

— Dunque stasera comincia la Novena...

— Sì, sì, stasera.

Io guardavo Anna che parve scuotersi e prestare un'attenzione insolita al discorso.

— Quanti sono i montanari?

— Cinque — rispose Maria che sembrava minutamente informata di tutto. — Due cornamuse, due ceramelle e un piffero.

E si mise a ridere ripetendo molte volte di séguito l'ultima parola per incitare la sorella.

— Vengono dalla tua montagna — dissi volgendomi ad Anna. — Ce n'è forse qualcuno di
Montegorgo...

Gli occhi di lei avevano perduta la loro durezza di smalto, s'erano animati, rilucevano umidi e tristi. Tutto il volto appariva alterato dal-
l'espressione d'un sentimento straordinario. E io
compresi ch'ella soffriva e che la nostalgia era
il suo male.

XLIV

S'approssimava la sera. Scesi alla cappella, vidi i preparativi della Novena: il presepe, i fiori,
le candele vergini. Uscii senza sapere perché;
guardai la finestra della stanza di Raimondo.
Camminai a passi rapidi su e giù per lo spiazzo, sperando di domare il tremore convulso, il
freddo acuto che mi penetrava le ossa, le contratture che mi serravano lo stomaco vacuo.

Era un crepuscolo glaciale, polito, quasi direi tagliente. Un lividore verdastro si dilatava su
l'orizzonte lontano, in fondo alla valle plumbea
ove s'internava l'Assòro tortuoso. Il fiume luccicava, solo.

Uno sgomento repentino m'invase. Pensai:
« Ho paura? » Mi pareva che qualcuno, invisibile, mi guardasse l'anima. Provavo lo stesso malessere che dànno talvolta gli sguardi troppo fissi, magnetici. Pensai: « Ho paura? Di che? Di

compiere l'atto o di essere scoperto da qualcuno? » Mi sgomentavano le ombre dei grandi alberi, l'immensità del cielo, i luccichii dell'Assòro, tutte quelle voci vaghe della campagna. Sonò l'*Angelus*. Rientrai, quasi di fuga, come inseguito.

Incontrai mia madre nell'andito non ancóra illuminato.

— Di dove vieni, Tullio?

— Di fuori. Ho passeggiato un poco.

— Giuliana t'aspetta.

— A che ora comincia la Novena?

— Alle sei.

Erano le cinque e un quarto. Mancavano tre quarti d'ora. Bisognava vigilare.

— Vado, mamma.

Dopo qualche passo la richiamai.

— Federico non è tornato?

— No.

Salii alla stanza di Giuliana. Ella m'aspettava. Cristina preparava la piccola tavola.

— Dove sei stato fino a ora? — mi chiese la povera malata, con un lieve tono di rimprovero.

— Sono stato là, con Maria, con Natalia... Sono stato a vedere la cappella.

— Già, stasera comincia la Novena — ella mormorò tristemente, accorata.

— Di qui potrai sentire forse i suoni.

Ella restò pensosa per qualche istante. Mi sembrò molto triste, d'una di quelle tristezze un po' molli che rivelano un cuore gonfio di pianto, un bisogno di lacrime.

— A che pensi? — le chiesi.

— Mi ricordo del mio primo Natale alla Badiola. Te ne ricordi tu?

Ella era tenera e commossa; e richiamava la mia tenerezza, si abbandonava a me per essere blandita, per essere cullata, perché io le premessi il cuore e le bevessi le lacrime. Conoscevo quei suoi languori dolenti, quei suoi affanni indefiniti. Ma pensavo, ansioso: «Bisogna che io non la secondi. Bisogna che io non mi lasci legare. Il tempo fugge. Se ella mi prende, mi sarà difficile distaccarmi da lei. Se ella piange, io non potrò allontanarmi. Bisogna che io mi contenga. Il tempo precipita. Chi rimarrà a guardia di Raimondo? Non mia madre, certo. Probabilmente la nutrice. Tutti gli altri si raccoglieranno nella cappella. Qui metterò Cristina. Io sarò sicuro. Il caso non potrebbe essermi più favorevole. Bisogna che fra venti minuti io sia libero.»

Evitai di eccitare la malata, finsi di non comprenderla, non corrisposi alle sue effusioni, cercai di distrarla con oggetti materiali, feci in modo che Cristina non ci lasciasse soli come nelle altre sere d'intimità, mi occupai della cena con esagerata premura.

— Perché stasera non mangi con me? — ella mi chiese.

— Non posso prender nulla, ora; non sto bene. Mangia tu qualche cosa; ti prego!

Per quanti sforzi io facessi non riuscivo a dissimulare interamente l'ansietà che mi divorava. Più volte ella mi guardò con l'intenzione manifesta di penetrarmi. Poi d'un tratto s'accigliò, diventò taciturna. Toccò appena appena qualche cibo, bagnò appena appena le labbra nel bicchiere. Io raccolsi tutto il mio coraggio allora, per andarmene. Finsi di aver udito il rumore d'una vettura. Mi misi in ascolto, dissi:

— Forse è tornato Federico. Ho bisogno di vederlo sùbito... Permetti che vada giù un momento. Rimane qui Cristina.

La vidi alterata nel volto come chi sia per rompere in un pianto. Non aspettai il suo consenso. Uscii in fretta; ma non trascurai di ripetere a Cristina che rimanesse fino a che io non fossi risalito.

Appena fuori, fui costretto a fermarmi per resistere alla soffocazione dell'ambascia. Pensai: « Se non riesco a dominare i miei nervi, tutto è perduto. » Tesi l'orecchio, ma non udii se non il rombo delle mie arterie. M'avanzai per l'andito fino alle scale. Non incontrai nessuno. La casa era silenziosa. Pensai: « Tutti già sono nella cappella, anche i domestici. Non c'è nulla da temere. » Aspettai due o tre minuti ancóra, per ricompormi. In quei due o tre minuti l'intensione del mio spirito cadde. Ebbi uno smarrimento strano. Mi passarono pel cervello pensieri vaghi, insignificanti, estranei all'atto che stavo per compiere. Contai macchinalmente i balaustri della ringhiera.

« Certo Anna è rimasta. La stanza di Raimondo non è lontana dalla cappella. I suoni annunzieranno il principio della Novena. » Mi diressi verso la porta. Prima di giungervi, udii il preludio delle cornamuse. Entrai senza esitare. Non m'ero ingannato.

Anna stava in piedi, presso la sua sedia, atteggiata in modo così vivo ch'io sùbito indovinai ch'ella era allora allora balzata in piedi udendo le cornamuse della sua montagna, il preludio della pastorale antica.

— Dorme? — domandai.

Ella m'accennò di sì col capo.

I suoni continuavano, velati dalla distanza, dolci come in un sogno, un po' rochi, lunghi, lenti. Le voci chiare delle ceramelle modulavano la melodia ingenua e indimenticabile su l'accompagnamento delle cornamuse.

— Va anche tu alla Novena — io le dissi. — Resto io qui. Da quanto tempo s'è addormentato?

— Ora.

— Va, va dunque alla Novena.

Gli occhi le brillarono.

— Vado?

— Sì. Resto io qui.

Le aprii la porta io stesso; la chiusi dietro di lei. Corsi verso la culla, su la punta dei piedi; guardai da presso. L'Innocente dormiva nelle sue fasce, supino, tenendo le piccole mani chiuse a pugno col pollice in dentro. A traverso il tessuto delle palpebre apparivano per me le sue iridi grige. Ma non sentii sollevarmi dal profondo nessun impeto cieco di odio né d'ira. La mia avversione contro di lui fu meno acre che nel passato. Mi mancò quell'impulso istintivo che più d'una volta avevo sentito correre fino alle estremità delle mie dita pronte a qualunque violenza criminale. Io non obedii se non all'impulso d'una volontà fredda e lucida, in una perfetta consapevolezza.

Tornai alla porta, la riaprii; m'assicurai che l'andito era deserto. Corsi allora alla finestra. Mi vennero alla memoria alcune parole di mia madre; mi balenò il dubbio che Giovanni di Scòrdio potesse trovarsi là sotto, nello spiazzo. Con infinite precauzioni aprii. Una colonna d'aria gelata m'investì. Mi sporsi sul davanzale, ad esplorare. Non vidi nessuna forma sospetta, non udii se non i suoni della Novena diffusi. Mi ritrassi, mi avvicinai alla culla, vinsi con uno sforzo l'estrema ripugnanza; presi adagio adagio il bambino, comprimendo l'ansia; tenendolo discosto dal mio cuore che batteva troppo forte, lo portai alla finestra; l'esposi all'aria che doveva farlo morire.

Non mi smarrii; nessuno dei miei sensi s'oscurò. Vidi le stelle del cielo che oscillavano come se un vento superno le agitasse; vidi i moti illusorii ma terrifici che la luce mobile della lampada metteva nella portiera; udii distintamente la ripresa della pastorale, i latrati d'un cane lontano. Un guizzo del bambino mi fece trasalire. Egli si svegliava.

Pensai: « Ora piange. Quanto tempo è passato? Un minuto, forse; neppure un minuto. Basterà quest'impressione breve perché egli muoia? È stato egli colpito? » Il bambino agitò le braccia d'innanzi a sé, storse la bocca, l'aprì; tardò un poco a emettere il vagito che mi parve mutato, più esile, più tremulo, ma forse soltanto perché sonava in un'aria diversa mentre io l'avevo udito sempre in luoghi chiusi. Quel vagito esile, tremulo, m'empì di sgomento, mi diede a un tratto una paura folle. Corsi alla culla, posai il bambino. Tornai alla finestra per chiuderla; ma prima di chiuderla, mi sporsi sul davanzale, gittai nell'ombra uno sguardo, non vidi null'altro che le stelle. Chiusi. Benché incalzato dal pànico, evitai il rumore. E dietro di me il bambino piangeva, piangeva più forte. « Sono salvo? » Corsi alla porta, guardai nell'andito, origliai. L'andito era deserto; passava l'onda lenta dei suoni.

« Sono salvo dunque. Chi può avermi veduto? » Pensai ancóra a Giovanni di Scòrdio, guardando la finestra; ebbi ancóra un'inquietudine. « Ma no, giù non c'era nessuno. Ho guardato due volte. » Mi ravvicinai alla culla, raddrizzai il corpo del bambino, lo copersi con cura, m'assicurai che nulla era fuor di posto. Ora però avevo una ripugnanza invincibile ai contatti. Egli piangeva, piangeva. Che potevo fare per quietarlo? Aspettai.

Ma quel vagito continuo in quella grande stanza solitaria, quel lagno inarticolato della vittima ignara mi straziava così atrocemente che non potendo più resistere m'alzai per sottrarmi in qualche modo alla tortura. Uscii nell'andito, socchiusi la porta dietro di me; rimasi là vigilando. La voce del bambino giungeva appena appena, si confondeva nell'onda lenta dei suoni. I suoni continuavano, velati dalla lontananza, dolci come in un sogno, un po' rochi, lunghi, lenti. Le voci chiare delle ceramelle modulavano la melodia semplice su l'accompagnamento delle cornamuse. La pastorale si spandeva per la grande casa pacifica, giungeva forse alle stanze più remote. — L'udiva Giuliana? Che pensava, che sentiva Giuliana? Piangeva?

Non so perché, m'entrò nel cuore questa certezza: « Ella piange. » E dalla certezza nacque una visione intensa che mi diede una sensazione reale e profonda. I pensieri e le imagini che mi attraversavano il cervello erano incoerenti, frammentarii, assurdi, composti di elementi, che l'uno all'altro non rispondevano, inafferrabili, d'una natura dubbia. M'assalì la paura della follia. Mi domandai: « Quanto tempo è passato? » E m'accorsi che avevo completamente smarrita la nozione del tempo.

I suoni cessarono. Pensai: « La divozione è finita. Anna sta per risalire. Verrà forse mia madre. Raimondo non piange più! » Rientrai nella stanza, gittai uno sguardo intorno per assicurarmi ancóra una volta che non rimaneva alcuna traccia dell'attentato. M'appressai alla culla, non senza un vago timore di trovare il bambino esanime. Egli dormiva, supino, tenendo le piccole mani chiuse a pugno col pollice in dentro. « Dorme! È incredibile. Pare che nulla sia accaduto. » Quel che avevo fatto parve assumere l'inesistenza d'un sogno. Ebbi come un mancamento repentino di pensieri, un intervallo vacuo, aspettando.

Appena riconobbi nell'andito il passo greve della nutrice, le andai incontro. Mia madre non la seguiva. Senza guardarla in faccia, le dissi:

— Dorme ancóra.

E m'allontanai rapidamente: salvo!

XLV

Da quell'ora s'impadronì del mio spirito una specie d'inerzia quasi stupida, forse perché ero esausto, sfinito, incapace d'altri sforzi. La mia conscienza perse la sua terribile lucidezza, la mia attenzione s'indebolì, la mia curiosità non fu pari all'importanza degli avvenimenti che si svolgevano. I miei ricordi, infatti, sono confusi, scarsi, composti d'imagini non bene distinte.

Quella sera rientrai nell'alcova, rividi Giuliana, mi trattenni al suo capezzale per qualche tempo. Durai una gran fatica a parlare. Le chiesi, guardandola negli occhi:

— Hai pianto?

Ella rispose:

— No.

Ma era più triste di prima. Era pallida come la sua camicia. Le chiesi:

— Che hai?

Ella rispose:

— Nulla. E tu?

— Io non mi sento bene. Mi duole tanto il capo...

Una immensa stanchezza mi prostrava; tutte le membra mi pesavano. Reclinai il capo sul lembo del guanciale; rimasi alcuni minuti in quell'atto oppresso da una pena indefinita. Sussultai udendo la voce di Giuliana che diceva:

— Tu mi nascondi qualche cosa.

— No, no. Perché?

— Perché *sento* che tu mi nascondi una cosa.

— No, no; t'inganni.

— M'inganno.

Tacque. Appoggiai di nuovo il capo sul lembo. Dopo alcuni minuti ella mi disse all'improvviso:

— Tu *lo* vedi spesso.

Mi sollevai per guardarla, sbigottito.

— Per volontà tua vai a vederlo, vai a cercarlo — ella soggiunse. — Lo so. Anche oggi...

— Ebbene?

— Ho paura di questo, ho paura per te. Io ti conosco. Tu ti tormenti, tu vai là a tormentarti, vai a divorarti il cuore... Io ti conosco... Ho paura. Tu non sei rassegnato, no, no; tu non puoi essere rassegnato. Non m'inganni, Tullio. Anche stasera, dianzi, tu sei stato là...

— Come lo sai?

— Lo so, lo *sento*.

Il sangue mi s'era ghiacciato.

— Vorresti tu che mia madre sospettasse? Vorresti tu che s'accorgesse d'un'avversione?

Parlavamo sottovoce. Anch'ella aveva l'aria sbigottita. E io pensavo: « Ecco, ora entra mia madre stravolta gridando: — Raimondo muore! — »

Entrarono Maria e Natalia con Miss Edith. E l'alcova si rallegrò del loro cinguettio. Parlarono della cappella, del presepe, delle candele, delle cornamuse, minutamente.

Lasciai Giuliana per ritirarmi nella mia camera, protestando il dolor di capo. Come fui sul letto, la stanchezza mi vinse quasi sùbito. Dormii profondo, molte ore.

La luce del giorno mi trovò calmo, tenuto da una strana indifferenza, da una curiosità inesplicabile. Nessuno era venuto a interrompermi il sonno, dunque nulla di straordinario era accaduto. Gli avvenimenti della vigilia mi apparivano irreali e lontanissimi. Sentivo un distacco immenso tra me e il mio essere anteriore, tra quel che ero e quel che ero stato. C'era una discontinuità tra il periodo passato e il presente della mia vita psichica. E io non facevo alcuno sforzo per raccogliermi, per comprendere il fenomeno singolare. Avevo ripugnanza per qualunque attività; cercavo di conservarmi in quella specie d'apatia fittizia sotto la quale giaceva il viluppo di tutte le agitazioni trascorse; evitavo d'investigarmi, per non risvegliare quelle cose che parevano morte, che parevano non appartenere più alla mia esistenza reale. Somigliavo un poco a quei malati che, avendo perduta la sensibilità d'una metà del corpo, si figurano d'avere al loro fianco, nel loro letto, un cadavere.

Ma venne Federico a battere alla mia porta. Entrò. Che nuova mi portava? La sua presenza mi scosse.

— Iersera non ci vedemmo — disse. — Tornai tardi. Come stai?

— Né bene né male.

— Iersera ti doleva il capo. È vero?

— Sì: per questo andai a letto presto.

— Sei un po' verde, stamani. Oh, mio Dio, quando finirà la disgrazia? Tu non stai bene, Giuliana è sempre a letto, ho incontrata la mamma or ora tutta sconvolta perché Raimondo stanotte ha tossito!

— Ha tossito?

— Già. Si tratta probabilmente d'un po' di raffreddore; ma la mamma, al solito, esagera...

— È venuto il medico?

— Non ancóra. Ma mi pare che tu sia peggio della mamma.

— Sai, qualunque apprensione, quando si tratta di bambini, è giustificabile. Un nulla basta...

Egli mi guardava con i suoi limpidi occhi glauchi, e io ne avevo sgomento e vergogna.

Quando se n'andò, balzai dal letto. Pensavo: « Dunque gli effetti cominciano: dunque non c'è più dubbio. Ma quanto tempo ancóra vivrà? È anche possibile che non muoia... Ah, no, è impossibile che non muoia. L'aria era gelata, mozzava il respiro. » E rividi dentro di me il bambino respirante, la piccola bocca socchiusa, la fossetta della gola.

XLVI

Il dottore diceva:

— Non c'è nessun motivo d'inquietudine. Si tratta d'un raffreddore leggerissimo. I bronchi sono liberi.

Egli si chinò di nuovo sul petto denudato di Raimondo ad ascoltare.

— Manca assolutamente qualunque rumore. Potete assicurarvene voi stesso, col vostro orecchio — soggiunse volgendosi a me.

Anch'io appoggiai l'orecchio sul fragile petto, e ne sentii il tepore blando.

— Infatti...

E guardai mia madre che trepidava dall'altra parte della culla.

I soliti sintomi della bronchite mancavano. Il bambino era tranquillo, aveva qualche lieve accesso di tosse a lunghi intervalli, prendeva il latte con la frequenza consueta, dormiva d'un sonno grave ed eguale. Io stesso, ingannato dalle apparenze, dubitavo: « Dunque il mio tentativo è stato inutile. Pare ch'egli non debba morire. Che vita tenace! » E mi tornò il rancore primitivo contro di lui, più acre. Il suo aspetto calmo e roseo mi esasperò. Avevo dunque sofferto tutte quelle angosce, m'ero esposto a quel pericolo per nulla! Si mesceva alla mia collera sorda una specie di stupore superstizioso per la straordinaria tenacità di quella vita: « Credo che non avrò il coraggio di ricominciare. E allora? Sarò io la sua vittima; e non potrò sfuggirgli. » E il piccolo fantasma perverso, il fanciullo bilioso e felino, pieno d'intelligenza e d'istinti malvagi, mi riapparve; di nuovo mi fissò con i suoi duri occhi grigi, in atto di sfida. E le scene terribili nell'ombra delle stanze deserte, le scene che aveva un tempo create la mia imaginazione ostile, mi si ripresentarono; di nuovo assunsero il rilievo, il movimento, tutti i caratteri della realtà.

Era una giornata bianca, con un presentimento di neve. L'alcova di Giuliana mi parve ancóra un rifugio. L'intruso non doveva uscire dalla sua stanza, non poteva venire a perseguitarmi fin là dentro. E io m'abbandonai tutto alla mia tristezza senza nasconderla.

Pensavo, guardando la povera malata: « Ella non guarirà, non si leverà. » Le strane parole della sera innanzi mi tornavano alla memoria, mi turbavano. Senza dubbio, l'intruso era per lei un carnefice com'era per me. Senza dubbio, ella non poteva pensare ad altro che a lui, morendone a poco a poco. Tutto quel peso su quel cuore così debole!

Con la discontinuità delle imagini che si svolgono nel sogno, si risollevavano nel mio spirito alcuni frammenti della vita passata; ricordi d'un'altra malattia, d'una lontana convalescenza. Mi indugiai a ricomporre quei frammenti, a ricostrurre quel periodo così dolce e così doloroso in cui avevo gittato il seme della mia sventura. La diffusa bianchezza della luce mi rammentava quel pomeriggio lento che io e Giuliana avevamo passato leggendo un libro di poesia, chinandoci insieme su la stessa pagina, seguendo con gli occhi la stessa riga. E io rivedevo il suo indice affilato sul margine e il segno dell'unghia.

« Accueillez la voix qui persiste
Dans son naïf épithalame.

Allez, rien n'est meilleur à l'âme
Que de faire une âme moins triste!

Io le presi il polso; e chinando il capo lentamente, fino a porre le labbra nel cavo della sua
mano, mormorai:

— Tu... potresti dimenticare?

Ella mi chiuse la bocca, e pronunziò la sua
gran parola:

— Silenzio. »

Rivivevo quel lembo di vita, in sensazione
reale e profonda; e continuavo, continuavo a rivivere, giungevo alla mattina della prima levata, alla mattina terribile. Riudivo la voce ridente
e interrotta; rivedevo il gesto dell'offerta, e lei
stessa nella poltrona dopo il colpo improvviso,
e il séguito. Perché la mia anima non poteva più
distaccare da sé quelle imagini? Era vano, era vano il rimpianto. « *Troppo tardi.* »

— A che pensi? — mi chiese Giuliana che
forse fino allora, durante il mio silenzio, non d'altro aveva sofferto che della mia tristezza.

Io non le nascosi il mio pensiero. Ella disse,
con una voce che le usciva dall'intimo petto fioca
ma più penetrante d'un grido:

— Ah, io avevo i cieli per te nella mia anima!

Soggiunse, dopo una pausa lunga in cui ella
forse aveva assorbito nel cuore le lacrime che non
apparivano:

— Ora, io non posso consolarti! Non c'è consolazione per te né per me; non ci potrà
esser mai... Tutto è perduto.

Io dissi:

— Chi sa!

E ci guardammo; ed era manifesto che ambedue pensavamo in quel punto alla medesima cosa: alla possibile morte di Raimondo.

Esitai un istante; e poi volli domandarle, alludendo al dialogo avvenuto una sera sotto gli olmi:

— Hai pregato Iddio?

La voce mi tremava forte.

Ella rispose (l'udii appena):

— Sì.

E chiuse gli occhi, e si voltò sul fianco, affondò la testa nel guanciale, si ritrasse, si ristrinse in sé stessa sotto le coperte, come presa da un gran freddo.

XLVII

Verso sera andai a rivedere Raimondo. Lo trovai su le braccia di mia madre. Mi parve un poco più pallido; ma era ancóra molto tranquillo, respirava bene, non aveva alcun segno sospetto.

— Ha dormito fino a ora! — mi disse mia madre.

— T'inquieti di questo?

— Sì, perché non ha mai dormito tanto.

Io guardavo il bambino fissamente. I suoi occhi grigi erano senza vivezza, sotto la fronte sparsa di leggere croste biancastre. Egli moveva di continuo le labbra, come biascicando. A un tratto, riversò un po' di latte grumoso sul bavaglio.

— Ah, no, no, questo bambino non sta bene — esclamò mia madre, scotendo il capo.

— Ma ha tossito?

Come per rispondermi, Raimondo si mise a tossire.

— Senti?

Era una piccola tosse fioca, non accompagnata da nessun rumore degli organi interni. Durò pochissimo.

Io pensai: « Bisogna aspettare. » Ma, come risorgeva in me il presagio funesto, la mia avversione contro l'intruso diminuiva, si placava la mia acredine. M'accorgevo che il mio cuore rimaneva stretto e misero, incapace di esultanze.

Mi ricordo di quella sera come della più triste ch'io abbia mai passata nel corso della mia sventura.

Nel dubbio che Giovanni di Scòrdio fosse pei dintorni, uscii dalla casa, m'inoltrai pel viale dove l'avevamo incontrato io e mio fratello quell'altra volta. Nel chiarore del crepuscolo era l'annunzio della prima neve. Lungo la fila degli alberi si stendeva un tappeto di foglie. I nudi rami stecchiti frastagliavano il cielo.

Guardavo innanzi a me, sperando di scorgere la figura del vecchio. Pensavo alla tenerezza del vecchio pel suo figlioccio, a quel desolato amore senile, a quelle grosse mani callose e rugose che avevo visto ingentilirsi e tremare su le fasce bianche. Pensavo: « Come piangerebbe! » Vedevo il morticino in fasce disteso su la bara tra

corone di crisantemi bianchi, tra quattro candele accese; e Giovanni inginocchiato piangere.
« Mia madre piangerà, sarà disperata. Tutta la
casa cadrà nel lutto. Il Natale sarà funesto. Che
farà Giuliana quando io comparirò sul limitare
dell'alcova, a piè del letto, e le annunzierò: — È
morto —? »

Ero giunto al limite del viale. Guardai; non
vidi nessuno. La campagna s'immergeva nell'ombra, silenziosa; un fuoco rosseggiava su la collina,
in lontananza. Tornai indietro, solo. A un tratto, qualche cosa di bianco mi tremolò davanti
agli occhi, si dileguò. Era la prima neve.

E più tardi, mentre stavo al capezzale di Giuliana, riudii le cornamuse che proseguivano la
Novena, *alla medesima ora*.

XLVIII

La sera passò, la notte passò, la mattina seguente passò. Nulla di straordinario accadde. Ma,
nella sua visita al bambino, il medico non nascose che esisteva un catarro delle narici e dei bronchi maggiori: un'affezione leggera, senza importanza. M'accorsi però ch'egli voleva dissimulare
una certa inquietudine. Diede alcune istruzioni,
raccomandò la massima cautela, promise di tornare nella giornata. Mia madre non aveva requie.

Entrando nell'alcova, io dissi a Giuliana, sottovoce, senza guardarla in viso:

— Sta peggio.

Non parlammo più, per lungo tempo. A quando a quando io m'alzavo e andavo alla finestra per guardare la neve. Giravo per la camera, in preda a un'ansietà insostenibile. Giuliana teneva il capo affondato nel guanciale, stava quasi tutta nascosta sotto le coperte. Se m'avvicinavo, ella apriva gli occhi e mi dava uno sguardo rapido dove io non potevo leggere.

— Hai freddo?

— Sì.

Ma la stanza era tiepida. Tornavo sempre alla finestra per guardare la neve, la campagna imbiancata su cui continuavano a cadere i fiocchi lenti. Erano le due dopo mezzogiorno. Che avveniva nella stanza del bambino? Nulla di straordinario, certo, perché nessuno veniva a chiamarmi. Ma l'ansietà mi cresceva così che risolsi di andare a vedere. Aprii l'uscio.

— Dove vai? — mi gridò Giuliana sollevandosi sul gomito.

— Vado *di là*, un momento. Vengo subito.

Ella rimaneva sollevata sul gomito, pallidissima.

— Non vuoi? — le chiesi.

— No: resta con me.

Ella non si lasciava ricadere sul guanciale. Uno strano sbigottimento le alterava il volto; i suoi occhi vagavano inquieti, come dietro a qualche ombra mobile. M'avvicinai, io stesso la riadagiai supina, le toccai la fronte, le domandai con dolcezza:

— Che hai, Giuliana?

— Non so. Ho paura.

— Di che?

— Non so. Non ne ho colpa; sono malata; sono così.

Ma i suoi occhi vagavano invece di fissarmi.

— Che cerchi? Vedi qualche cosa?

— No, nulla.

Le toccai di nuovo la fronte. Aveva il calor naturale. Ma la mia imaginazione incominciava a turbarsi.

— Vedi, non ti lascio; resto con te.

Sedetti, aspettai. Lo stato del mio animo era una sospensione angosciosa nell'attesa di un evento prossimo. Io ero sicuro che qualcuno sarebbe venuto a chiamarmi. Tendevo l'orecchio a qualunque lieve strepito. Udivo di tanto in tanto sonare nella casa i campanelli. Udii il rumore sordo d'una vettura su la neve. Dissi:

— Forse è il medico.

Giuliana non fiatò. Aspettai. Passò un tempo indefinito. A un tratto, udii un rumore di porte che s'aprivano, un suono di passi che s'avvicinavano. Balzai in piedi. Giuliana si sollevò, nel tempo medesimo.

— Che sarà?

Ma io già sapevo quel che era, io sapevo perfino le parole precise che mi avrebbe dette la persona entrando.

Cristina entrò. Appariva stravolta ma cercava di dissimulare la sua agitazione. Balbettò, senza avanzarsi verso di noi, rivolgendosi a me con lo sguardo:

— Senta una parola, signore.

Uscii dall'alcova.

— Che c'è?

Sottovoce, ella aggiunse:

— Il bambino sta male. Corra.

— Giuliana, vado di là un momento. Ti lascio Cristina. Torno sùbito.

Uscii. Arrivai di corsa nella stanza di Raimondo.

— Ah, Tullio, il bambino muore! — gridò mia madre disperata, curva su la culla. — Guardalo! Guardalo!

Mi curvai anch'io su la culla. Era avvenuto un cambiamento repentino, inaspettato, inesplicabile in apparenza, spaventevole. La piccola faccia era diventata d'un colore cinereo, le labbra s'erano illividite, gli occhi s'erano come appassiti, appannati, spenti. La povera creatura pareva sotto l'azione d'un veleno violento.

Mi raccontava mia madre, con la voce interrotta:

— Un'ora fa, stava quasi bene. Tossiva sì, ma non aveva altro. Mi sono allontanata, ho lasciato qui Anna. Credevo di ritrovarlo addormentato. Pareva che gli fosse venuto il sonno... Torno io e lo trovo in questo stato. Sentilo: è quasi freddo!

Io gli toccai la fronte, una guancia. La temperatura della pelle era infatti diminuita.

— E il medico?

— Non è ancóra venuto! Ho mandato a chiamarlo.

— Un uomo a cavallo ci voleva.

— Sì, è andato Ciriaco.

— A cavallo? Sei sicura? Non c'è tempo da perdere.

Non era una simulazione la mia. Ero sincero. Non potevo lasciar morire così quell'innocente, senza soccorrerlo, senza fare un tentativo per salvarlo. D'innanzi a quell'aspetto quasi cadaverico, mentre il mio delitto stava per compiersi, la pietà, il rimorso, il dolore mi afferrarono l'anima. Non ero meno smanioso di mia madre, aspettando il medico. Sonai il campanello. Si presentò un domestico.

— È partito Ciriaco?

— Sì, signore.

— A piedi?

— No, signore; in calesse.

Federico sopraggiunse, ansante.

— Che è accaduto?

Gridò mia madre, sempre curva su la culla:

— Il bambino muore!

Federico accorse, guardò.

— Soffoca — egli disse. — Non vedete? Non respira più.

E afferrò il bambino, lo tolse dalla culla, lo sollevò, lo scosse.

— No, no! Che fai? Tu l'uccidi! — gridò mia madre.

In quel punto la porta s'aprì e una voce annunziò:

— Il medico!

Entrò il dottor Jemma.

— Stavo per arrivare. Ho incontrato il calesse. Che c'è?

Senza aspettare la risposta, s'avvicinò a mio

fratello che teneva ancóra su le braccia Raimondo; glie lo levò, l'esaminò, si oscurò in viso. Disse:

— Calma! Calma! Bisogna sfasciarlo.

E lo posò sul letto della nutrice, aiutò mia madre a toglierlo dalle fasce.

Il corpicciuolo nudo apparve. Aveva lo stesso colore cinereo del volto. Le estremità pendevano rilasciate, flosce. La mano grassa del medico palpò la pelle qua e là.

— Fategli qualche cosa, dottore! — supplicava mia madre. — Salvatelo!

Ma il medico pareva irresoluto. Tastò il polso, appoggiò l'orecchio sul petto, mormorò:

— Un vizio del cuore... Impossibile.

Domandò:

— Ma com'è sopravvenuto questo cambiamento? All'improvviso?

Mia madre volle raccontargli come, ma prima di finire scoppiò a piangere. Il medico si risolse a far qualche tentativo. Cercò di scuotere il torpore in cui era immerso il bambino, cercò di eccitarlo a gridare, di produrre il vomito, di richiamare un moto respiratorio energico. Mia madre stava a guardarlo, con gli occhi sbarrati da cui sgorgavano le lacrime.

— Giuliana lo sa? — mi chiese mio fratello.

— No, forse no... forse ha indovinato... forse Cristina... Resta qui tu. Corro a vedere; poi torno.

Guardai il bambino tra le mani del medico, guardai mia madre; uscii dalla stanza; corsi a Giuliana. D'innanzi alla porta mi fermai: « Che le dirò? Le dirò il vero? » Entrai, vidi che Cristina era nel vano della finestra; mi presentai nell'alcova, che le cortine ora chiudevano. Ella stava rattratta sotto le coperte. Essendomi avvicinato, m'accorsi ch'ella tremava come nel ribrezzo della febbre.

— Giuliana, vedi: sono qui.

Ella si scoperse, e volse la faccia verso di me. Mi domandò sottovoce:

— Vieni *di là*?

— Sì.

— Dimmi tutto.

Io m'ero chinato su lei; e ci parlavamo da vicino, sommessamente.

— Sta male.

— Molto?

— Sì, molto.

— Muore?

— Chi sa! Forse.

Ella con un moto subitaneo mise fuori le braccia e mi si avviticchiò al collo. La mia guancia premeva la sua; e io la sentivo tremare, sentivo la gracilità di quel povero petto malato; e dentro mi balenavano, mentre stavo così stretto a lei, visioni della stanza lontana; vedevo gli occhi del bambino appassiti appannati opachi, le labbra livide; vedevo scorrere le lacrime di mia madre. Nessuna gioia era in quell'allacciamento. Il mio cuore era serrato; la mia anima era disperata ed era *sola*, così china su l'abisso oscuro di quell'altra anima.

XLIX

Quando la sera cadde, Raimondo non viveva più. Tutti i segni d'una intossicazione acuta di acido carbonico erano in quel corpicciuolo incadaverito. La piccola faccia era livida, quasi plumbea; il naso era affilato; le labbra avevano una cupa tinta cerulea; un po' di bianco opaco s'intravedeva di sotto alle palpebre ancóra semichiuse; su una coscia, presso l'inguine, appariva una chiazza rossastra. Pareva che fosse già incominciato il disfacimento, tanto era miserabile l'aspetto di quella carne infantile che poche ore innanzi tutta rosea e tenera le dita di mia madre avevano accarezzata.

Mi rombavano negli orecchi i gridi, i singhiozzi, le parole insensate che mia madre proferiva mentre Federico e le donne la trasportavano fuori.

— Nessuno lo tocchi, nessuno lo tocchi! Io voglio lavarlo, io voglio fasciarlo... io...

Nulla più. I gridi erano cessati. Giungeva a quando a quando uno sbattere di usci. Ero là, solo. Anche il medico era nella stanza; ma io ero solo. Qualche cosa di straordinario avveniva in me; ma io non ci vedevo ancóra.

— Andate, — mi disse il medico, dolcemente, toccandomi una spalla — andate via di qui. Andate.

Io fui docile; obedii. M'allontanavo per l'andito con lentezza, quando mi sentii di nuovo toccare. Ed era Federico; e mi abbracciò. Ma io non piansi, non provai una commozione forte, non compresi le parole ch'egli proferiva. Udii però nominare Giuliana.

— Conducimi da Giuliana — gli dissi.

Misi il braccio sotto il suo, mi lasciai condurre come un cieco.

Quando fummo d'innanzi alla porta, gli dissi:

— Lasciami.

Egli mi strinse forte il braccio; poi mi lasciò. Entrai solo.

L

Nella notte il silenzio della casa era sepolcrale. Un lume ardeva nell'andito. Io camminavo verso quel lume, come un sonnambulo. Qualche cosa di straordinario avveniva in me; ma io non ci vedevo ancóra.

Mi fermai, quasi avvertito da un istinto. Un uscio era aperto: un chiarore trapelava per la tenda abbassata. Varcai la soglia; scostai la tenda; mi avanzai.

La culla era nel mezzo della camera, fra quattro candele accese, parata di bianco. Mio fratello seduto da un lato, Giovanni di Scòrdio dall'altro vegliavano. La presenza del vecchio non mi recò stupore. Mi parve naturale ch'egli fosse là; non gli chiesi niente; non dissi niente. Credo che un poco sorrisi a loro che mi guardavano. Non so veramente se le mie labbra sorrisero, ma io n'ebbi intenzione come per significare: « Non vi prendete pena di me, non cercate di consolarmi. Vedete: io sono calmo. Possiamo tacere. »

Feci qualche passo; andai a mettermi a piè della culla, tra le due candele; portai a piè della culla la mia anima pavida umile debole, interamente orbata della sua vista primitiva. Mio fratello e il vecchio erano ancóra là, ma io ero solo.

Il morticino era vestito di bianco: della stessa veste battesimale, o mi parve. Il viso e le mani soltanto erano scoperti. La piccola bocca, che col vagito aveva tante volte esasperato il mio odio, sotto il suggello misterioso era immobile. Il silenzio medesimo che era in quella piccola bocca era dentro di me, era intorno a me. E io guardavo, guardavo.

Allora, dal silenzio, una gran luce si fece dentro di me, nel centro della mia anima. *Io compresi*. La parola di mio fratello, il sorriso del vecchio non avevano potuto rivelarmi quel che mi rivelò in un attimo la piccola bocca muta dell'Innocente. *Io compresi*. E allora m'assalì un terribile bisogno di confessare il mio delitto, di palesare il mio segreto, d'affermare al conspetto di quei due uomini: — Io l'ho ucciso.

Ambedue mi guardavano; e io m'accorsi che ambedue erano ansiosi per me, per la mia attitudine d'innanzi al cadavere, che ambedue aspettavano la fine di quella mia immobilità ansiosi. Dissi allora:

— Sapete voi chi ha ucciso quest'innocente?

La voce nel silenzio ebbe un suono così strano che parve irriconoscibile anche a me medesimo; mi parve che non fosse mia. E un terrore subitaneo m'agghiacciò il sangue, m'irrigidì la lingua, m'oscurò la vista. E mi misi a tremare. E sentii che mio fratello mi sorreggeva, mi toccava la fronte. Avevo negli orecchi un rombo così forte che le sue parole mi giungevano indistinte, interrotte. Compresi ch'egli mi credeva perturbato da un parosismo febbrile e che cercava di condurmi via. Mi lasciai condurre.

Mi condusse alla mia stanza sorreggendomi. Il terrore mi teneva ancóra. Vedendo una candela che ardeva sola su un tavolo, trasalii. Non mi ricordavo d'averla lasciata accesa.

— Spògliati, mettiti a letto — mi disse Federico, traendomi con tenerezza per le mani.

Mi fece sedere sul letto, mi toccò di nuovo la fronte.

— Senti? La febbre ti cresce. Comìnciati a spogliare. Su, via!

Con una tenerezza che mi ricordava quella di mia madre, egli mi aiutava a svestirmi. Mi aiutò a coricarmi. Seduto al mio capezzale, mi toccava a quando a quando la fronte per sentire la mia febbre; mi domandava, sentendomi ancóra tremare:

— Hai molto freddo? Non ti cessano i brividi? Vuoi che ti copra meglio? Hai sete?

Io consideravo, rabbrividendo: « Se avessi parlato! Se avessi potuto continuare! Sono stato proprio io, con le mie labbra, che ho pronunziato quelle parole? Sono stato proprio io? E se Federico, ripensando, riflettendo, fosse preso da un dubbio? Ho domandato: — Sapete voi chi ha ucciso quest'innocente? — e null'altro. Ma non avevo io l'aspetto d'un assassino confesso? Ripensando, Federico dovrà certo chiedersi: — Che voleva egli intendere? Contro chi andava la sua strana accusa? — E la mia esaltazione gli sembrerà oscura. Il medico!... Bisognerebbe ch'egli pensasse: — Ha voluto alludere al medico, forse. — E bisognerebbe ch'egli avesse qualche altra prova della mia esaltazione, ch'egli seguitasse a credermi perturbato dalla febbre, in uno stato di delirio intermittente.» Mentre così ragionavo, imagini rapide e lucide mi attraversavano lo spirito e avevano un'evidenza di cose reali, tangibili: «Ho la febbre, e alta. Se sopravvenisse il vero delirio e inconscio io rivelassi il segreto!» Mi sorvegliavo con un'ansietà paurosa. Dissi:

— Il medico, il medico... non ha saputo...

Mio fratello si chinò su di me, mi toccò di nuovo, inquietamente, sospirando.

— Non ti tormentare, Tullio. Càlmati.

E andò a bagnare una pezzuola nell'acqua fredda, me la mise su la fronte che ardeva.

Il passaggio delle imagini rapide e lucide continuava. Rivedevo, con una terribile intensità di visione, l'agonia del bambino. — Era là agonizzante, nella culla. Aveva il viso cinereo, d'un colore così smorto che su i sopraccigli le croste del lattime parevano gialle. Il suo labbro inferiore depresso non si vedeva più. Di tratto in tratto egli sollevava le palpebre divenute un po' violette e sembrava che le iridi vi aderissero perché le seguivano nel sollevarsi e vi si perdevano sotto mentre appariva il bianco opaco. Il rantolo fioco di tratto in tratto cessava. A un certo punto, il medico diceva, come per un ultimo tentativo:

— Su, su, trasportiamo la culla vicino alla finestra, alla luce. Largo, largo! Il bambino ha bisogno di aria. Largo!

Io e mio fratello trasportavamo la culla che pareva una bara. Ma alla luce lo spettacolo era più atroce: a quella fredda luce candida della neve diffusa. E mia madre:

— Ecco muore! Vedete, vedete: muore! Sentite: non ha più polso.

E il medico:

— No, no. Respira. Finché c'è fiato, c'è speranza. Coraggio!

E introduceva tra le labbra livide del morente un cucchiaino d'etere. Dopo qualche attimo, il morente riapriva gli occhi, torceva il alto le pupille, metteva un vagito fioco. Avveniva una leggera mutazione nel suo colore. Le sue narici palpitavano.

E il medico:

— Non vedete? Respira. Fino all'ultimo non bisogna disperare.

Ed agitava l'aria su la culla con un ventaglio: poi premeva con un dito il mento del bambino per abbassargli il labbro, per aprirgli la bocca. La lingua, che era aderente al palato, si abbassava come una valvoletta; e io intravedevo i fili del muco che si distendevano tra il palato e la lingua, la materia biancastra accumulata nel fondo. Un moto convulso rialzava verso il viso quelle piccole mani divenute violette specialmente nella palma, nelle piegature delle falangi, nelle unghie; quelle mani già incadaverite che mia madre toccava ad ogni momento. Nella destra il mignolo stava sempre discosto dalle altre dita e aveva un lieve tremito all'aria; e nulla era più straziante.

Federico cercava di persuadere mia madre a uscire dalla stanza. Ma ella si chinava sul viso di Raimondo, fin quasi a toccarlo; spiava ogni segno. Una delle sue lacrime cadeva sul capo adorato. Ella sùbito l'asciugava col fazzoletto, ma s'accorgeva che nel cranio la fontanella s'era abbassata, era divenuta cava.

— Guardate, dottore! — gridava esterrefatta.

E i miei occhi si fissavano su quel cranio molle, sparso di crosta lattea, giallognolo, simile a un pezzo di cera segnata nel mezzo da un incavo. Tutte le suture erano visibili. La vena temporale, cerulea, si perdeva sotto la crosta.

— Guardate! Guardate!

La lieve reviviscenza fittizia provocata dall'etere si spegneva. Il rantolo aveva ora un suono particolare. Le manine cadevano lungo i fianchi, inerti; il mento si faceva più depresso; la fontanella si faceva più profonda, senza alcun palpito. E a un tratto il morente dava segno d'uno sforzo; il dottore sùbito gli sollevava il capo. E usciva dalla boccuccia paonazza un po' di liquido biancastro. Ma nello sforzo del vomito la pelle della fronte tendendosi, apparivano a traverso la cute le macchie scure della stasi. Mia madre gittava un grido.

— Andiamo, andiamo. Vieni con me — le ripeteva mio fratello, tentando di trascinarla.

— No, no, no.

E il medico dava un altro cucchiaino di etere. E l'agonia si prolungava, e lo strazio si prolungava. Le manine si risollevavano ancóra, le dita si movevano vagamente; tra le palpebre socchiuse le iridi apparivano e sparivano ritraendosi come due fiorellini appassiti, come due piccole corolle che si richiudessero flosce raggrinzandosi.

Cadeva la sera, innanzi all'agonia dell'Innocente. Su i vetri della finestra era come un chiarore d'alba; ed era l'alba che saliva dalla neve incontro alle ombre.

— È morto? È morto? — gridava mia madre, non udendo più il rantolo, vedendo apparire intorno al naso un lividore.

— No, no; respira.

Avevano accesa una candela; e la reggeva una delle donne; e la fiammella gialla oscillava a piè della culla. Mia madre subitamente scopriva il corpicciuolo per palparlo.

— È freddo, tutto freddo!

Le gambe s'erano affloscite, i piedini erano diventati paonazzi. Nulla era più miserevole di quello straccetto di carne morta, davanti a quella finestra su cui cadeva l'ombra, al lume di quella candela.

Ma ancóra un suono indescrivibile, che non era un vagito né un grido né un rantolo, esciva dalla boccuccia quasi cerulea, insieme con un po' di bava bianchiccia. E mia madre, come una pazza, si gittava sul morticino. —

Così rivedevo tutto, a occhi chiusi; aprivo gli occhi, e rivedevo tutto ancóra, con una intensità incredibile.

— Quella candela! Leva quella candela! — gridai a Federico, sollevandomi sul letto, atterrito dalla mobilità della fiammella pallida. — Leva quella candela!

Federico andò a prenderla, andò a metterla dietro un paravento. Poi tornò al mio capezzale; mi fece ricoricare; mi mutò la pezzuola fredda su la fronte.

E a quando a quando, nel silenzio, udivo il suo sospiro.

LI

Il giorno dopo, sebbene io fossi in uno stato di estrema debolezza e di stupore, volli assistere alla benedizione del parroco, al trasporto, a tutto il rito.

Il cadaverino era già chiuso in una cassetta bianca, ricoperta da un cristallo. Aveva su la fronte una corona di crisantemi bianchi, aveva un crisantemo bianco tra le mani congiunte, ma nulla eguagliava la bianchezza cerea di quelle mani esigue ove soltanto le unghie erano rimaste violette.

Eravamo presenti io e Federico e Giovanni di Scòrdio e alcuni familiari. I quattro ceri ardevano lacrimando. Entrò il prete con la stola bianca, seguìto dai chierici che portavano l'aspersorio e la croce senz'asta. Tutti c'inginocchiammo. Il prete asperse d'acqua benedetta il feretro dicendo:

— *Sit nomen Domini...*

Poi recitò il salmo:

— *Laudate pueri Dominum...*

Federico e Giovanni di Scòrdio si sollevarono, presero la bara. Pietro apriva d'innanzi a loro le porte. Io li seguivo. Dietro di me venivano il prete, i chierici, quattro familiari con i ceri accesi. Passando per gli anditi silenziosi, giungemmo alla cappella, mentre il prete recitava il salmo:

— *Beati immaculati...*

Come la bara fu dentro la cappella, il prete disse:

— *Hic accipiet benedictionem a Domino...*

Federico e il vecchio deposero la bara sul piccolo catafalco, in mezzo alla cappella. Tutti c'inginocchiammo. Il prete recitò altri salmi. Quindi fece l'invocazione perché l'anima dell'Innocente fosse chiamata al cielo. Quindi asperse di nuovo la bara con acqua benedetta. Uscì, seguìto dai chierici.

Allora ci sollevammo. Tutto era già pronto per la sepoltura. Giovanni di Scòrdio prese la cassa leggera su le sue braccia; e i suoi occhi si fissarono sul cristallo. Federico scese pel primo nel sotterraneo, dietro di lui scese il vecchio portando la cassa; poi scesi io con un familiare. Nessuno parlava.

La camera sepolcrale era ampia, tutta di pietra grigia. Nelle pareti erano scavate le nicchie, talune già chiuse da lapidi, altre aperte, profonde, occupate dall'ombra, aspettanti. Da un arco pendevano tre lampade, nutrite d'olio d'oliva; e ardevano quiete nell'aria umida e grave, con fiammelle tenui ed inestinguibili.

Mio fratello disse:

— Qui.

E indicò una nicchia che si apriva sotto un'altra già chiusa da una lapide. Su quella lapide era inciso il nome di Costanza; e vagamente le lettere rilucevano.

Allora Giovanni di Scòrdio tese le braccia su cui posava la cassa, perché noi guardassimo ancóra una volta il morticino. E noi guardammo. Atraverso il cristallo quel piccolo viso livido, quelle piccole mani congiunte, e quella veste e quei crisantemi e tutte quelle cose bianche parevano indefinitamente lontani, intangibili, quasi che il coperchio diafano di quella cassa su le braccia di quel gran vecchio lasciasse intravedere come per uno spiracolo un lembo d'un mistero soprannaturale tremendo e dolce.

Nessuno parlava. Quasi pareva che nessuno respirasse più.

Il vecchio si volse alla nicchia mortuaria, si curvò, depose la cassa, la spinse adagio verso il fondo. Poi s'inginocchiò e rimase per alcuni minuti immobile.

Vagamente biancheggiava al fondo la cassa deposta. Sotto le lampade la canizie del vecchio era luminosa, così china sul limitare dell'Ombra.

Convento di Santa Maria Maggiore:
Francavilla al mare: aprile-luglio 1891.